ハヤカワ文庫JA

〈JA1352〉

revisions
リヴィジョンズ1

木村　航

原作＝S・F・S

早川書房

8283

目次

revisions

リヴィジョンズ1

第一章　渋谷時空災害

　人が死ぬ夢を繰り返し見る。

　夢と言ってもそれは過去に俺が実際に体験したことで、むろん恐ろしい出来事で、その記憶が眠るたびに何度も何度も蘇ってくるのだから普通は悪夢と呼ぶべきだろう。

　だが同時にそれは俺にとって甘美なものでもあった。

　あの日、あの時。俺にとってかけがえのない一瞬がそこにあった。七年前のあの晩、あの場に立ち会った四人の仲間。双子のガイとルウ、マリマリ、慶作。皆あの時の俺と同じたった十歳のガキに過ぎなかった。なんにも知らなかった。無力だった。

　俺たちの足もとには雨に濡れて転がる死体があって、それを言葉もなく見つめているだけだった。怖かった。ひょっとしたらそこに転がっていたのは俺たち自身だったかもしれないのだ。それでも皆、俺ひとりを守るために命懸けで戦ってくれた。

俺の、大切な仲間たち。

そして——俺たち五人に力を貸してくれた、不思議な人。

ミロと名乗ったその人とは、あれから会うことはなかったけれど。

でも今もはっきりとおぼえている。あの人が、ミロが告げたこと。予言。それが俺の運命を決めた。授かったのだ。俺だけの使命を。

だから、俺は——

俺は——

01

——2017/05/16(Tue.)/06:00
東京・渋谷・マンションの一室

「またあの夢か……」

アラームの音に眠りを覚まされて、ぼんやりと天井を眺めながら、堂嶋大介(どうじまだいすけ)は呟いた。

枕元のスマホを取りつつ身を起こし、ベッドに腰かける。無駄のない動きだ。ボクサーショーツ一枚きりの裸身には、育ち盛りの十六歳の少年らしい伸びやかさと、よく手入れされ鍛え抜かれた強靭(きょうじん)さが満ちている。

起床時間は定刻通り。すぐにルーチンワークに取りかかる。軽い体操、ストレッチ、メニュー通りの一連の筋トレ。一時間かけて入念にやる。この七年間一日たりとも欠かさなかった日課だ。マンションの部屋にはトレーニングベンチやプッシュアップバー、各種のダンベルが揃えてある。小遣いを貯めて買った愛着のある品ばかりだ。

筋トレ後、フローリングの床は滴った汗で濡れている。手早く拭き取るまでがワンセットのルーチンだ。

それからシャワーを浴び、身支度を調える。制服はこの春、高等部二年への進級を機に買い替えた。おかげで胸周りや太腿周りの窮屈さはない。もうじき衣替えだが、秋になってまた袖を通す時にはどうなっているか楽しみだ。

通学用バッグを開き、内側にある収納ポケットをひとつひとつ確認する。非常食。マルチツール。サバイバルキット。通信機と小型ライトは動作確認も行う。

制服の胸ポケットにはスミス&ウェッソンのタクティカルペン。尻ポケットにはブローニングのフォールディングナイフ。いずれも問題ない。ナイフは何度か職質で没収されたが、今使っている小型のものはポケットに入れていても目立たなくて重宝だ。

朝食はしっかり済ませ、学校へ向かう。急ぐ必要はない。このマンションからは徒歩で五分もあれば充分に間に合う距離だ。

リビングでは叔父の幹夫(みきお)がタブレット端末を見ていた。

「あれっ。叔父さん、もう帰ってたの？」

「ああ。幸い昨夜は何事もなくてね。たまには早上がりさせてもらうことになったんだ」

「へえ。珍しいね」

叔父は医師だ。専門は外科。だが総合診療を信条としており、それを掲げる渋谷東南医療センターに勤めている。三〇〇床規模の病院だ。当直勤務はいつも午前九時までだから、大介の登校前に戻っていることはまずない。

「ま、特変者があればコールされるんだがね」

こともなげに言って叔父は笑う。無精ヒゲが伸びている。シャワーもまだらしい。

「早く休みなよ。八時間睡眠は健康管理の基本で義務だって、俺に教えてくれたの叔父さんじゃないか」

「そうだったかな」

苦笑して叔父は、寝不足の眼をまぶしそうに瞬(しばた)かせた。

大介は、この父方の叔父のマンションでふたり暮らしをしている。

両親は健在だ。仕事の都合で関西へ転居したのは、大介が聖昭(せいしょう)学園中等部へ入学してから二年目の秋だった。当然ながら一緒に行こうと言われたのだが、大介はこの街を離れたくなかった。小学校から大学まで一貫教育の私立校へ通っていることも理由のひとつではあるが、それはむしろ通りの良い言い訳に近く、もっとずっと切実な問題があったのだ。

東京、渋谷。幼い頃からここで暮らした。仲間たちと共に。

ガイ、ルウ、マリマリ、慶作――あいつらと離ればなれになるなんてあり得なかった。

許されないことだった。

なぜなら彼には使命があるのだから。

頑として転居を拒み、下宿してでも渋谷に残ると言い張った挙げ句、叔父の好意でマンションに同居させてもらうことになったのだった。

「じゃ、行ってきます」

「おう、気をつけてな」

叔父は当直明けなので、いつものシフトなら今日明日は非番で自宅待機だろう。無論何もなければの話だが。

そう、何もなければそれに越したことはない。だが備えは必要だ。

七年前、大介はそのことを身をもって体験した。

以来、常に準備は怠らない。たとえ何が起こっても。それがどんなに恐ろしいことでも。

立ち向かう覚悟はできている。

いや、正直に言えば、待ち望む気持ちもあった。

02

――2017/05/16(Tue.)/07:45
東京・渋谷・聖昭学園通学路

――そしてその朝、「何か」は起こった。

仲間のひとりルゥが、通学途中に危ない目に遭ったのだ。

鉢山（はちやま）交番前の五叉路のところだった。前を行く明るい栗色の髪の女子に気づいた大介は、何気なく声をかけた。

「ルゥ！　おはよう！」

横断歩道を渡っていたルゥは、大介を一瞥（いちべつ）した。が興味なさそうに歩き続ける。

と、前から来た自転車と接触した。

ほとんど減速せずに右折した自転車にバッグを引っかけられ、ルゥはよろけた。が、なんとか倒れず踏みとどまる。

大介はダッシュでルゥのそばへ駆けつけた。

自転車は少し先で急停止した。若い男。サドルにまたがったままこっちを見ている。

「こんなとこでそんなスピード出さないでよ！」

バッグを肩にかけ直しながらルウが言った。

「ケッ」

男の返事はそれだけだった。謝りもせず、すぐさま走り出す。

すでにアラート状態だった大介は、即座に追撃に移った。

「てめ、逃げる気か！」

スポーツサイクルの加速にやすやすと追いつく。ぎょっとしたように振り向く男の顔面めがけて飛び蹴り。惜しくも外れた。が、胸には当たった。ひとたまりもなく倒れる男。

「人にぶつけておいて知らん顔か⁉」

大介は息ひとつ乱していない。

身を起こしかけた男のこめかみをアイアンクローで締め上げる。男が苦鳴(くめい)を洩らす。構わず締め上げる。大介の右手はリンゴを潰せる握力がある。

「よくも俺の目の前でルウに乱暴を！」

「なにやってんのよ大介！」

駆け寄ってきたルウが、大介を引き離し、男にぺこぺこ頭を下げ始めた。

「すいません、だいじょうぶですか？」

「おまえが謝ってどうすんだよ」

「やり過ぎだって言ってんの！」

「俺はっ！」

おまえを守ろうとして——そう言いかけた時、男が逃げ出した。全速力でまっしぐらに走り去ってゆく。その背中へ怒鳴った。

「二度とここ通るんじゃないぞ！　今度見かけたら……っ!?」

後頭部にがつんときて言葉が途切れた。ルウにバッグで殴られたのだ。

「あんたのそういうとこ、迷惑だって言ってんの！」

心外だった。が、いつものことでもあった。ルウは感謝知らずだ。大介がどれだけ彼女のために体を張ろうと、顔をしかめて怒るばかり。それどころか最近はあからさまに無視することもある。まるで、もう仲間じゃないと言いたげに。

ルウだけじゃない。ガイも、マリマリも。慶作だけは少しは温度が違うけど。誰ひとりとして大介の献身を認めてはくれない。せいぜい困ったように笑うか、でなければ迷惑だと責めるかだ。

（だけどさ、あの時、彼女は……ミロは言ったんだ）

七年前のあの晩、泣いてばかりだった弱く幼い彼を助けてくれた人。夜目にも鮮やかな色の髪。凜々（りり）しい表情。淡々と告げる不吉な予言。

（俺たちにいつか大変な危機が訪れると）

けれど、その言葉は大介にとって救いでもあり、支えとなった。なぜなら――

（その時みんなを守れるのは俺だって）

知らぬ間に笑みがこぼれていた。

（そう、これは俺だけの使命で、運命なんだ）

が、大介の笑みはすぐに強張（こわば）った。

五叉路に面して建つ交番から警官が現れ、ズボンのベルトを締め直しながらこっちへ来る。知っている顔だ。大介をひたと見て、うんざりしたように言った。

「こらっ。さっきの騒ぎはまたおまえだな。今度は何をやらかしたんだ」

「なっ……俺はルウを、大切な仲間を守っただけだって！」

助けを求めて周囲を見回す。もうかなり離れたところまで歩き去っていたルウが、大きな溜息をついて踵（きびす）を返し、怖い顔で戻ってくる。

03

東京・渋谷・聖昭学園・生活指導室 ――2017/05/16(Tue.)/08:10

養護教諭の矢沢悠美子は、緊急カウンセリングに対応するため着席した。すぐに卓上のタブレットで対象生徒のデータを開く。

対象生徒は堂嶋大介。トラブルメーカーだ。今は面接テーブルの斜向かい、角のところで、椅子をテーブルと平行にして座っている。真横を向く格好だ。悠美子とまともに対する気がないらしい。ふてくされた様子で言った。

「なんで悠美子先生なんですか？」

「しょうがないでしょ。佐藤先生、お休みなんだから。」

大介はムッとして黙り込む。生活指導の佐藤は、大介を気に入っている節がある。悪い子ではないと主張し、何かと弁護する。今どき珍しい正義感の持ち主で、思い込みの強ささえなんとかすれば……と。そんな佐藤に比べれば、悠美子は大介にとって心を許せない相手なのも無理はない。が、だからといって放っておくわけにもいかなかった。なにしろ交番の警官から厳重に注意せよとの連絡が入ったのだ。しかも今回が初めてではない。つい先週も騒ぎを起こしたばかりなのだ。

「それにぃ、悠美子先生じゃなくて矢沢先生でしょ？」

「でもうちでそんな言い方してるやつ、誰もいないし」

「そうなのよねぇ……」

生徒たちには慕われている自信がある。が同時に侮られている気配もあって、いささか問題だとも感じている。思わず腕組みして考え込んでしまった。

「なんでかな？」

「知りません」

「まあ今はそんなことより……ねえ堂嶋くん、またトラブったんだって？」

「違いますよ。ルウのやつが危なかったから仕方なく……」

「ああ、わかったわかった。いつものアレね」

「バカにしないでください！」

「ごめん。そういうつもりじゃなかったんだけど」

やりにくい。悠美子はタブレットの画面に目を落とす。

「あとさぁ、あなた進路調査票、白紙で提出したんですって？　伊藤先生心配してたのよ。成績だって悪くないのにどうしてって……」

二年C組担任の伊藤は温厚な事なかれ主義者だ。大介のような突拍子もない行動を取る生徒にはどう対処すればいいか見当もつくまい。もっともそれは悠美子とて同じだが。

「いや、先のことなんて全然考えられないってだけです。本当に」

「進学か就職か、それさえも決まっていない？」

返事はない。

「確かにうちはエスカレータ式だけど……」

大学まではなんとかなるとたかをくってぼんやりしている生徒は少なくない。この子もそうなら、どんなに気が楽か。

「いや、俺は何か起きたとき、みんなを守ろうってちゃんと考えていますよ」

なのに大介は、まっすぐに悠美子を見て、自信に溢れた口調で言い切る。

「それが俺の使命で、運命だから」

「あ〜、そぉ……」

この強固な信念はなんなのだろう。いっそ妄想と呼びたいくらいだ。

「そういえば昔、浅野くんたちと仲よしチームを作ってたらしいよね」

「それ、小学生の時の話ですよ。ま、今でもよく一緒にいますけど」

一緒にいる？　つきまとっているの間違いでは？

けれど大介の認識では、そういうことになっているのだろう。

やはり七年前の誘拐事件のトラウマが関係しているのだろうか。

だがあの時、大介と共に事件に巻き込まれた仲よしチームの四人には、これといって異常な行動は記録されていないのだが……。

しまった。予鈴だ。すぐに一時間目の授業が始まる。実のある話は何ひとつできずに終わってしまった。

「じゃあ俺、行きます」

即座に立った大介を、止める言葉を悠美子は持たない。

この子に何をどう言えばいいというのか？

04

——2017/05/16(Tue.)/12:50
東京・渋谷・聖昭学園・二年C組教室

「どしたのマリマリ？」

「へ？」

呼ばれて我に返ると、友人の香織と理子（りこ）が、マリマリの顔をのぞき込んでいた。机を寄せ合って作った島を三人で囲み、昼食後のおしゃべりをしているところだった。

「もしかして……堂嶋のこと？」

隣に腰かけたポニーテールの竹内理子が、横目でマリマリの表情をうかがっている。

答えず目を伏せる。図星だった。さっきから後ろの席の大介を見つめていたのだ。

「あいつさぁ、ほんとキモいよね」

マリマリの正面にいる相田香織が、背後の大介を顧みる。虫でも見るような目つきだ。

大介は教室の後ろ、窓際の席で、ぼんやりと宙を見ている。両手に握ったバネ仕掛けの道具は握力を鍛えるものだろうが、マリマリはその名を知らない。それをリズミカルに握り込む動作を繰り返しながら、大きなあくびをした。

「先週だっけ？」

理子がささやく。香織が顔を寄せてくる。

「タックル事件でしょ」

「事件だなんて……」マリマリは思わず口を挟んだ。「おおげさだよ」

「だって知らない人にいきなり体当たりしたんでしょ？」

「大介は不審者だと思ったんだよ。知らない人が、私に話しかけてきたから……」

「道を聞かれただけだったんでしょ？」

「そうだけど」

「相手のおじさん、肋骨にヒビだって」

香織と理子は声をひそめ、情報通ぶりを競うようにしゃべり交わす。

「向こうが大人の対応してくれたから、おおごとにはならなかったらしいけど」

「うん。よかった」

「はぁ？」理子がマリマリの顔を見た。「よくないでしょ。今朝もなんかあったらしいじゃん。いっぺんとことん懲りさせなきゃダメじゃない？」

「悪気はないんだよ。大介は、私を守ろうとしただけで……」

　マリマリはますます深くうつむいてしまう。

「でもあの時、つい大介を怒っちゃって」

「あたりまえでしょ？　なに、気にしてんの？」

「小学生の時から、あんたら仲よかったからねぇ」

からかうように香織が言った。マリマリは何も言えず、それでもちいさくうなずく。

「え、そうなの？」

「そっか、理子、中学からだから知らないか」

　聖昭学園は私立大学付属の一貫校で、小学部からのエスカレータ式だが、中学や高校から受験で入ってくる生徒も少なくない。理子もその中のひとりだ。一方の香織は地元の友だちで、眼鏡をかけるようになる以前から何かと一緒になってきた。教室でもよく話すようになったのは理子が入ってきてからで、大介との仲がぎくしゃくするようになるのと入れ替わり。おかげでお昼も教室で過ごせるのは助かる。そうでなかったら居場所を見つけるのに苦労したかもしれない。

　ああ、そういえばマリマリという名の名付け親も香織だった。同じ保育園で、ひらがなの名札「てまり・まりん」――手真輪愛鈴なんて名、自分でも漢字ですらすら書けるようになったのは三年生ぐらいだ――を見た香織が、そう呼び始めたのだ。

　だから香織はマリマリのことを当然よく知っていて、すらすらと名前を挙げた。

「マリマリと堂嶋と慶作、シュタイナー家の双子」

「え、ガイとルウ？」

「そうそう、仲良し五人組って感じで、いつもつるんでて」

　本当にいつも一緒だった。七年前のあの夏も、みんなで大介の田舎に泊まりがけで遊びに行くほど仲がよくて。

　なのに、あんな恐ろしい事件があって。

　泣き虫で優しかった大介は、あれからちょっと変わってしまって。

　みんなの仲もぎくしゃくし始めて……。

「えぇーっ、意外～。あのガイとルウが堂嶋と？」

「でしょ。今じゃ住む世界が違っちゃってるのに。ルウにもつきまとってるらしいよ」

「げ！　キモッ。マジで？」

「今朝の事件もルウ関係だって噂だけど」

「ホントに？　マリマリ、なんか聞いてる？」

「知らない……」

「気をつけなよ、マリマリ。いつまでも昔のままじゃいられないんだしさ」

　香織は心配してくれてる。それはわかる。悪い子じゃないし。

でも、きっと七年前の事件のことも知ってるし、マリマリのいないところでは話題にもするだろう。そう考えると、素直にうなずくことはできなかった。

05

――2017/05/16(Tue.)/16:10
東京・渋谷・聖昭学園グラウンド

「行け、ガイ！」「ガイ先輩！」控え選手たちの声援が降り注ぐ。

その中をガイはドリブルで突っ切ってゆく。

彼の前にいるのはボールだけ。その先にあるのはゴールだけ。

他は皆ノイズだ。とは言え、むろんそれらを認識しないわけではなく、彼を取り巻く無数の要因のひとつとして瞬時に把握し、半ば無意識下で処理しているというだけの話だ。

ガイ――張(ジャーン)・剴(ガイ)・シュタイナーにとって、その程度のことはたやすい。

自陣深くで奪ったボールを持って、ピッチを駆け上がっていく。

行く手には敵のディフェンス陣。赤いユニフォームの上に鮮やかなイエローのビブスをつけた、いずれも気心の知れた部員たちだが、今はデータのひとつとして処理し対処する。

計算は即座に為され、ほとんど意識されないままに体は反応する。

ロングパス。ディフェンス陣の間をすり抜けて飛んだボールは、己の意志あるもののようにピッチの一点めがけて鮮やかな軌跡を描く。

その終着点に、もうひとりの彼がいる。

ルウ——張・露・シュタイナー。双子の妹。ガイの半身。ジュニアユースならいざ知らず、U-17世代に至ってなお男子に交じって一歩もひけを取らない身体能力を誇る、かけがえのないパートナー。

ルウはすでにベストの位置まで走り込んでガイからのパスを待っている。特にコンタクトを取ったわけではないが、ガイの意図を正確に摑んでいるからそうしたのだ。この局面から一点を取るために必要なことだから。

敵ディフェンス陣がルウめがけて殺到する。その数、四人。四方から取り囲み、一気に襲いかかる。

その中心でルウは、優雅に舞うような動きで胸を宙へ差し出し、ボールをトラップ。

直後、すかさずボレーシュート。

GKはよく反応した。が、その手をやすやすとすり抜けて完璧な一点が突き刺さった。

「やった！」ルウが無邪気な歓声を上げた。

ガイも両手を高く掲げ、頭上で拍手しながら告げた。

「よーし、前半ここまで」

一年の冬に先輩から次期キャプテンの座へ指名されて、かれこれ半年。すでにガイは新チームのトップとして名実ともにグラウンドを掌握していた。

「おつかれー！」

ルウがチームメイトたちとハイタッチを交わす。三年の先輩のひとりが言った。

「すっげぇな。おまえもプロ目指したら？」

「私は兄さんじゃないから」

と、ルウの笑顔が消えた。足を止め、裏門のほうを見ている。

「どうした？」

ガイの問いかけに答えず、じっと見つめている。ガイは妹の視線を追った。

大介がいた。下校する生徒たちの列から外れ、立ち止まってこっちを見ていた。ガイの視線に気づくと、なにごともなかったかのように歩き出す。ガイは追った。

「兄さん」よしなよと言いたげなルウの声。

「大介！」が、このままにはしておけなかった。「おまえ、また妹に迷惑かけたらしいな」

「迷惑？」心外そうに言って大介は足を止め「俺はルウを守ろうと……」

「またそれか」

「いいか、何かやばいことが必ず起きる！」

言い切った大介は狂信者の目をしている。何かにすがらなければ怖くて怖くてたまらないのだろう。だから共犯者を、せめて理解者を求める。何度拒んでも、否定しても、甘えるように食い下がってくる。

「ガイだってわかってるはずだろ」

「あのな、妄想もいい加減にしてくれよ」

「でも、あの時ミロは言っただろ！」

「聞き間違いかもしれないだろ？　小学校の時の話だぞ」

七年前のあの夜の記憶は、意識して考えないようにしてきた。すでに終わった話で、何も特別なことはない。いつまでも囚われ、縛られているのは馬鹿げている。

それに、あの時のことは全部忘れる。みんなでそう約束したはずなのだから。

「だいたいミロだって、本当にいたのかどうか」

どさりと重い音がした。大介が通学バッグを離したのだ。空いた両手で、ガイの両腕に摑みかかってくる。二の腕にかかる強烈な握力。

「いるんだよ、ミロは。起きるんだよ、何かやばいこと」

取り憑かれたような眼で訴える大介は尋常な様子には見えなかったが、ガイにとってはうんざりするほど見慣れたいつもの反応で、そのことが堪らなく疎ましい。

「……おまえはいつまで」

おぞましい夢を見て生きるつもりなのか。救世主気取りで、劣等感の裏返しの無敵のヒーロー幻想に溺れて。なら勝手にするがいい。だが巻き込むな。迷惑だ。俺たちとは関わりないところでやってくれ。

今度という今度は、そこまで言ってやるつもりになっていた。

が——その時不意に飛来したサッカーボールが大介の頭に命中し、大きく弾んだ。

気勢を殺がれたガイと大介は、ふたり揃ってボールの行方を目で追う。

それを胸でトラップし、忠実な犬を従えるようにスパイクで踏み止めたのは妹だ。

「はい、そこまで！」高らかに宣言した。

毒気を抜かれてガイは苦笑する。

どうやら妹は、決定的な決裂を望んではいないらしい。今朝はあんなに怒っていたのに、彼女の中ではそれもまた「すでに終わった話」で、蒸し返す必要はないということか。

これまでもそうだった。大介に何度も何度も迷惑をかけられて、そのたびルゥは烈火の如く怒るけれど、後々まで引きずることはない。さっぱりした気性なのだ。それは妹の美点ではあったが、ガイからすると危なっかしく思えることもある。

やるなら徹底的にやるべきだ。白か黒か、是か非か、アリかナシか、許すのか拒むのか。答えはひとつだ。どっちつかずのまま放置するのはガイの性分では許しがたいことで、いずれはっきりさせなければならない。

が、今はその時ではないらしい。

バッグを拾い上げ、無言で去ってゆく大介の背を見送って、ガイは踵を返した。

06

――2017/05/16(Tue.)/16:20
東京・渋谷・聖昭学園通学路

「よう！」

緩い坂道を下り終えたところで、後ろから声をかけられた。

慶作だ。いつも通りのひょうきんな口調。

大介は振り向かず歩き続ける。慶作なら放っておいても勝手についてくる。へらへら笑って、なんでも冗談にして。こっちはそんな気分じゃないのに。

「聞いちゃったぞぉ。ガイと揉めたんだって？」

「わかってないんだよ、あいつ」

浅野慶作は幼い頃からずっと大介よりわずかに背が高く、脚も長く、賑(にぎ)やかし担当キャラにしては意外なほど基本スペックも高い。ほんの数歩、飛ぶようなストライドですぐ後ろまでやってきた。けれど追い越すことはない。そのままの位置関係と距離感を保って話を聞いてくれる。だから大介もなんでも話せる。

「ま、いいけどさ。どうせ俺がみんなを守るんだから」

「マリマリはなんて言ってんだ？　例のやばい状況とか、ルウのこと」

「さぁ？　最近は女同士のつきあいのほうが大事みたいだから……」

突然、慶作が大介の尻に手を伸ばしてきた。

「ッ!?　お、おい何すんだよ！」

「ま～た、こんなの持ち歩いてぇ」傾きかけた陽が鋼（はがね）の刃を滑る。「バタフライナイフとかそういうのだろ？」

大介はガードレールに腰かけた。すぐ後ろを車が通り過ぎてゆく。

「全然違う。炭素鋼のフォールディングナイフだ」

「ふーん」

慶作は気のない返事をして刃をしまうと、ひょいと大介へ放ってよこした。道端で刃物をオモチャにする高校生なんて傍目（はため）には不穏な光景でしかなかろうが、大介にとっては必要な装備品だったたし、慶作だって慣れっこだろう。七年前の事件以降も、ずっと変わらぬ親友でいてくれたのだから。

「どうせ、あの変な武器になるボールペンも持ってるんだろ」

「タクティカルペンな」

「で、家にもバッグの底にも非常食。なんなんだおまえ。ランボーか、コマンドーか、それともダンジョン前で武器屋でもやるのか」

ミュージカルかヒーローショーでも演じるような大袈裟なポーズを取って慶作は、ずけずけと痛いところを突いてくる。

大介は黙っていた。

フォールディングナイフもタクティカルペンも、今朝の騒ぎの時にいったんは没収された。返してもらうために、さっきまで職員室で悠美子先生と不毛な会話をしてきたところだったのだ。それさえなければ放課後のこんな時間まで学校に残ってはいなかったし、ガイにも出くわさなくて済んだかもしれないのに。ましてや慶作にまで、警官や教師とおんなじようなことを言われるなんて。

「なぁ！　もういい加減そういうのやめないか？　非常事態をいつもいつも気にして、準備して毎日毎日ピリピリしてたんじゃ心が病むぞ、病んじゃうよ？」

ビシッと指を突きつけてくる。なんなんだ、そのポーズ。普段の大介なら笑って突っ込んでいただろうが、今日ばかりはそんな気分にはなれない。おどけた調子でごまかしてはいるが、慶作の言葉は明らかにこれまでとは違った距離まで踏み込んでいた。

「説教なんかいらない」

「忠告だって！　大介ちゃ〜ん、みんなも困ってるんだ。俺らもう高二だよ？　中二病じゃ済ませらんないだろ？」

「俺はただ……」

みんなを守りたいだけだ。

そう言おうとしたのだけれど、慶作は珍しく遮って言葉を続ける。

「気持ちはわかるよ。昔、あんなことあったんだからな。けど、おまえは俺みたいに運のないやつと違うんだから。無理して傷を埋めようとすんなよ」

大介はびくりとして慶作を見た。が、慶作はするりと視線を外し、遠くを見た。

「気張り過ぎるな。みんなあの時みたいな子どもじゃないんだ」

何が言いたいんだ、こいつは？

子どもじゃないだと？　自分の身は自分で守れるとでもいうのか？　バカな。マリマリに何ができる。ルウだってしょせんは女子だ。いやガイも慶作もおんなじだ。銃を突きつけられたら？　もっと恐ろしいことが起きたら？

反論はいくらでも浮かんだ。が、口には出さず黙り込むしかなかったのは、その先の流れが見えていたせいだ。

何かが起こるって？

じゃあ何が？　いつどこで？

その問いへの答えを大介は持たない。

根拠はたったひとつ。七年前のミロの言葉だ。ガイは妄想だなんて言ってたが、そんなはずはない。大介は確かに聞いた。そしてそれを支えに生きてきたのだ。

そんなふうに生きることが「子ども」だというなら、大介はどうすればよいのだ？

信じてきたことを捨て去らなければ、オトナにはなれないのか？

だとしたら——使命を、運命を奪われた彼に、生きる意味はあるのか？

07

——七年前のあの晩、何が起きたか。俺にもいまだにわからないことが多い。

もちろんはっきりしてる点もいくつかある。たとえば、俺たち五人が仲良しだったこと。

それも、みんなで泊まりがけで俺の田舎まで遊びに来てくれるくらいに。

父方の実家は北陸だ。福井県の美浜（みはま）町。いつもお盆と正月には祖父の元でお世話になってた。でもあの年は特別だった。八月に入ってすぐ俺たち子ども五人だけで田舎へ行き、お盆までおじいちゃん家に滞在することになってた。

まだ北陸新幹線は開通してなかったから遠回りで行くしかなかった。東海道新幹線で京都まで行って、そこから在来線とバスを乗り継ぐ。小四の俺たちにとっては大冒険だ。俺の両親がやって来るのは十三日の金曜日の晩で、その頃には幹夫叔父さんや他の親戚も顔を揃える。田舎のお盆の大宴会だ。

十五日の夕方には精霊船を送る行事もある。藁で作った大きな船を海へ流すのだ。それが終わったら、みんなそろって東京へ帰ってくる。

俺たち仲間の五人にとっては、約半月に渡る大型キャンプ旅行ってイメージだった。おじいちゃん家の座敷に子どもばかり五人で寝泊まりしてたから、キャンプ気分はますます盛り上がった。あそこは何畳ぐらいあったんだろう。十六畳とか、もっとあったかもしれない。婚礼や葬式でも楽々できそうな広さで、雨戸を開け放つと風がよく通った。なかなか眠くならなくて、遅くまで喋ったり、ゲームをしたりした。そのくせ朝早く起きられて疲れも感じなかったのは、けっこう昼寝をしてたからだろう。

座敷とおんなじくらい広い居間で、大勢で食べるごはんはおいしかった。

座敷にもテレビは置いてあったけど、古いアナログ型で映りは悪かった。居間にはちゃんと映るのもあったけど、あんまり見に行かなかった。ケーブルテレビを契約してないから民放は二局しかなかったし、チャンネル権はおじいちゃんにあって、俺たちに譲ろうなんて気はない。居間は家長の縄張りだ。そこではお客であろうが誰であろうが、おとなしくおじいちゃんの言うことを聞かなきゃならない。

その代わり、座敷では好きにしていい。

だから俺たちはおおむね俺たちだけで勝手にやった。

前半の山場は、最初の土曜の晩にやって来る。地元の神社で開催されるお祭りだ。

この日は海際にある湖で花火大会も予定されていたが、車でなきゃつらい距離で、おじいちゃん家の大人たちは皆神社の氏子だから祭礼の準備に忙しい。別に構わなかった。俺たちは近所の神社のささやかなお祭りで充分に満足だった。友だちと一緒に過ごすことが何より楽しい。そんな時代が、俺たち五人には確かにあったんだ。

当日は夕方からお祭りが始まるので、五人で行くことになってた。

でも俺は行かなかった。秘密基地を守るために見張ってなきゃならなかったんだ。

それはおじいちゃん家の裏山の奥に見つけた古い小屋で、道具置き場か何かだったんだろうが、使われなくなってだいぶ経ってたと思う。初めは俺たちの目にも怪しい廃墟にしか見えなかったが、中へ入ってみたらたちまち宝物に変わった。子ども五人の隠れ家として自由に使えるスペースなんて、渋谷ではそう簡単に見つからない。

俺たちの秘密基地にしよう。そんな相談がすぐにまとまった。狭くて暗くて埃っぽい小屋には、広々とした座敷とはまた別の魅力があった。

なのに、そこはすぐ戦場になった。地元の子に狙われたのだ。発見した翌日には、もう壁に「帰れ」と落書きされてた。ガイとルウへのひどい悪口もあった。

俺は地元の子にも堂嶋の孫と認識されていたから、半ば身内扱いで、それまで目立った衝突を経験したことはなかった。けど、その夏は違った。堂嶋の孫がよそ者を連れてきたという評判は一瞬で広まり、注視と排除の動きは最初から始まっていたのだろう。おそらく秘密基地を発見した時も、どこからか誰かに見られていたのだ。

特に標的になったのはガイとルウだ。あのふたりは目立つ。秀でた容姿と物怖じしない性格は東京でさえ人目を引く存在だったし、ドイツ系の父親から目の色まで受け継いでいる。ガイはサファイア。ルウはエメラルド。田舎では異質どころか異物だったろう。

俺たちは怒った。俺と慶作は特に。

ガイとルウは、だから何？って顔してた。あいつらにとっては珍しくもないことだったんだろう。というか、あの時ガイをいちばん困らせたのは俺だったかもしれない。

「バカだなあ。泣くなよ、大介」

そう言って俺を見たガイの顔を今もおぼえてる。あんなに情けなさそうな表情を、あれからあいつは二度と見せない。

あの頃の俺は弱かった。泣く以外に訴える手段を知らなかった。怒りで体は石みたいに強張り、水気は全部涙になって絞り出され疲れ果ててしまう。いつでもそんなふうだった。

そうやって泣いていれば誰かが助けてくれる。いつもそれでなんとかなってきた。

でもその時は俺たちしかいなかった。

おじいちゃんに助けを求めることはできたかもしれない。でも嫌だった。俺たちは俺たちで勝手にやると決めてたし、だからこそ楽しかったのに、そのルールを、自由を手放すのは最悪の負け方だ。だから俺たちだけで戦うしかなかった。

ガイとルウは、そして俺たちの秘密基地は、この俺が守る。そう心に決めた。

「チームを作ろう」俺は提案した。「俺たちは仲間を見捨てない。必ず守る。そのためのチームだ。俺たち五人だけの」

「いいな！」慶作が真っ先に賛成した。

「大ちゃんてそういうノリ、ホント好きだよね」

苦笑してルウは、それでも嬉しそうに眼をきらきらさせてた。

あとのふたりは黙ってた。でも反対じゃない。だったらあんな顔するわけない。ガイは無言でうなずいたし。マリマリは、眼にいっぱい涙を溜めてたし。

それを見たら、俺は力が湧いてきて——

「チーム名は、ガーディアンズ。美浜町ガーディアンズだ」

リーダーは決めなかった。みんな仲間だ。命令したりされたりは要らない。

でも言い出しっぺは俺だ。責任がある。

だから俺は、あの夏祭りの晩も、秘密基地の見張りをするために残った。

見張りをしようと言い出したのは慶作だった。ガイとルウには内緒で、俺とあいつのふたりで秘密基地に詰め、地元の子の襲撃に備える。計画ではそうなってた。

もちろん計画のことはマリマリにも黙ってた。危険に巻き込みたくなかったし、ガイとルウだけをお祭りに行かせるのも不自然すぎる。マリマリには、あいつらと一緒に楽しんできてもらえればいい。慶作と俺はそこまで綿密に相談したわけじゃなかったけど、暗黙の了解として、そういう気分だったのは確かだ。

なのに、慶作はなかなか来なくて。

やっと来たと思ったら、それは別人で、しかも子どもじゃなくて――

――その後の記憶は混乱している。

押し入ってきた犯人の顔かたちは思い出せない。背格好もはっきりしない。おかしな話だが、ニュース映像でよく見る顔のぼかしが全身を覆ってるような曖昧なイメージしか浮かばないのだ。何か変な薬物とか使われた可能性もあるが、思い当たる節はなかった。

ただひとつだけ奇妙に鮮やかなのは、犯人が俺のガラケーを突きつけている光景だ。

回線は繋がっていた。山奥だけど基地局は近くにあったのだ。相手は慶作。犯人は直前の通話履歴からリダイヤルしたんだろう。秘密基地に慶作がなかなか来ないので夕方から何度か電話してたんだ。ガラケーの画面にはカタカナで「ケイサク」と表示されてた。仲間の名前はみんなカタカナで登録してあった。その名へ向けて、泣きながら俺は訴えた。

助けてと。みんな、ここへ来てと。

誰にも知らせちゃいけないと。でないと殺される、そんなことを俺は言ったはずだ。最低だった。

正確には思い出せないけど、そんなことを俺は言ったはずだ。最低だった。

突きつけられているのはガラケーだけじゃなかった。犯人の手には銃があった。本物を
見たのは初めてで、その銃口が俺をすくみ上がらせた。

いや違う。銃のせいじゃない。悪いのは俺の弱さだ。それが俺を犯人の言いなりにさせ、
大切な仲間を危険へと引きずり込んだんだ。

なのに仲間たちは来てくれた。皆、俺ひとりを守るために命懸けで戦ってくれた。

そして——ミロも。


ミロ。あの夜、突然やって来て、俺たち五人に力を貸してくれた不思議な人。

彼女がどこから来たのかは誰も知らない。

後で仲間から聞いた話だと、彼女は最初から俺を助けに来たと名乗ったそうだ。

ミロは、俺の四人の仲間だけを連れてやって来た。

そして——何かが起こった。

はっきりとおぼえてないけど、恐ろしいことだ。人が死んだ。殺された。

死んだのは犯人だ。だから正直、罪悪感はない。撃ったのが誰だったかは、なぜか記憶から欠落している。誰の銃だったのかも謎だ。あの時ミロは武装していたのか。そしてそれを使ったのかどうか。どういうわけかまるで思い出せない。なのに夢に見る。何度も何度も。

俺たちの足もとには死体が転がっていて、すでにシートがかぶせてあって、それが雨に濡れていた。少し前まで雷も鳴ってたが、その時にはもう小降りになってた。

俺たちも皆濡れて、黙って立ち尽くしてた。泣いてたのは俺だけだったと思う。

ミロはポンチョをまとってて、雨なんか気にしていなかった。その下にはぴったりしたスーツを着てたようだけど、詳しくはおぼえてない。ブーツが泥に汚れてたことだけが印象に残ってる。だから俺は、うつむいてばかりいたのかもしれない。

死体は私が完全に処理する。そう言ってミロは、俺たちにつじつま合わせの段取りを教えた。仲間たちがみんなで探してて俺を見つけた。犯人のことは知らない。そんな説明を繰り返させた。そして励ましてくれた。

「だいじょうぶ。みんななら」

その言葉で、ようやく俺は顔を上げることができた。

ミロはすぐ側に立ってた。まっすぐに前を見てた。フードの奥の表情は、暗かったけどちゃんとわかった。冷静で、取り乱した様子はまったくなかった。こんなことには慣れてる。だから心配いらない。説明されなくてもそう納得させる態度だった。

「私のことは誰にも話してはダメ。わかる？」

 やや厳しい口調でそう釘を刺すと、ほんのわずかに視線を動かした。

見た、この俺を。微笑んでくれた。なのに、なぜか少し悲しげに見えた。

「どうせ誰もまともに取りあってくれないから……」

俺はもう我慢できなくなって、泣きながら彼女にしがみついた。

「ありがとう！　ありがとう……お姉ちゃん！」

肩に手が置かれた。その手もレザーっぽい素材の手袋に包まれていたが、ぬくもりは感じられた。彼女は俺の前にしゃがみ込み、告げたのだ。あの言葉を。

「よく聞いて大介くん。これは予言よ」

予言。はっきりと彼女はそう言った。この俺に。まっすぐに目と目を合わせて。

「あなたたち五人に、いつか大変な危機が訪れるの。その時みんなを守れるのはあなた」

ミロは言った。俺に、俺だけにそう言った。

もちろん聞いてたのは俺ひとりじゃない。そこにいた仲間たちも皆聞いた。聞き逃せるはずはないじゃないか。

ミロは告げた。仲間たちの前で、俺だけの使命を、運命を与えてくれたんだ。

「何があっても忘れないで。あなたがみんなを守るの」

月明かりが差してきた。雨雲が吹き払われ、月が顔を出してきた。
かけがえのない時間が、そこにあった。
それは一瞬だったけれども、だからこそ、俺には永遠に感じられて――

08

――2017/05/17(Wed.)/02:45
東京・渋谷・マンションの一室

枕元でスマートフォンが振動している。メールの着信を告げるしるしだ。
「……なんだよ、こんな時間に」
堂嶋大介は眠りの底から引き戻され、ぼんやりした顔で端末を取った。
時刻表示は深夜。非常識な時間だ。が、メールはさらに異常なものだった。
件名は『終わりと始まり』。
送信者は『不明』となっている。送信側のアドレスは空欄で、返信さえ不可能。
さっと頭が冴えた。大介はベッド上に跳ね起き、メールの文面を開いた。

今日渋谷にいることは
とても危険だ。
それでも、
私たち六人がそこで集まることにきっと意味がある。
たとえ、
悲惨な戦いが始まったとしても

「ついに、きた……」

呟いた大介の声は、抑えきれない興奮にうわずった。

09

——2017/05/17(Wed.)/12:55
東京・渋谷・聖昭学園・二年C組教室

その日、昼休みの教室で、大介はナイフのチェックに余念がない。
折り畳み式のブレードを開いては閉じる。開いては閉じる。開いては閉じる。その動きはすでに洗練されて滑らかだったが、飽かずに繰り返している。

普段なら昼休みはトレーニングに費やす時間だが、今日は特別だ。気が逸(はや)ってしょうがない。これから始まる「何か」へ向けて、心を落ち着けるための作業だった。

ふと気配を感じ、集中が途切れた。手元から顔を上げる。思わず笑みがこぼれた。

机の前に仲間たちが顔を揃えていた。慶作、ガイ、マリマリ、ルウ。皆険しい表情。

「さすがだな。いざという時は仲間が頼りになる」

「いざという時って……やっぱりおまえか」

慶作があきれたように言った。マリマリも怯(おび)えたような口調で言う。

「ちょっとひどすぎない？」

「何が？」

おかしい。期待した反応ではない。そもそも大介には咎(とが)められる心当たりがない。彼はまだ何ひとつ行動に移してはいなかったし、むしろ始まるのを待ちかねていたのだ。

「説明しろ大介」

ガイがスマホを掲げた。画面には、大介が深夜に受け取ったのと同じメールの文面が表示されていた。やはりこいつらも俺の運命と繋がっている。そう思うと身震いが起こった。

昂(たか)ぶる気持ちを抑え、表情を引き締める。伝えなければならない。

「今日なんだよ」七年前の予言の通りに。「やっぱり何かが起きようと……」

続けようとした言葉は、胸ぐらを掴むガィの手に締め上げられて途切れた。

「ふざけんな！」

直後、思いきり突き飛ばされて大介は、教室の床に転がっていた。

「待て待て待て待てぇい！」

割って入った慶作が、ガィの腕を抱え込んで止める。掴みかかってきそうな勢いだった
ガィは、まだ治まらない様子で大介を睨んでいる。ルゥが断罪調で言った。

「慶作が揉めごと嫌うのもわかるけどさぁ、今回のはちょっとタチが悪すぎない？　真夜中に気持ち悪いメール一斉送信だよ。しかもアカウントまで偽装して」

「いや、俺も問題行動だとは思うけどさぁ」

「ちょっと待て。おまえら、そのメール俺が送ったと思ってんのか」

「つか大介、おまえじゃない……っての？」

「なんで俺がそんなことしなきゃなんないんだよ」

「じゃ、あんた以外に誰がやるの」

「自作自演だって言いたいのか！」

立ち上がって睨みつける。ルゥは一歩も退かず睨み返してくる。

その間にガィが割って入り、指を突きつけて怒鳴った。

「こいつは！　あの時からずっとおかしかった！　みんなを守るとか、運命とか！」

「だってミロがそう言ったじゃないか！」

「その名前は出すな」

激昂していたガイが、急に声をひそめる。納得できない大介の声は高くなる。

「夢だったっていうのか」

「誰にも話しちゃダメって言ってたろ」

その通りだ。ミロは確かにそう言った。

ガイは厳しい表情のまま、声を低め諭すように続ける。

「それに、あの時のことは全部忘れる約束だろ」

その約束も確かにおぼえている。事件の後、渋谷に帰ってから誓った仲間の掟だった。

美浜町ガーディアンズ――田舎の夏休みに結成した仲間たちのグループは、渋谷へ帰ってからも存続した。渋谷ガーディアンズ。メンバーは五人。

仲間同士、力を合わせてみんなを守る。どんなことがあってもだ。

事件の話は禁句だ。ミロのことも。あの夜、本当は何があったかも。終わった話だ。全部忘れる。仲間うちで決めたその掟に、大介は承服してはいなかったが、みんなが忘れたいと思う気持ちもわかったから表向きは従った。

でも自分だけは忘れない。ミロも、彼女から授かった使命も。そう心に決めていたのだ。

いや、それだけが彼の支えだったのだ。

「いつもいつも何かが起きるって……」ルゥが責める。容赦なく。「ニュース見てたら、毎日どこかで事件や事故は起きてるよ。痛いんだって大介は！」

「いつまで縛られてるんだ」聞き分けのない幼児を諫める兄のようにガイが言う。「いい加減自分で何が正しくて、どうすればいいかぐらいわかる歳だろ」

誰も味方してくれない。慶作も、マリマリも気まずそうに黙り込んでいる。

クラスメイトも遠巻きに見ている。張り詰めた空気には、しかしどこか期待感が混じっている。異物を吊し上げて楽しむ者の視線が、茨となって大介に忍び寄り絡みついてくる。

「でもメールを送ったのは俺じゃない！」

耐えきれず大介は叫んだ。

「それに、いつか必ず何か起きる。俺はミロを信じる。だから今日こそ何かが！」

「だから！　おまえのその悪ふざけに俺たちを巻き込むなって言ってるんだ！」

ガイが拳を固め、殴りかかってきた。

その瞬間――ドン、と衝き上げられるような衝撃が来た。何もかもが宙に浮いた。

大介も。

仲間たちも。

クラスメイトも。

教室中の机と椅子も、ひとつ残らず浮き上がって――すぐに放り出されるように落ちた。

ほんの一瞬だ。

しかし、それはかれらにとって永遠に近い断絶をもたらす一瞬だった。

10

——2017/05/17(Wed.)/13:00
東京・渋谷

同刻。五月の空は雲量一〇の曇り空。と、全天にスパークが走り、引き裂かれた曇天の向こうに青空のかけらが見えては消えた。まるで空が煮えたぎり始めたかのような異様な現象が発生していた。と、ほどなくどこからか湧いた奇妙な色の雲に塗り替えられ埋め尽くされてゆく。曇天には違いないが不穏な色だ。その下では何か取り返しのつかないことが起きているに違いないと思わせるような。

渋谷中の信号が一斉に消えた。車は次々と立ち往生した。大型ヴィジョンが次々と消え、照明や電光掲示板もすべて死んだ。ほどなく再点灯したのは一部の建物で、その中では普段と変わらぬ日常が続くかに見えたが、混乱の種はすでに芽吹いている。

「あれ？　スマホ繋がらない」「Ｗｉ‐Ｆｉも死んでない？」

次々に上がる声は、ほどなく街を覆い尽くすざわめきとなって広がった。

スクランブル交差点は車と人で埋まり、クラクションは喧(やかま)しいが車は動きようがない。

「どけよ、こら！」「タクシー動かせないって」「ネットにあげようぜ」

次々と高くかざされる端末。シャッターは切られ、写真データは残されるものの、肝心のネットには繋がらない。渋谷のど真ん中で「圏外」表示が出る。ごく一部のガラケーは通話が可能だったが、長くは持つまい。基地局のバッテリが尽きればそれで終わりだ。

どこからかパトカーのサイレンが聞こえる。それは次第に数を増し錯綜する。

渋谷駅構内も薄暗いが、自家発電による最低限の照明が確保されているせいか混乱は少ない。非常口への誘導灯が一際目立って見える。復旧見通し不明を伝える駅員のアナウンスに不満の声も上がるものの、ほとんどはおとなしく待っている。どこかしら慣れと言うか、成り行き任せの弛緩(しかん)した気配も漂っている。

その人混みの中に、堂嶋大介の叔父・幹夫の姿もあった。彼は困惑していた。

（今朝、大介が言っていたのは、このことだったのか？）

登校前、大介は言ったのだ。今日は渋谷から離れていろと。事件か事故が起こるらしいとネットで噂が流れていると。曖昧な話だが、どんな理由にせよ、家を空けていて欲しいのだろう。ひょっとしたら女の子でも連れてくる気かもしれない。

ちょうど見たい展覧会が開かれていた。ブリューゲルの「バベルの塔」が東京に来ているのだ。どちらかと言えば抽象画を好み、いくつかの小品をコレクションもしているが、ブリューゲルの猥雑(わいざつ)さは嫌いではない。

が、こうなると皮肉なもので、まるで自分が天罰をくらって右往左往しているようだ。

(大介のやつ、今朝は無駄に気合いが入ってたが、だいじょうぶかな)

11

——2017/05/17(Wed.)/13:00
東京・渋谷・聖昭学園・二年C組教室

衝撃は一瞬で、教室内に目立った被害はない。だが生徒たちの受けた動揺は少なくなかった。六年前の震災を思わせる激しい揺れだったのだ。

大介は束の間の自失から覚め、猛然と教室を飛び出した。

背後から彼を呼ぶ声がする。追ってくる気配もある。構ってる暇はない。ついに来た。起こったのだ、「何か」が。ならば何が起きたか確かめなければならない。一刻も早く。

切迫したその願いは、幸か不幸か即座に叶えられた。

一歩廊下へ踏み出したところで風を感じ、振り向いた大介は、その場で釘付けになった。

わずかに遅れてついてきた慶作とガイも、同様に息を呑み固まった。

学校の廊下が断ち切られている。

その先に続いていたはずの部分は廃墟と化している。どんよりと重い空を背景に、破壊され荒れ果てた残骸が、彼らの前に無残な姿をさらしているのだった。

「あれ、校舎は？」「なんで向こうがないの？」

マリマリとルウもやって来て、不安げに言った。その問いかけに、大介の中で急速に膨れあがってくる答えがあった。それはひとりでに言葉となって漏れ出した。

「これだったのか……」

「ミロが言ってたこと？」

慶作が問い返す。大介の口元が緩む。揺れる瞳がきらきらと光っている。

「ああ、これさ……なあガイ！　これだよ、これのことだったんだ！」

勝ち誇るように宣言して大介は、傍らのガイを見返った。

「で？　これは何が起きたんだ」

「え……？　えっと……俺に聞かれても」

「ったく。じゃあ、これからどうする？」

「どうするも何も、ええと……」

口ごもった大介の前を横切って、何人かのクラスメイトが校舎切断面のぎりぎりまで駆け寄っていく。悲鳴混じりの声がする。理子と香織だ。

「えー！　なにこれ！　校舎どこ行っちゃったの!?」「テロ？　ね、テロ？」

人だかりが数を増しざわめきが高まる。誰も皆、異常事態しか眼に入らず、高まる不安に衝き動かされて声が荒くなる。

「スマホ全然ダメだし……！」「先生は？　先生の指示を仰がないと」「ダメダメ！　職員室もなくなってるんだって！」

2-Cの教室は校舎二階にある。切断面から上下階の騒ぎが聞こえてくる。それはすでに言葉の断片さえつかめないどよめきで、聞いているだけで追い立てられるようだ。早く、早く、早く。なんとかしなくちゃ。今すぐに。でも何をどうすればいい？

「災害用伝言板サービス試すか」「うん」

ガイとルウが階段へ走った。ルウは振り向いてちいさく手を振る。マリマリにだ。大介は完全に無視されている。

「ちょっと家見てくる、母ちゃんいるから」

大介にそう告げて、慶作も走り出す。

「マリマリ、すぐ戻るから」

「うん」

「俺たちも行こう」じっとしていられなくなって、マリマリに声をかけた。

「え、どこへ？」

「屋上」

「でも……ばらばらにならないほうがいいんじゃないかな」

「ここじゃ状況がわからない。高いところから見たいんだ」

マリマリの目が揺れた。すぐそばを理子と香織が駆け抜けていったのだ。階段を上り始める時、香織がチラッとこっちを見た。それで心が決まったらしい。

「わかった」やっと大介を見てうなずいた。「私も一緒に行く」

皆まで聞かずに大介は走り出している。

（俺の言うことを信じるより、あいつらと一緒がいいってのかよ）

嚙み締めた奥歯が軋んだ。

12

――2017/05/17(Wed.)/13:13
東京・渋谷・聖昭学園グラウンド

まだ誰もいないグラウンドをガイとルウが突っ切ってゆく。

「どこ行くの兄さん」

「コンビニだ」

スタートの差でガイが半歩先を行き、ルウはついてゆく。走りながら会話するぐらいの余裕は充分にある。

「うちの学校、避難備蓄があるはずだけど」

「量が足りない。必要なのは食料や水だけじゃないし」

「そっか。前に父さんが言ってたね」

ビニール袋、手袋、雨具、ラップ、次々と思い浮かぶ品目をリストアップしながら、ふたりは裏門を抜ける。最寄りのコンビニの見当はついている。迷いはない。

もしこの時ふたりが少しでも背後を顧みていたら、その場で足がすくんだかもしれない。

聖昭学園の校舎は敷地の南側に面して鉤の手状に立っている。その内側、直角に折れた部分に隙間ができ、向こう側が見えている。

敷地南側角に当たる面積およそ二十五パーセント、教室で言うと高等部一年から三年の六クラスを含むエリアが、あの一瞬の震動で切断されたかのように失われていた。

その断面の向こうには何があるのか。あるいは、何が「ない」のか。

この時のガイとルウにはまだ知る由もない。ふたりが見据えていたのは今この時に為すべきことで、その先には今日までと地続きの明日があるはずだった。

やがてふたりは思い知らされることになる。自分たちの常識が通用しない現実を。

13

——2017/05/17(Wed.)/13:15
東京・渋谷・聖昭学園・屋上

すでに屋上は人だかりがしていた。ぐるりを囲んだ金網越しに外を見る者、スマホで写真撮影をする者、仲間同士で固まる者、いずれも昂ぶった様子だが不安は隠せない。

「あっちのビルなくなってんだけど!」

「え!　ここどこよーなんかまずくない?」

声高に叫び交わす言葉はほとんど会話になってない。答える者がいないのだ。何が起きているか誰も知らないのだ。大介もまた同じだ。

(ない)

街がない。南西方向、校舎の断裂の向こう側のすべてが。

(渋谷が)

見渡す限りの荒野に変わっている。

ついさっき廊下から見た校舎の断裂とその先の廃墟化は、ほんの片隅の破壊であり喪失に過ぎなかった。だが高所から見はるかせば、それは局地的なものなどではなく、少なくとも今見える世界の半分を奪い取っていった不可逆的な変化であることがわかった。

（そうだ。何もかも失ったわけじゃない）

振り向けば校舎の北東方向、駅前へと至る街並みは健在だ。

（渋谷はある）

いや――

（残ってる）

正しくはそう言うべきだという気がして、ますます恐怖が募ってくるのを感じた。

残ってる？　どことどこが？

それ以外のすべては失われたとでもいうのか？

その問いへの答えを大介は知らない。状況を確かめるためここまで上ってきたのに。突きつけられた現実の前で、あまりの非現実感に打ちのめされてしまった。

わからない。ここから先どうすればいいのか。何ができるのか。

（俺は……）

守るのか、みんなを？　守れるのか、みんなを？　どうやって？

強くなろうとした。何が来ても守れるように。だが彼が想定していたのは襲いかかる敵であり叩きのめせる相手だった。これは倒せない。今必要なのは生き延びること。しかしこんな現象にどう対処すればいいのか。サバイバルの知識はどこまで通用するのか。

（こういう時のために俺はずっと備えてたはずなのに……）

「ここでもダメ、つながらない」

スマホをいじり始めたマリマリが、泣きそうな声で言った。

（くそ！　実際に起こると、まるで思考停止か……）

悠美子先生の姿が目に留まった。金網にもたれ、うつむいている。周りに集まった生徒たちから質問攻めに遭っているが、何ひとつ答えない。答えられない。

そのぶざまさが我が身のことのように思えて、たまらずに大介は目を伏せる。

と――轟音が響いた。

大介は身構えた。聞いたことのない音だ。唸るような、吠えるような、泣きわめくような、ひどく神経に障る音。

彼ばかりではない。屋上にいた者全員が、ぎくりとして音の出所を探し始めた。悠美子先生が「警報とかかしら？」と言うのが聞こえた。が誰も納得していない。

異音はいったん途切れた。直後、ずん、と地響き。再びの異音。さっきより近い。どんどん近づいてくる。校舎の切断面側からだ。生徒たちが恐るおそる近づく。

大介もそちらへ向かいかけたが――不意にマリマリが抱きついてきた。

「大介！　いた、いた、なんかいた。大きいの」

「は？」

音がする。と言うより震動だ。何かが校舎を揺らしている。生徒たちの声も高まる。

「空から落ちたのかな」「いや、地面から出てきたんじゃない？」「爆弾とか？」「というよりオブジェっぽーい」「え？　登ってくるけど」

震動の理由はそれだ。何かがしがみついて登ってくるのだ。リズミカルに着々と、ここへ向けて。しかしなんのために？

大介は身を乗り出す。マリマリが顔を伏せ引き留めようとする。

よく見えない。何が起こってる？

答えはなかった。

現れたのは新たな謎であり、それ以上に異様な「何か」だった。

にゅうっ、と天を掴むように伸びた巨大な右腕が、屋上の切断面へ振り下ろされた。

衝撃。轟音。悲鳴。切断面ぎりぎりに立っていた生徒たちの姿はいつの間にか影も形もない。逃げたのか、それとも。

大介は立ちすくんでいる。マリマリもそばにいて、見た。

蜘蛛（くも）の脚のごとく長い指をいっぱいに広げた手がコンクリートに爪を立てている。爪の一本一本の長さが大介の背丈を超えている。爪も手も一体化していて節足動物のような質感があり、ぐいと力を込めると鈍い光がてらりとぬめった。続いて左手。さらに滑らかな動きでせり上がってきたのは、同じ質感の巨大な肉塊。首はない。ただ丘状に盛り上がったこぶのようなものがあるきりに見えた。が、その頂部（ちょうぶ）にある白い瘡蓋（かさぶた）のようなものが、次の瞬間には大きく身を乗り出して大介とマリマリを真正面からのぞき込んできた。

　顔と言うより仮面であった。白く無表情なその顔面はセラミックかプラスチックか、いずれにせよ生体由来の素材には見えない。あり得るとすれば骨か。それが虫のような肉塊の真ん中にはめ込まれ、そこがそいつの頭部であることを主張している。眼はうつろで、緑色に光っている。その眼が見ている。大介を、マリマリを。

　マリマリが弾かれたように逃げ出した。

　大介は動けなかった。

「大介！　大介ってば！」

　マリマリが呼んでいる。早く来いと。逃げろと。

　なのに何もできない。

　恐怖が、脳天から串刺しに貫いたかのように大介をその場に縛っている。

　と、そいつ――怪物が、視線を上げた。そして不意に跳ねた。

　真昼の太陽が作る影は曇天の下でもくっきりと濃く、頭上を越えていったやつが落とすそれは大介を瞬時真夜中へ突き落としてすぐに去る。その影を追って大介は反射的に天を仰ぎ、背後を顧みる。

間近にマリマリ。その向こうには逃げる生徒たち。

人の群れ、遠ざかる人の群れ。かれらの姿が影に舐め尽くされて暗く沈んだ。

と、影より一瞬遅れて落ちた怪物の巨体が、かれらを踏みにじった。

轟音。震動。立ち込める粉塵。飛び散るコンクリート片。そして有機物たち。柔らかく重たく湿ったそれらは一瞬前までは確かに生きて動いていた。今はどうだか知らない。

怪物はゆらりと身を起こす。その全身像は、まさに異形としか言いようがない。肉色の外骨格と骨色の装甲に覆われたボディには、各所にマーキングやロゴとおぼしきサインが記されている。長い長い二本の腕に比して、ずんぐりとした脚は短い。それが脚だとしての話だ。胸のあたりから生えた二本が横倒しの体幹を支え、高く突き出された腰のほうにはあと二本、しかしこちらは宙に浮いたままだから脚としての機能は果たしていない。フォルムとしては昆虫に近い。いや、一対の腕と二対の脚だから、むしろケンタウロスか。だとすればなんという異様なデフォルメだろうか。さらに後脚の後ろには、カプセル様の構造物が備わっていた。眼の色に近い半透明の緑色を湛えたそのカプセルは、化学実験に用いるメスシリンダーを思わせる形状で、つまり明らかに人工物。

いや、そもそもこいつが生物だなんてことは考えにくい。そのはずなのに。

怪物のしぐさには、奇妙な生々しさが感じられる。

やつは今、獲物に狙いを定めた猫のように高く尻を上げている。

その目の前に、倒れた女生徒がひとり。生きている。怯えている。じりじりと後じさる。

屋上出入り口では逃げようとする者たちがひしめきあっていて、悲鳴と怒号が渦巻いて、
しかし動き続けているのはその場所だけだ。

他はほぼ止まっている。ついさっきまでの大介と同じように。

と、怪物がさっと手を伸ばした。

その手の中に握り込まれて、女生徒の姿は一瞬で見えなくなる。

直後、指の隙間から大量の鮮血がほとばしった。

わずかに漏れた悲鳴はマリマリのものか、それとも大介自身の声だったのか。

怪物は、血まみれの手をまじまじと見て、不思議そうに小首をかしげた。そして手を振り、まつわっていたものを払い捨てた。

そこからは地獄だった。怪物はもうしくじりはしなかった。目に留まった不運な男子生徒は、ほどよい力加減で手の中に収められ採集された。

そう、それはまさしく「採集」で、大介にとっては懐かしい田舎の遊びの記憶に連なっている。カブト、クワガタ、バッタ、コオロギ、手に入るものはなんでも捕らえて虫かごへ収めたものだった。時にはカマキリも。

怪物の行動は獰猛（どうもう）な捕食者のように素早く、かつ好奇心旺盛な子どものように容赦がな

かった。捕らえられた者はすぐさま腰のカプセルへ収められ、充塡された液体の中でわずかにもがいて、たちまち静かになった。

最初のひとりが捕らわれた瞬間、大介の恐怖は臨界点を超え、生存本能が上回った。

「マリマリ！」

駆け寄る。手を取る。その手を引いて、まっしぐらに昇降口を目指し走る。

「悠美子先生！」

ひしめきあっていた人影はすでになく、扉の際で様子をうかがっていた養護教諭が、今しもそれを閉めようとしていた。彼女は気づいた、大介たちに。

怪物もまた迫っていた。昇降口の塔屋を横合いからのぞき込み、小首を傾げて──

「ひっ！」

短く叫んで、彼女はドアを閉めた。大介とマリマリの目の前で。ふたりを確かに見て。

「ごめんねぇ！」

「先生⁉」

飛びついたドアノブに施錠の手応えがあった。揺すっても叩いてもびくともしない。

「先生！　開けてください、先生！」

マリマリが後じさる。間近に迫った怪物を見上げている。

が、怪物の視線は定まらない。ゆっくりと移動を続けながらきょろきょろしている。

取り残された者は他にもいて、塔屋の周りだけではなく、屋上のあちこちに散らばっていた。動けなくなっている者も少なくはない。立ちすくんでいる者も、金網を乗り越えようとしている者もいた。

「悠美子先生、開けてくれよ！　先生！　先生ってば！」

大介はドアを叩き続け、叫び続ける。答えはない。閉ざされたドアの向こうに人の気配もない。黒々としたものが胸の底からこみ上げてくる。

(俺は……俺は、みんなを守ると誓った。それが使命で運命なんだと思ってた。だけど)

怪物が手を伸ばす。またひとりさらわれる。今度は女生徒。

(だけど、いくらなんでも……)

またひとり。次々と。カプセルの中でたゆたう人、人、人。

(死ぬ)

もう動かない、漂うだけの人のかたち。

(このままだと、確実に死ぬ)

「この野郎！」

男子生徒のひとりが反撃に出た。屋上に置かれていたベンチを、渾身(こんしん)の力で怪物へ投げつける。が、それはあっさりと弾き返されて転がり、直後、怪物は彼を無造作に薙(な)ぎ払った。後に残されたのは指先で引き裂かれた金網フェンスと、わずかな血しぶきだけ。

（やだ。死にたくない）

大介は走った。ドアを諦め、フェンスへ向かう。

マリマリもついてきたのがわかったので、背を向けたまま言った。

「俺たちも！」

フェンスをよじのぼった生徒が三人、そのてっぺんでためらっていたが、たった今タイミングを揃えて踏み切った。校舎は四階建て。足から落ちれば生存率は五割。このまま屋上で狩られるよりはよほどましだ。そう思ったのに。

飛びついた金網の向こう、遥か眼下に血溜まりがみっつ。

悲鳴が聞こえた。続けざまにいくつも。

屋上から階下へ降りようと試みた生徒たちが、力尽きて次々と落ちていくのだ。と、怪物が大きく跳ねた。

来る。

顧みた大介とマリマリの前を走る女生徒がふたり。クラスメイトだ。ひとりは香織、もうひとりは理子。逃げるふたりの背後に着地した怪物が、ゆらりと身を起こす。光る眼が、かれらを捉える。香織と理子の恐怖のまなざしも救いを求めて縋ってくる。

「こっち来んな！」

反射的に叫んだ大介の後ろで、マリマリがダッシュした。

「あれっ？　おい！」

切断された校舎の一角はフェンスも失われている。その間際まで走ってマリマリは足を止め、広げた両手を大きく振った。

「ほら！　こっちこっち！」

怪物が、彼女のほうへゆっくりと向き直る。そして跳ぶ。

「くっ……」

やつの動きを目で追いながら大介は、尻ポケットをまさぐる。取り出したナイフの刃がなかなか開けない。あんなに練習したのに。わななく手が言うことを聞かなくて。

香織と理子が駆けてきて、大介の後ろに隠れる。三人の視線はマリマリを追う。

遮るように怪物が着地する。その股間越しに見える標的の少女は、あまりにも小さい。

（ヤバい）

動けない。

「あっ……ひっ……」

声を漏らし震えている。

（マリマリが）

すぐそこなのに。

「いや」

ささやいた声は怪物にも届いただろう。

（でも……足が……足が……）

やつが吠える。拒絶と宣告の咆哮(ほうこう)に、少女の悲鳴はかき消される。

「やっ！」

（守れるんじゃなかったのかよ）

後じさったマリマリの足が止まる。もう逃げ場がない。声が漏れる、か細い声が。言葉にならない恐怖が。

そして大介は声ひとつ立てられず握り締めたナイフはお守りにさえならず救えず守れず戦えず支えられず震えて震えてただただ見る。その瞬間から目を逸らしたら次は、誰に、何が起こるかわからないから。

（俺、最低だ）

その時だった。突然飛来したワイヤーフックが、金網フェンスにがっちり食い込んだ。

反射的に仰ぎ見た、その視界に躍り込んだ姿は人魚に似ている。

人だ。女。ぴったりしたスーツに包まれた肢体が、きりきりっとスピンし宙を舞う。

両手に銃。いずれもごつい。

左手のはワイヤーガン。それを操って、いっきに屋上へ駆け上がって来たらしい。鉄線の先端で分銅の如く振り回されつつ、その頂点で逆さまになった状態から、彼女の右手は続けざまに発砲を始めている。大口径の銃である。おそらくショットガンモード。雨だれの如き着弾は怪物の顔面周辺に集中し、やつは唸りながら身をよじった。

「え……」

つぶやいてマリマリが、不思議そうな顔をした。

その目の前へ、女はひらりと舞い降りた。風を孕んで膨らむ長い髪。

もう人魚には見えなかった。むろん天使でも妖精でもない。ましてや魔女でも。

大介は、そしてマリマリは、彼女の名前を知っていた。

「ミロ!?」

呼びかけた大介の声に、女――ミロは、わずかに反応した。

が答える前に銃を構え、怪物へ突きつけた。

「いかにも私はミロ。アーヴ第4方面本部所属のバランサー、ミロだ」

そう名乗り、大介へ目を走らせた。

透き通る瞳。貫通力の高いまなざし。一度見たら忘れられない印象的な眼。

七年前は雨模様の夜で、雲間からのぞいた月も細くて、今とは違った色に見えていたに違いない。けれど大介は違和感をおぼえなかったし、むしろ――

「昔と全然変わってない!」

「私をすでに知っている?」

呟いてミロは、わずかに目を伏せる。

「なるほど。予測どおりということか」

「予測？」

問い返したのはマリマリだ。ミロは答えず、きびきびと手を動かしながら言った。

「生存者の数は？」

「知らない！ 俺たちだっていっぱいいっぱいで……」

「報告は簡潔に」

ワイヤーガンを腰のジョイントにセット。右手の銃をモード切り替え。その詳細はマリマリの位置からは見えただろうが、大介にはよくわからなかった。

ただ、銃の威力が増したのははっきりとわかった。

一発、二発、三発。さらにもう一発、のけぞった喉首へ。至近距離から続けざまに撃ち込むと、怪物は苦鳴の尾を引いて身をよじり、ドッとその場に倒れ伏した。

「倒した⁉」

崩れ落ちた怪物の尻で視界が遮られた。大介は走って回り込み、ミロとマリマリの元へ向かった。ちらりと見ると、怪物の眼には光が点滅している。

マリマリも恐るおそる身を乗り出し、のぞき込んでいる。

「……やっつけたの？」

「いや、これくらいの攻撃では」

「じゃ、俺がとどめを刺す」

意気込んで言った大介に、ミロが向けた目は冷ややかだった。

「おまえは？」

「大介だよ。堂嶋大介」

言いながら摑んだ銃身は熱かった。アッと言っていったんは退いた手を、そのままにしておけるはずはない。懇願する声がぶざまにうわずった。

「それを貸してくれ！」

「……堂嶋？」

呟くミロ。確かめるように。

見つめるミロ。値踏みするように。

七年前のまんまのミロ。夢でも幻でもなく、目の前にちゃんといる。

なのに、なぜこんなにも遠いんだろう。

大介の声は悲鳴めいて高まる。

「言われたように守るから。今度こそちゃんとやってみせるから！」

差し伸べた手を、あからさまに払いのけて銃を引き——しかし。

「ならば、おまえにはふさわしい武器がある」

ミロは告げた。まっすぐに彼を見て。

「それを使え」

「……俺専用の？」

答えはなかった。その前にマリマリが耐えかねたように問いかけたのだ。

「ミロ、何が起こってるの？　どうして突然ここに？」

「おまえは、手真輪愛鈴だな」

「おぼえててくれたんだ」

「いや。知っていただけだ」

「そんなことより、俺の武器って！」

進み出た大介に構わず、ミロは銃を構え、発砲した。

少し離れた場所で身を寄せ合っていた香織と理子が、銃声に悲鳴を上げた。

ふたりの背後で、昇降口の鍵が撃ち抜かれ、振動で扉がわずかに開いた。

「事情は後で話す。手真輪は生存者を連れて避難しろ」

「避難って、どこに？」

「この建物はおまえのほうが詳しいはずだ。シビリアンが……あのサイズの敵が入れない、できるだけ頑丈な場所がいい。扉や窓から離れ、物音を立てずに隠れていれば、しばらくは持ちこたえられるだろう」

「しばらくって……」

いつまで？

そう問いたかったのだろう言葉を飲み込んで、マリマリは動いた。

「香織、理子。手伝って。動けない人たちを助けなきゃ」

「えっ……マジで？　私たちが？」

理子は引いた。が、香織はきっぱりとうなずいた。

「わかった」

「ええ〜」

ミロは銃をホルスターに収め、大介の傍らに立った。

「コードネームの希望はあるか。堂嶋か、それとも」

「大介だ」

七年前は大介「くん」だった。

今は違う。あの時の泣き虫はもういない。

「俺のことは大介って呼んでくれ」

「わかった。では大介」ぐいと乱暴に腕を摑まれた。「来い」

引きずられるように走っていた。

「え。ちょ……うぉあああああ!?」

ひとっ飛びでフェンスを躍り越え、振り子のように宙を舞った。

必死にしがみつくと、顔半面が弾力あるものに埋まった。

ミロの左手にはワイヤーガン。いっきに地上へ到達すると、そのまま走り出す。

放り出された大介は、グラウンドの上を転がった。

「早くしろ」

声と同時に地を揺るがすような排気音。バイクのエンジン音だ。土まみれで顔を上げた大介の前に、見慣れない大型マシン。ミロはすでにまたがっている。

「乗れ」

「なんなんだよ、もう！」

わめきながらも大介は、身軽に跳ね起きてミロの後ろへ飛び乗った。

すぐさま発進する。荒々しい風がミロの髪を顔へ吹きつけてくる。それを避けようとすると、自然とミロにぴったりと身を寄せ、耳元へ顔を近づける格好になってしまう。

「どこへ行くんだ！」

「切り札の在処だ」

「切り札？」

「飛ばすぞ。舌を嚙み切りたくないなら黙っていろ」

バイクはグラウンドを突っ切り、切断された一角から飛び出した。その先は廃墟。

大介は歯を食いしばり、ミロの肩に顔を埋めた。獣臭い匂いが彼を包んだ。悪くない。これはミロの香り。そして彼が背負う使命の香りだ。ならば——これから行く先には、彼の運命があるはずだ。

第二章　勇者願望

01

――2017/05/17(Wed.)/13:41
東京・渋谷・聖昭学園・体育館

「家のほうはもういいの？」

「ああ。それより、本当にミロだったのか？」

うなずいてマリマリは、慶作に促され、並んで腰を下ろす。

体育館の中は人いきれでむせかえるようだ。避難した生徒や教職員が、中央付近に身を寄せ合って固まっている。扉も窓も閉め切られ、風が通らない。

マリマリと慶作は、人混みを避け、壁に背をつけて座った。

そんなふうにしている人もぽつぽついて、少人数の友だち同士か、でなければ独りだ。

悠美子先生の姿もあった。マリマリたちからそう遠くないところで、独り膝を抱え、しきりに何か呟いている。慶作がチラッとそっちを見る。心配そうだ。マリマリは顔を背け、座る位置を少し変えた。

言い争う声がする。暗幕を張る張らないで揉めているのだ。隠れるためには張ったほうがいい。だが誰がやる？　誰も窓には近づきたくない。今にもやつが、怪物が、のぞき込んでくるかもしれないのに。

窓ならマリマリたちの後ろにもある。ただし見上げる位置だ。体育館の天井は校舎の二階とほぼ同じ高さで、窓は採光と通風のため上のほうにだけ設置されている。カーテンなら簡単だ。壁際に下がった紐を引けば閉まる。だが暗幕はどうだろう。確か行事のたびに倉庫から持ってきたはず。よく思い出せない。マリマリは疲れていた。あまりにも急激に何もかもが起こり、巻き込まれ、振り回されてふらふらだった。

香織と理子は、人混みのどこかにいるはずだ。ふたりに協力してもらって屋上から避難させた生徒たちも、きっとそのあたりにいるのだろう。今マリマリから見えるのは、ケガをして歩けない人たちだけだ。人混みから少し距離を置いて横たえられている。

あれでよかったのだろうか。もっとうまくできたんじゃないだろうか。

香織と理子はどう思っているだろう。理子は明らかに迷惑がっていた。香織だって内心はわからない。調子に乗ってると思われたかもしれない。

考えれば考えるほど自信がなくなってくる。

慶作が戻ってきてくれなかったら、理性を保てていたかどうかわからない。

母ひとり子ひとりの慶作は、そのまま母についているものとばかり思っていた。でも違った。彼は約束を守り、すぐ戻ってきた。感謝している。

けれど、その気持ちを言葉にする余裕は、今のマリマリにはなかった。

そして慶作にも、いちばんの気がかりは別にあるらしかった。

「やっぱり夢じゃなかったんだな、ミロは」

「うん。……でも、なんか変だった。私たちのこと知ってはいるけど、会うのは初めてって感じ。話し方とかも、あんなんだったかなぁ……って」

「七年前と違うの」

「顔とかは変わってないよ。ホントあのまんまで、全然年取ってなくて。でも……前は、もっと優しかった」

そう、優しかった。マリマリはありありとおぼえている。七年前のあの夜、大介を見つめるミロの眼は、いたわりに満ちて濡れていた。彼に「予言」を告げる声も、隠しきれない感情にあふれていた。その感情がなんなのか、あの時のマリマリにはつかみきれなかったし、今もよくわからないところもある。

でも少なくとも、さっきのミロとはまるで違った。そう、まるで――

「怖かった。軍隊みたいで」

「……前会った時も、なんかのプロって感じはしたけど」

慶作の言うとおりだ。七年前、ミロは仲間たちの目の前で人を殺したし、「完全に処理する」などと言ってのけた。そしてその通りにしたのだろう。

何者なのか。なんのために現れたのか。わからない。あの時も、今度も。

いや違う。助けてくれた。少なくともあの時は。そして今度だって。

でも、そのために来たのだろうか？　それとも他に何か理由が？　別の目的が？

だとしたら、それはなんだろう？

「そういえばね、ミロ、予測どおり、って言ってた」

「予測？　何のこと？」

「わかんない。でも聞き間違いとかじゃないよ。すぐそばではっきりと聞いたもん」

「わけわかんねえな……で？　ミロは？」

「わかんない。多分、大介と一緒じゃないかな。武器があるとか言ってたし」

「武器って……ナイフとかじゃないっぽい感じかな」

「だと思う。だって相手が……慶作、もう見た？」

「いや」

「よかった。見ないままで済めばいいね」

その時、声がした。不吉なサイレンのような、長い長い尾を引く叫び声が。

「あれなら聞いた」

ささやいて慶作は、マリマリをかばうように抱き締めた。

悠美子先生が悲鳴を上げて立ち上がった。

直後、ずん！　と体育館を揺るがす震動が走った。天井からだ。

ハッとしてマリマリは、悠美子先生の視線を追った。

やつが、真正面の壁の上方にある窓から体育館内をのぞき込んでいる。

悠美子先生は何かわめきながら体育館入り口へ走った。

と、彼女の目の前で、閉ざされた扉がべこりと歪んで隙間が生まれた。そこから侵入した怪物の指が瞬く間に扉を引き裂く。

悠美子先生は逃げようとはした。が、飛び込んできた怪物の手はそれを許す速さではなかった。鷲摑みにされた先生が連れ去られ、怪物の腰のカプセルに収められるまでに要したのはわずか十秒ほど。その一部始終は壊れた扉の向こうに見えた。

「先生！」

立ち上がって叫んだ慶作の声が聞こえたのか、怪物は、マリマリたちへ目を向けた。

「やべ……」

後じさった慶作の背でマリマリの視界が遮られた。かばってくれている。それはわかる。

けれど恐ろしさは余計に募った。マリマリは身を乗り出し、扉の向こうを見た。何が起きているかわからないままでいるのは耐えられなかった。

と、その瞬間だった。怪物の肩口で小爆発が起こった。続けざまに二度。

反射的に顔を伏せたが、すぐに向き直った。胸騒ぎがあった。

怪物が脇を向いている。その視線を追って、マリマリは見た。

引き裂かれた体育館の扉の向こう、グラウンドに――何かいる。人型の、おそらく機械。手には銃。その照準の先にいる怪物に比べれば圧倒的に小さい。

「何あれ。今度はロボットかよ」

慶作が調子外れな声を上げた。そう、ロボットだ。誰が見てもそう言うだろう。

だがマリマリが熱中してきたいくつものアニメではもうちょっと細かい分類が為されていて、彼女はそれほどこだわらないが、確かもっと適切な用語がある。

全高およそ三メートル。白を基調にブルーを配した、すっきりしたデザイン。胸部前面キャノピの奥にはパイロットの姿が視認可能。ただ珍しいのは、パイロットの両腕がコクピット脇からはみ出して剝き出しになっていることだ。こういう形式のメカはあまり記憶にない。主役メカでは特に。――主役？　そう、それ以外には考えられない。

ロボットとは「乗る」もので、しかしあそこで怪物と対峙している存在はむしろ「着る」サイズ感だったから、分類名はアニオタの基本語彙としてインプット済みだ。パワードスーツ。強化外骨格。ウェアラブルなアシストスーツ。でも、どれもぴったりこない。

たったひとつ、ふさわしい名がある。ヒーローだ。

でも、誰だろう？　見えている腕は聖昭学園の男子制服で、この学校の誰かなのは確実で。キャノピ越しの顔はよく見えない。

「おいマリマリ！　どこ行くんだよっ！」

「気になるのっ」

あわてて追って来た慶作が、彼女をかばいつつ前へ出た。

それを振り切ってマリマリは、体育館入り口から身を乗り出し、眼を凝らした。

02

——2xxx/05/17(Wed.)/13:44
渋谷・聖昭学園グラウンド

同刻。ずん、と短い前脚を踏み換えて向き直った怪物が、真正面から彼を見る。

「さあ来い」

つぶやいて彼は身構える。肩に力が籠もる。その緊張を忠実に反映して、彼の機体も戦意を露わにする。キャノピ表面はHUDとして機能しており、彼に様々なデータを提示してくる。そのすべての意味を読み取れるほどの習熟度は、今の彼には望むべくもない。

だが、すでに知っていることもいくつかあった。たとえば――

（リヴィジョンズ）

それが目の前の敵の名。

（こいつはシビリアン）

リヴィジョンズの中にもいくつかのタイプがあり、尖兵として運用されているのがシビリアン。主任務は、人間の捕獲。

（そして、これがパペット）

その名を脳裏に思い描くだけでHUD上の数値のいくつかが変動する。モニタリングされている心拍数と脳神経マップ上の活動電位だが、そんなことは知らなくてもいっこうに構わない。もっと大事なことがある。

（ストリング・パペット。この俺の、俺だけの専用武器だ）

ミロはそう言った。ならば、これは彼――堂嶋大介の使命で、運命だ。

「みんなは、俺が守る……！」

声に出してそう言った時、強烈な快感が全身を満たした。

（報われる）

こみ上げる笑み。同時に緊張で顔が引きつる。呼吸は荒く、鼓動も早い。

(俺はきっと、あの時から、この日のために生きてきたんだ)

彼は、大介は、そう信じた。だとすると、しかしそれはなんと長い時間であったのか。

彼の主観ではたかだか七年に過ぎまい。が実際は――しかしここでわずかに時間を遡(さかのぼ)るとしよう。彼が、彼の力を手に入れたいきさつを語っておかなければならない。そして
いくつかの事実を目の当たりにしたことも。

03

――2xxx/05/17(Wed.)/13:37
東京廃墟・地下鉄路線内某所

「着いたぞ」

ミロは短く告げた。が大介は、彼女にしがみついたまま動かない。ぽかんと口を開いたまま、前方にあるものを見上げている。驚きの表情があまりにも子どもじみている。

「早く降りろ」

「あっ。ああ。……ちょ、足下暗いんだけど」

構わずミロはビークルのエンジンを切る。アイドリング音が絶え、ヘッドライトも消えた。先疫紀（せんえきき）時代の鉄道網として利用されていた地下トンネルは静寂と闇に包まれた。

「だから暗いってば！」

（うるさいやつだ）

ミロは携帯用ライトを点（つ）けた。巨人の姿が闇に浮かび上がった。ついさっきまでビークルのライトに照らし出されていたその姿は、大介の眼にも印象的に焼きついていたのだろう。一心に見上げながら、魅せられたように近づいていく足取りに迷いはない。

「ストリング・パペット。我々の切り札だ」

「我々？　ミロも乗れるの？」

「いや」

「なら俺のだ。そうだろ」

（そのはずだが）

この少年に、本当に操れるのか。ふと胸に浮かんだ疑問を、しかしミロは封印する。答えは実証のみによって得られる。そのために彼女はここにいる。だからあえて断言する。

「おまえのだ、大介。こいつならリヴィジョンズと戦える」

「えっ？　リ……？」

「リヴィジョンズ。敵の名だ」

「あの怪物？」

「そうだ。あれはシビリアン。もっとも一般的なタイプだ。主任務は人間の捕獲」

説明しながらパペットに歩み寄り、ボディに触れる。パペットの全身に無数の光が一斉に灯った。同時にコクピット前面のキャノピが開放される。

「うおっ！」

すぐ後ろについてきていた大介が、声を上げてのけぞった。

「何をしている。早く乗れ」

「今すぐ⁉」

「当然だ。あのシビリアンはいずれ動き出す。対処は一刻を争う」

「いやいやいや、こんなのいきなり乗れって言われても。もっと普通の武器ないの」

「対リヴィジョンズ兵器としてこれ以上のものはない」

「なら使い方ちゃんと教えてよ！」

「専用ＡＩがサポートする。おまえなら脳神経適合は完璧のはずだ」

「それって、俺のために調整したってこと？」

「そうだ。さあ早く」

無理やりパペットの中へ押し込む。パペットのブーツ部が、大介の両脚を吸い込むようにフィットする。キャノピが降りる。その内側のＨＵＤに光の文字が浮かび上がり、目まぐるしく変化する。起動シークェンス（SYSTEM START-UP）だ。

「せめて練習させろ！」

「必要ない。マン・マシン・インターフェイスの操縦サポートは万全だ」

神経接続（NERVE CONNECT）完了。動作認証（MOTION VALIDATION）完了。体調チェック（PHYSICAL CONDITION）完了。射撃管制装置（FCS）問題なし。姿勢制御システム（RCS）問題なし。

素早く表示が切り替わるそれらの文字を目で追ううちに、大介の表情はとまどいから陶酔へと急速に変化していく。並行して語りかけるAIの淡々とした声。

『対リヴィジョンズ装着型戦闘システム・ストリング・パペット。脳神経マップ、パイロット適合。ダイスケ・ドウジマ確認』

起動完了（COMPLETE）。HUD中央にターゲットサイトが表示される。

「これでいつでも戦える」

「マジで」

身じろぎした大介の動きを感知し、パペットがミロへ向き直る。その動作には、やはりわずかながらラグがある。ニューロスーツを着用させるべきだったか？

（いや、そんな猶予はない。それに）

「すげえ」

呟いて手を見ると、パペットの手も忠実に動いて同じポーズを取る。握り締めれば拳を固める。それを確かめる大介の表情は多幸感にあふれている。

（モチベーションは問題あるまい）

「行くぞ」

ビークルにまたがり、発車。急加速。爆音がトンネルを揺るがす。と――

「うぉわああああああああああああ！」

大介のパペットが轟音と共に彼女を軽々と追い越していった。

「なっ……!?」

全力噴射のスラスタ光がたちまち遠ざかってゆく。

「……問題はセルフコントロールか。これも未来予測のデータどおりだな」

ミロはスピードを上げ、暴走するパペットを追った。

――2xxx/05/17(Wed.)/13:40
東京廃墟・某所

04

パペットは真っ暗闇の中を高速で飛翔する。

「わっ。わっ。わっ。ちょ、怖っ！　ぶつかるぶつかる！」

両腕をわたわたさせると動きに応じて機体も反応し、意図せずくるりと反転した。仰向けで飛ぶ体勢だ。大介の視界から線路が去り、トンネル内壁の無骨な眺めに変わる。

『あわてるな』

ミロの声が耳元に届く。ＨＵＤ上の視界の隅に通信中を示すアイコンが点灯している。

「ミロぉ〜！　なんとかしてくれよ！」

『操縦者はおまえだ。自分で対処しろ』

「どうやって⁉」

『体でおぼえたほうが早い。全身でバランスを取ってみろ』

「こんな狭いところでかよっ」

『問題ない。なんの対策も講じられていないなら、おまえはとっくに血煙だ』

なるほど。確かに道理だ。ならば。

大介は空を飛ぶ自分をイメージした。むろんそんな経験はないが、流れの速い川で泳いだことならある。水も大気も流体に変わりはない。挙動は想像の範囲内だ。

機体は彼のイメージ通りに反応した。背泳ぎの姿勢から、うつ伏せに変わる。進行方向が見にくいことに変わりはない。コクピットの構造上、ｘ軸方向の視界確保は難しい。が不安はなかった。見えないところはＡＩがサポートする。彼は思うがままにすればいい。

のびのびと四肢を広げると、全身に浮力を感じた。

（いける）

大介はぞくぞくした。

（てゆーかこれ、ひょっとして）

ＨＵＤ上に初めて見るパターンが表示された。疑似３Ｄのマップだ。その一点にマーキングがある。意味は直感できた。ミロと大介が地下トンネルに侵入した地点だ。もうじきそこに達するのだ。つまり出口。この暗闇からの。減速せずに突っ込む。

強烈な光の中へ飛び出した大介は、思わず目をつむり、しかし制動は一切かけない。

ぐりんっ、といきなり体幹方向が変わった。ＡＩが反応したらしい。頭から先に弾丸の如く突き進んでいた座標軸が九〇度反転し、のけぞるように全身を引き起こされた。

ハッと目を開けた大介の前に廃墟がそそり立っていた。

「うおっ⁉」

脚部スラスタ全開で、壁面を蹴りつけるようにして激突を回避。その勢いを乗せて真上へと駆け上っていく。背部ブースタが三機とも作動し、さらに推力を加える。

周辺には高層ビルの廃墟が連なり、足がかりには困らない。壁から壁へと三角飛びで、高く、高く、より高く。

（いいぞ。いける。行け！）

『大介！　どこまで行く気だ！』

追ってくるミロの声。厳しく咎める口調だったが、今の彼に届きはしない。

「見てろ、ミロ！　俺、飛べる！」

この瞬間、大介のパペットは地上三〇〇メートルを超える高度まで達していた。

眼下に広がる光景は――しかし彼の昂揚を裏切った。

「……なんだ、これ」

見渡す限りの荒野である。土色と赤錆色と、驚くほど瑞々しい緑。それらが地表の大半を占拠している。その圧倒的な広大さに比べると、足下に連なる廃墟の卑小さが際立った。文明の遺物だ。身を寄せ合って死に絶えた亡骸だ。大半はすでに緑に侵食され、しかしまだに朽ちきらず、無残な姿をさらしている。

けれど、荒れ果てたその場所に、ただ一個所だけ様子の異なるエリアがあった。

街だ。

荒野を引き裂いて東西に延びる大断崖、その一部分が不自然な半円形を描いて東南東へ迫り出したところに、その街だけは今なお生きた文明を載せて存在していた。

「あれって……」

見慣れた建物がいくつもある。通い慣れた場所も識別できる。

「渋谷？」

正確にはその一部、渋谷駅を中心に半径およそ一キロに渡るエリアがくっきりと円形にくり抜かれ、荒野の真ん中にはめ込まれていた。ぽつんと浮かぶ孤島のように。

（まるで島だ。渋谷が荒野へ漂流？）

『堂嶋大介。ようこそ二三八八年へ』

通信越しのミロの口調はフラットで、ただ事実のみを告げる感触があった。

『おまえたち渋谷住民は、リヴィジョンズが遂行したエリアタイムジャンプにより、街もろとも、二〇一七年からこの時代へ転送された』

ぐんぐん高度が下がってゆく。それに連れて眼に入る世界が狭まってゆく。

渋谷の街は廃墟に隠れてもう見えない。

『おまえは仲間を守ると誓った。ならば教えよう。おまえが戦う相手は』

大介は、歯を食いしばった。

『未来だ』

何のことだかさっぱりわからない。

が、何をすればいいのかはわかっている。

「望むところだ！」

ブースタ、スラスタ全開。いっきに跳躍する。

再び渋谷が視界に入った。エリアの境界線付近では火の手が上がっている。あの線上にあった建物は、校舎と同様に切断されたのだろう。

しかし学校はまだある。あそこには、彼を待っている人がいる。

05

——2388/05/17(Tue.)/13:44
渋谷・聖昭学園・体育館

かくして場面は再び聖昭学園へ戻る。体育館入り口から身を乗り出したマリマリと、彼女をかばって立つ慶作。ふたりはまだ何も知らない。リヴィジョンズの名も。ここが未来だという事実も。だが、マリマリは気づいた。

「大介？」

「ええっ!?」

慶作は数歩グラウンドへ飛び出し、目を凝らす。間違いない。シビリアンへ向け銃を構えたパペットの腕の奥、キャノピ越しに見える顔は、かれらのよく知る仲間だ。

「はぁぁぁ？」

大介がチラッとこっちを見た。口元が動いた。何か言ったが聞き取れない。

「なにやってんだ、大介ぇ！」

『引っ込んでろ！』

大介の声が大音量でぶつかってきた。外部コミュニケーション用の指向性スピーカが作動した結果だが、そんな機能がパペットに備わっていることを大介は知らない。キャノピの向こうへ届けとばかりに腹の底から叫んだだけだ。その声は、AI任せの手加減なしで増幅され外部へと放たれた。慶作にとっては音の塊で張り倒されたようなものである。

「ぶわっ！」

真後ろへ吹っ飛ばされて、それでもとっさに受け身を取り、丸くなって体育館の中まで転がり込む。入り口に詰めかけて外を見ていた生徒たちが、わっと言って飛びのく。

「いててて……」

「慶作っ！　だいじょうぶ？」

駆け寄ってきたマリマリが心配そうにのぞき込んでいる。

「あ、ああ……。だてに空手で鍛えてねーしなっ」

おどけた調子で答え、ぴょこんと立ち上がる。

「へへっ。　このとおり」

「よかった」

微笑んでマリマリは、しかしすぐに外へ目を転じ、不安げにささやいた。

「大介が言ってた、将来起きる事件って、このことだったんだね」

慶作の笑みもたちまち消える。スマホを取り出し、メールを確かめる。

今日渋谷にいることは
とても危険だ。

「……大介じゃないとしたら、誰が送ってきたんだ？」

呟いて慶作は、マリマリの視線を追った。

06

――2388/05/17(Tue.)/13:46
渋谷・聖昭学園グラウンド

探るようにパペットを見ていたシビリアンが、じりじりと間合いを詰めてくる。

身構えた大介の眼前で、HUDの表示が変化した。いくつもの表示が一斉に動き出して目で追い切れない。焦る彼に、AIがなんでもないふうに告げる。

『マスターの行動パターンに合わせ、自動最適化を行います』

「ああ、マスターね」

口元が緩んだ。確信が強まる。これは俺の、俺だけの力。胸の裡でそう繰り返す。

『モニタ表示、オート戦闘モードに設定。コマンド入力、音声モードに設定。レイアウト、コマンド入力方法、操縦方法の変更などがありましたら、いつでもお伝えください』

ターゲットサイト上に「SOUND ONLY」の文字が大きく表示された。

その文字が消えると、シビリアンの巨体が思いのほか接近している。

「うわっ⁉」

後じさりながらハンドガンを撃つ。当たれば敵は下がる。が、命中率がよくない。的中するのは三発に一発ぐらいの割合だ。逸れた弾の行方を見届ける余裕はない。

「ちょ、これ……狙ってんのに」

巨体が迫る。さっきまでの緩慢さが信じられないほど速い。軽快なサイドステップで弾を回避する芸当まで見せた。

(こいつも戸惑ってたのかもしれない。パペットを見るのは初めてだったのかも)

大介は血の気が引くのをおぼえた。

(でも、もう違う。敵として認識されたんだ)

シビリアンが突っ込んできた。回避する。が、パペットの反応が遅い。

「わっ。わわっ」

ぎりぎりのタイミングでかわしたが、バランスを崩してグラウンド端のフェンスに突っ込む。もともと傾いていた支柱が大きく揺れた。

「おい！　遅いだろ、おまえ！　もっときびきび動け！」

『処理速度の向上を試みます。エラー。神経接続に遅延が発生しています。ニューロスーツを着用してください』

「なんだよ、それ！」

敵が来る。銃撃するが食い止められない。

「ミロ！　なんかスーツがどうとかって……」

『用意している時間はなかった』

ミロはバイクに乗ったまま、グラウンド内で戦況を見守っていた。

「うわっと！」

敵の突進からジャンプで逃れる。激突されたフェンスの支柱が根こそぎ倒れた。

「こんなんじゃ勝てない！」

『パペットの力で制圧できるはずだ』

「でもこいつ硬くって！」

『可動個所を狙うか、ポイントを集中して射撃。もしくはイークを使え』

「イークって……」

HUD上にパペットの全身像が表示された。その一部が点滅している。左背部に装備された武器のアイコン。傍らには「E.R.K.」の名称表示も添えられている。

「刀のことか！」

正式名称は「爆発攻撃刀（Explosive Recoil Katana）」。その名の通り、形状としては日本刀に近い。大介はグラウンドへ降り立つと、左手を肩越しに背後へ伸ばした。手に触れる位置には何もない。が、構わず拳を握り締める。その動作を読み取ったパペットの腕は、彼が見当をつけたとおりに、ERKの柄（つか）をがっちりと握り締めた。

いっきに抜き放ち、長大な黒い刀を構える。

HUD上にいくつかの表示が目まぐるしく走って消える。左手に加わったERKの重量を折り込んでの格闘モード変更が行われたことを示す文字列だが、大介には識別できない速さであり、またいちいち読む必要もない。肝心なのはそれらの背景に大きく表示された刀のアイコンであり、その傍らに出た「装備完了（EQUIPPED）」の文字だ。

黒い刀身には反りがあり、いわゆる鎬造（しのぎづくり）様式。片刃の部分が青白く発光した。

「さあ来い！」

そこへシビリアンの爪が襲いかかった。とっさに刀で受ける。が、重量物を振り回す影響で反応速度の遅延はさらに増し、鎬（しのぎ）で受けるのがやっと。

食い止められるはずもなく、軽々と吹っ飛ばされてグラウンドの土にまみれた。

パワーが違いすぎる。殴り合いでは太刀打ちできない。

のしかかるように迫るシビリアン。その影が大介の顔に落ち、目の前が暗くなる。

「わわ……っ」

逃れようと焦る。と、ブースタが作動した。倒れたままの姿勢からだが問題はない。エアホッケーのパックのようにほぼ水平に跳び退り、距離を取って体勢を立て直す。

「おい！　もっとなんかないの!?　使いやすいやつ！」

『装備中の武器及び残弾数です』

ＡＩの声はミロと同様、日本語だが、表示類はすべて英語。引っかかる単語はない。この七年の中で身に着けてきた語彙ばかりだ。

「この弾丸タイプ（AMMO CONVERSION）ってのは？」

四種の弾丸のアイコンが表示される。

『ノーマル、誘導、散弾、バーストの四種からセレクトできます』

「は!?　先に言ってよ！　誘導弾で！」

『弾丸タイプ、誘導を選択』

ハンドガンのカラーリングがシアンからオレンジに変わった。構える。

『ターゲット位置を指定してください。中指クリックでロックオンします』

ターゲットサイト上のカーソルが、右手中指のクリック動作に合わせてシビリアンの顔面に次々と固定され、そのマーキング表示がいくつも重なった。

それだけだ。弾は一発も出ない。

「は？　なんで撃たないの」

『誘導タイプはロックオン及びトリガーのマニュアル操作が必要です』

「めんどくさっ！」

『トリガー操作は音声または人差し指でクリックしてください』

シビリアンが横を向いた。その動きに追随し、ロックオン済みのカーソルも位置を保持したまま移動する。敵の興味はパペットから逸れたらしい。

やつの注目は、体育館入り口の生徒たちへ向けられている。

そこにはマリマリと慶作の姿もあって、大介のほうを見ていて。

「撃て！」

音声命令により発射された誘導弾は弧を描いて飛び、シビリアンの顔面に次々と着弾した。全弾命中。やつは顔をかきむしりながら下がった。が倒れない。

「ダメージ低過ぎだろ！」

『弾丸スペックを確認しますか？』

再び表示される弾丸のアイコンたち。その脇には確かにパラメータが並んでいて、誘導弾のパワー値は四種中最低で、しかしそんなもの見ているひまはない。と言うより邪魔だ。

それらのデータの向こうに、シビリアンが体育館へ近づいてゆくのが見える。

「ブースタ、フルパワー!」

やつが生徒たちへ手を伸ばす。その胸元めがけ体当たりで突っ込む。激突。不気味な軋み音。シビリアンは唸り声と共にわずかに退ったが、踏みとどまって押し返してくる。

「俺が、守る……!」

だめだ。押し負ける。振り払われる!

(それなら!)

「推力そのまま!」

そう命令して大介は、押し返す敵の腕力を利用し、後方へ跳んだ。空中で体勢を整え、着地した時には前傾姿勢になっている。そのまま走る。

敵は再び腕を振りかぶり、殴りつけてくる。

間合いを計ってくぐり抜けるはずが、わずかに遅れた。爪が機体をかする。

「うぉあっ!?」

のけぞってバランスを崩した。が勢いが止まらない。スライディングの格好になり、敵の股間めがけて飛び込む。目の前を流れる敵の腹部。

(ここなら!)

前脚の付け根にターゲットポイントを集中。尻のほうへすり抜けると、すかさず立ち上がり、右へ回り込みながらクリック動作で発砲。

誘導弾は忠実な猟犬となって獲物に襲いかかり、やつの左脚の根元に食いついた。爆炎が噴き出し、支えを失った巨体が崩れ落ちる。

「よし！」

──その時、戦況を見守っていたミロがふと漏らしたひと言に、大介は気づかなかった。

「ほう」

たったそれだけ。だが、それは確かに感嘆の声だった。

彼女はビークルの上に屈み込む。メーター部に埋め込まれた小型ディスプレイにはパペットの全身図が表示され、各種武器を示すウィンドウも開いていた。それらに次々と指先でタッチし、表示される数値を確認していく。

むろん大介にはミロに気を配る余裕などない。シビリアンはまだ動いている。

と、パトカーのサイレン音が近づいてきて近くに止まった。

「なんだ……？」

見回した大介は、裏門のところに人だかりがしていることに気づいた。野次馬だ。いくつものカメラが彼に向けられている。注目されている。

と、音に反応しきょろきょろと辺りを見回していたシビリアンが──

いきなり跳んだ。腕の力だけで高々と舞い上がり、裏門方向のフェンスを越えてグラウンドの外へ。ミロからの鋭い指示が飛んでくる。

『大介。逃がすな』

「わかってる！」

（もうちょっとのところなんだ。絶対に逃がすもんか）

ブースター全開。シビリアンを追って飛ぶ。

（俺の力、見せつけてやる！）

07

——2388/05/17(Tue.)/13:51

渋谷・聖昭学園裏門前

泉海香苗（いずみかなえ）巡査長は単独で現着し、パーキングブレーキをかけた瞬間に気づいた。

（あっ、拡声器）

忘れてきた。署内も混乱していて装備確認を怠った。そもそも普段は単独で現場へ赴くことなどないのだが、取るものも取りあえず飛び出してきたのだ。仕方ない。声の大きさと返事の良さには自信がある。警察車輛のワゴン車を降り肉声で呼びかける。

「渋谷警察署です。このあたりで爆発が起きたとの連絡を受けました。これより誘導しますので、皆さんあわてずに」

と、地響き。現場の聖昭学園グラウンドを取り巻く人だかりが悲鳴を上げ一斉に散る。

直後、泉海の目の前に怪物が降ってきた。

「ひゃ！」

倒れた泉海を、怪物がのぞき込んでくる。

「ひ……」

「うおおおおおおお！」

飛来した人型の未確認機が、光る刀を怪物の背に深々と突き立てた。

ぐしゃっと地に伏した怪物の背で、朱く燃えた刀身が爆発した。

とっさに身を伏せた泉海の全身に熱風が噴きつける。

08

——2388/05/17(Tue.)/13:51

渋谷・聖昭学園裏門前

同刻。同地点。シビリアンの背の上。

コクピット内の大介は両手がフリーだ。何か実体あるものを握り締めているわけではない。だが気分は完全に剣豪で、それらしいポーズをつけることに躊躇はない。

左手のERKを逆手に持ち変える。右手のハンドガンを腰背部のジョイントに収める。そして右手を剣の柄に添える。これら一連の動きを空中でやってのけながら、ターゲットは視線誘導によって敵背部、肩口から胴体を包む装甲と肉色の外骨格との境目に定める。動作のラグは空中から落下する間に補正され気にならない。

ヒット。狙いどおり。

握って重ねた左右の拳は杭でも打ち込む感覚で、大介の頭上から膝のあたりまでいっきに振り下ろされた。それが可能な空間がキャノピ内には確保されており、ポージングに不自由はない。この一撃で敵ボディを貫通し路上へ縫い止める。大介のイメージではそうなるはずだった。がパペットとその武器には実体があり物理的抵抗も生じるため、ERKの柄を握った両手は彼のイメージを裏切り、機体の胸の高さまでしかめり込まない。

刀身が撃発した。内部の化学反応により炸裂した高圧熱風のダメージが切っ先方向へ集中する。刀身の接敵方向および貫入深度に応じて反応方向が制御された結果だ。周辺被害を減少させ、かつ打撃力を効率的に運用するためのシステムである。制御はパペットの手を介しＡＩにより行われるため、手から離れればただの金属棒だ。

シビリアンは大きくのけぞった。手応えが大介の手にびりびりと伝わった。ＥＲＫは健在である。引き抜いて跳び退る。摑みかかってきた敵の手を避けるためだ。

（まだ生きてんのかよ！）

ブースタで飛んだ彼の視界に、この時初めて路上に倒れた警官の姿が認識された。

「なっ……」

長々と吠えて怪物は、海老反りになって背後の大介を追い求め宙をかきむしる。

と、警官が起き上がり、近くに駐めてあったミニバン型の車輛へ走った。

（生きてた！）

安堵は、しかし一瞬で焦りに取って代わった。素早く周囲へ目を配る。怪物の腕が届く範囲に人影はほぼない。見落としがなければの話だ。しかも周辺は住宅街。

（とにかく止めなきゃ）

右手に再びハンドガンを装備。同時に音声命令。

「散弾（ＨＥ）！」

『弾丸タイプ、散弾（High Explosive）を選択』

銃のカラーリングがエメラルドに切り替わる。同時に地を蹴ってシビリアンの傍らをすり抜け、その正面へ回り込む。ようやく走り出した警察車輌を背後にかばう格好だ。シビリアンとの距離は近い。のけぞっていたやつの上体が、鞭打つようなしなりを伴って襲いかかってくる。その顔面にターゲットを重ね、すかさずクリック。

「くらえ!」

放たれた弾丸は即座に爆ぜ、制圧のための流星群となって、至近距離からやつの顔面へ降り注いだ。全弾命中。絶叫と共にやつは半ば立ち上がる。無事な右前脚一本だけでだ。が巨体を支えかね、道路脇に沿って張り巡らされた電線を引っかけながら倒れた。激突されたマンション外壁が崩れ、破片と粉塵が散った。

「やばっ!……これ中に人とかいたんじゃ」

『了解。スキャンします』

コクピット前面のセンサーランプが点滅し、赤外線と超音波によるスキャンが行われた。HUD上に表示も出たが、大介には読み方がわからない。

『該当建築物周囲に人体反応ありません』

「ふぅ」

と、警告音。同時にシビリアンの腕が地を這う角度から襲いかかってきた。ERKで受けると、敵は委細構わず握りつぶそうとしてくる。倒れたままの姿勢から、隙を狙って腕を伸ばしてきたのだ。

「くぅぅ……！　タフだなぁぁ……！」

いっきにとどめを刺すしかない。長引かせれば被害は広がる。だが、どうすればいい？

09

——2388/05/17(Tue.)/13:53
渋谷・聖昭学園付近の住宅街

「おまえは見込みがある」

かつて師匠は残念そうにルウに言った。彼女と兄が、中等部への進学を機に道場通いをやめる際のやり取りだった。

「手放すのは惜しいな」

よく言うよとルウは思ったものだ。師匠には叱られてばっかりだったのだ。やれ癇性(かんしょう)でいかんだの、短気は損気だの、そんなに喧嘩っ早くては嫁の貰い手がないだのと、大きなお世話もいいところだしセクハラだ。おまけに、よく考えるとどれもこれもおんなじことしか言ってないのがまた腹立たしい。

ガイとは大違いだ。兄が師匠から小言をくらっているのを見た記憶はまるでない。

あの頃から兄は大人びていて、ルウとはまるで違っていて、ほとんど大人と同じに思えた。実際、兄は大人相手でも対等に渡り合えたし、相手も子ども扱いはしなかった。そうさせるだけの何かが兄にはあるのだろう。

今もそうだ。ふたりは通学路沿いのコンビニに来ていて、かれこれ四十分近く経つが手ぶらのままで、調達しに来たはずの水や食料は何ひとつ持たない。

その代わり、彼女の足もとの路上には、屈強な男性が三人ほど伸びていた。

「やり過ぎだ」

「そーお？」

あきれたように言う兄に、しれっと答えて、辺りに散らばった大量のペットボトル飲料や食料を拾い集める。転がって呻いている男たちにも言ってやる。

「あんたたち、手伝う気ないの？　かき集めるだけかき集めといてさ」

「こっ、このガキ……」

「大人ならそれらしくすれば？」

「もういいから」手伝いながらガイが耳打ちしてきた。

ルウはまだ腹の虫が治まらなかったが、ガイがそう言うならしょうがない。

それにしても、こんなやつら相手に、ガイはよく冷静に対処できるものだ。

こいつらはコンビニの品物を洗いざらいかき集めようとして店員に止められ、逆ギレして悶着(もんちゃく)を起こしていた。見かねて止めに入ったガイとルウにもさんざん暴言を吐いた挙げ句、金も払わずに持ち去ろうとしたのだ。

逃げるように店を出るやつらを、ガイとルウは追った。先に追いつき、やつらの前に立ちふさがったのはルウ。すぐ乱暴に突き飛ばされた。

オッケー。先に手を出したのは向こうだ。さあ覚悟しろ。

と思った時には、そいつはもう軽々とひねり倒されていた。

投げたのはガイだ。いざという時はいつもこうだ。まず動くのはガイ。ついていくのはルウ。そしてしばしばやり過ぎる。ガイに言わせればだ。彼女自身はそう思わないが。

「……おまえら、どこの生徒だ」

男のひとりが起き上がりながら言った。最初にガイに投げられたやつだ。恨みがましい目。まるで反省してないし懲りてもいない。ほーら、やっぱり。もっと徹底的にやればよかった。すかさずガイが反問する。

「あなた方、この辺の住民じゃありませんね」

「あぁ？」

「俺たちの学校はすぐそこです。行ってみるといい」

何を言い出すのかとルウは思った。もっと驚いたのは男たちで、三人ともぽかーんとしている。かれらにしてみれば、因縁をつけた相手に家へ案内されたようなものだろう。

「交通機関の復旧には時間がかかるかもしれない。聖昭学園は帰宅困難者の受け入れ施設に指定されてます。じきに受け入れが始まるはずだ」

「な、なんのつもりで、俺たちにそんなことを……？」

「わかりませんか？　今は災害時で、我々は同じ被災者だ。協力してやっていかなきゃならない。それだけのことです」

「……ああ、そうかよ。かっこいいねぇ、お兄ちゃん！」

殴りかかってきた。

その瞬間、ルウは抱えていたペットボトルをまとめて頭上へ投げ上げながら、流れるように男の前へ躍り出た。自然なスピンで放った回し蹴りは高々と伸びる。

「ハッ」

殴りかかる男の拳を跳ね上げる。

「フッ」

続いて肘撃。みぞおちにヒット。勝負は決まったが、ルウの体は流れに従って動いた。

「フン！」

「がひぃっ」

ショートレンジの膝蹴りが決まって、男は股間を押さえ悶絶した。

「ふぅ……」

ルウは満足の吐息をついた。師匠に褒められたおぼえはないが、套路(とうろ)、すなわち武術の一連の流れの型に限っては小言を言われたこともない。

顧みると、さっき投げ上げたペットボトルの最後の一本が、ちょうどガイのヘディングでバウンドし、彼の胸元へ収まったところだった。むろん取りこぼしはない。

「ナイス、兄さん」

「おまえなあ……」

その時、また爆発音が響いた。見ると煙が上がっている。学校のほうからだ。

「なんだろ、さっきから」

「……とにかく用を済ませてこよう」

ガイはコンビニ店内へ戻り、店長と支援物資提供に関する交渉を始めた。聖昭学園が区指定の「帰宅困難者大規模受け入れ施設」である旨を伝え、近く自治体からの協力要請がある見通しだから、そのおりには優先的な支援物資提供に協力をお願いするとの相談である。

そういうことかとルウは納得した。学校の備蓄は全校生徒の三日分をまかなう量で、たったふたりで何かできるのだろうかと疑問に思っていたが、ガイの行動は先を見越してのものだったのだ。むろん、こんな申し出は本来自治体ないし学校側から行われるべきで、一介(いっかい)の生徒に過ぎないふたりがしゃしゃり出るのは僭越(せんえつ)ではある。だが今この時点で、ここまで素早く判断し、広い視野で動ける者がどれだけいるか。師匠の言葉を思い出す。

「おまえの兄は将器を備えている。やがて人の上に立つだろう」

ガイについていけば安心だ。

あらためてその思いを強くして、ルウは誇らしさに胸を張る。

と、また爆発音が響き、コンビニの窓ガラスがびりびりと揺れた。

「行こう、ルウ。学校へ戻る。何が起こってるか確かめないと」

「わかった」

ルウにも異存はない。どうせ電車は止まっているし、家へは当分戻れまい。いざとなったら歩けばいいし。――と、この時ルウはまだ思っていた。

10

――2388/05/17(Tue.)/13:41
渋谷・渋谷区役所第2仮庁舎

時刻は再び前後する。渋谷区長・牟田誠一郎が視察先から戻ったのは発災から約四〇分が経過したこの時間になった。駅前の混乱に巻き込まれたせいだ。失点だが、些細なことだ。二階会議室へと向かう廊下を歩きながら、随伴する副区長の前田に問う。

「で、ちゃんとやってた？」

「はい、マニュアルどおりに滞りなく」

「あっそ」

なら問題ない。各種初期対応はマニュアルに沿って整然と行われたはずだ。いかにも秘書然とした見かけどおり、手元に置けば重宝な男だ。しかし念のため確認しておく。

「集まるのはここでいいんだよね」

「そのようにしております」

「ならいいよ。うん」

足音が追ってきた。記者どもだ。全国紙の柴田。テレビ報道部の藤野。争ってマイクを突きつけてくる。インフラが止まってるのによくやる。前田がやんわりと見える態度で断固として押しのける。その脇をすり抜けて追いすがってきた白髪の男がいきなり怒鳴った。

「区長！　あんた私らを殺す気か！」

「あぁン？」

こいつならよく知っている。横山信夫。渋谷中心街自治会長で、この前の選挙では対立候補を支持した。つまり敵だ。せいぜい笑顔で答えてやる。

「滅相もない。私は区民全員の味方です。皆さんを公平にお助けすることが責務だ」

「あのねぇ！　私らみたいな年寄りが一番大変なんだよ！」

「はいはいはいはい」前田がやっと割って入った。「すいませんすいません」

「どけ！　おまえみたいな若いのは放っといたってなんとかするだろ。なんでもこっちを優先してくんなきゃ。水！　食料！　一刻も早く配給を」

「そういうのも会議の後で対応しますので、すいませんがここから先は」

会議室前で職員が立て札を用意している。『渋谷区災害対策』と書かれている。

「チミ、本部ってつけてよ」

「え？　ああ、そうします」

馬鹿めが。言われなければわからないのか。どうせ派遣業者から回されてきたやつだろうが、次の契約更新では切るよう指示しておかなくては。むろん内々の話で、すべては人事課の裁量範囲の案件として処理する。仮にも区長が、こんな些事にまで口を差し挟んだなどと資料に残されては困る。

災害対策本部となった会議室内には、すでに複数のホワイトボードが並べられ、各種のメモや文書類がひしめき合い折り重なっている。飛び交う怒号。騒然とした有様だ。

が、スルーして奥の区長室へ向かう。

集まっていた顔ぶれが三人、一斉に牟田を見た。いずれも危機管理対策部の面々だ。座っていたふたりは立ち上がり、揃って頭を下げる。

牟田は鷹揚に手を振り、立たなくてもよいと告げる。いつもの儀式だ。

「で、内閣府との連絡は？」

「それが、まだ」防災計画課長の宮脇が立ったまま答えた。

「都知事とは？」

「それどころか、固定電話は全回線ダウンです。インターネットも、衛星回線も……」

言い終えてやっと腰を下ろした。実直一辺倒で長年やってきた男だ。忠実な犬。

「携帯は？」

「これが妙なんですが」窓辺に立って外を見ていた地域防災課長の金子が、手にした資料を確認しながら「一部地域では使用可能です。災害対策基地局のおかげかと」

「あとで資料回して」

区長のデスクにつき、ノートPCを開く。区役所内LANには問題ない。

着席した前田が言った。

「大規模な停電、さらにGPSも使用不能。これちょっとおかしいですよ」

「防災委員を全員集めよう。特に渋谷警察署の黒岩さんな。あと鈴村は？」

「今日は土木関係の方とゴルフの予定でした」前田が淡々と報告する。

「そのままか」

「不可抗力の事由なので……」

鈴村はもうひとりの副区長だ。今頃コースの上で焦っていることだろう。間の悪い奴だ。登庁してきたらせいぜい働いてもらうとしよう。

「鉄道はまったくダメなの」

「JRは復旧の目処は立っていないと」

「地下だってあるでしょ? そっちは!」

「いや、どうも線路が上も下も寸断されているらしくて」

「寸断って……おい誰かお茶くれ!」

座ったばかりの金子があわてて立った。

ペットボトルの緑茶はすでに銘々の前にあったが、牟田の分はテーブルの隅にまとめて置かれたままになっていた。その側では、防犯課長の岡部がノートPCを睨んでいる。気の利かんやつだ。色悪じみた口髭など生やしおって。牟田は内心で毒づく。ラブホの取り締まりなんぞも担当しているが女にはもてまい。

気働きでは金子も似たようなものだが、百姓面のせいかまだ許せる。骨惜しみをせず動くのも取り得だ。彼から緑茶を受け取って、すぐさま牟田はキャップをひねった。この瞬間の手応えは好きだ。首をねじ切る時もこんな感じがするだろう。

「この前名刺を交換した、ほら、陸自の人」

「第1普通科連隊の中西一尉ですね」前田が応じる。彼は人の名前を忘れない。

「あの人も一応区の防災委員だからさ。手伝ってもらおうよ」

「災害派遣を要請するんですか？」

「繋がるかなぁ……」岡部がぼそっと呟く。

「鉄道だけじゃなく」宮脇が思い詰めたような顔で「道路もちょん切れてるって……」

「うちにもありました」

岡部がやっとPCから顔を上げ、困惑した顔で続ける。

「と言うか……渋谷の外は廃墟みたいになってるって」

「そんなバカな……」

「区長」宮脇が身を乗り出す。「やっぱり災対本部の場所は、防災センターに移した方が」

「今さら何を言い出すかな。もう開設準備終わってるでしょ」

「しかし区の防災計画では、本来の参集場所は防災センターと規定されておりますし」

「しつこいね、チミ。特例事項を付帯決議したでしょ！　こんな大変な時に、仮庁舎を空っぽにはできないんだからさ！」

窓の外から遠い爆発音が聞こえてきた。一同、無言でその方向を見る。

なるほど。牟田は理解する。さっき金子が見ていたのはこれか。

「……これ、テロじゃないよな」

「テロ⁉」

宮脇が飛び上がった。無理もないなと牟田は思った。もしもテロならこの男の担当になる。平穏無事に務めきれるかどうか。むろん牟田とて同じことだ。

「あー、あれ。ほら国民保護計画。あれ見といたほうがいいな」

岡部が猛然とキーを叩き始める。宮脇は返事もせず、どさりと椅子に座った。思ったより打たれ弱いやつだ。いちいち指示を出さなきゃならないと面倒だなと牟田は考える。何かあった時、部下が勝手にやったことだと言い抜けられなくなる。

まあいい。どうせ有事の判断は牟田の管掌するところではない。国民保護計画は内閣総理大臣もしくは都知事からの指示で発令される。とはいえ手遅れになっても困る。そうなれば責任は彼自身にかかってくるだろう。渋谷で何が起きているのか。現状を把握し、上位機関へ一刻も早く伝え、指示を請う。まずはそれが最優先課題だ。

「ちょっと誰か、窓から様子見て」

今度はすぐに宮脇が立ってゆく。まだ防災センターにこだわっているのだろう。確かにあそこは便利だ。防災カメラからの映像で区内全域の状況を一望できる。

冗談じゃない。カメラの高さは地上一八〇メートルだ。おまけに防災センターはヒカリエの八階にある。そんなところに詰めるくらいなら地獄へ落ちた方がましだ。

11

——2388/05/17(Tue.)/13:58
渋谷・聖昭学園グラウンド

シビリアンは再びジャンプし、学校のグラウンドへ移動した。追いかける大介の前で、敵の尻は蛍のように怪しい緑の光を湛えている。カプセル内にゆらめき浮かぶ人の影。

(そうだ。人なら、あそこにも何人も)

「あの中のやつらって生きてる?」

『スキャン終了。生命反応あります。個体数一八』

「そんなにっ!?」

なぜ思い至らなかったのだろう。彼は見ていた。怪物が、逃げ惑う者たちを何人も何人も捕らえては籠へ押し込むところを。なのに今の今まで、敵を倒すことしか頭になかった。

「ミロ! あのカプセルってなに!?」

『捕獲用のバイオケージだ。あの中にいる限りは生きている。戦闘では無視していい』

「無視って!」

シビリアンの爪がパペットを襲う。大介はやつの背後へ回り込もうと試みる。が、隙がない。残った右前脚と両腕をフルに使い、敵は自在に方向転換する術を編み出していた。

12

——2388/05/17(Tue.)/13:59
渋谷・聖昭学園グラウンド

同刻。ミロはビークルを駐め、右耳に手を当てる。通信のための動作だ。

「何をやっている」

『あいつら助けなきゃ！』

スーツの手首に埋め込まれた骨伝導スピーカ音声に歪みが生じるレベルの声が返ってきた。反射的に手を離すと回線が途切れた。まだ耳鳴りが残っている。舌打ちして再接続。

眼前ではパペットと敵がぐるぐるとぶざまなダンスを続けている。

「そんなゆとりはない。忘れるな。おまえは初めてパペットを使っているんだぞ」

しかもニューロスーツなしでだ。反応速度も照準精度も瞬発力も動態制御由来の打撃インパクト期待値も全て三割から四割の低下を強いられるということだ。

『生きてるなら助けないと！　そのために俺は、あの日から今まで努力してきたんだ！』

（あの日？）

「何を言っている？」

『ミロが言ったんだろ⁉　俺にみんなを守れって！』

（私が？）

　不可解な言動だったが、問い返す余裕はない。パペットがシビリアンに捕まったのだ。大介の苦鳴がミロの耳元に届く。

　ビークルのディスプレイ上では、パペットの模式図に警告サインが点滅している。フレームひずみ値が危険領域に達している。特にキャノピへの負荷が高い。このままではパイロットごとひねり潰される。

「今は敵の殲滅を優先しろ。バースト弾に変更。脚部を中心に撃て」

『ダメだ！　こっからじゃ、あの中のやつらに当たっちゃう』

「このままではおまえがやられるぞ」

『いやだ！　絶対に、助けるんだ……！』

（蒙昧さはデータ以上か）

　シビリアンがもう片方の手を伸ばし、パペットのキャノピをこじ開けようと試み始めた。ひずみ限界を越えたボディから火花が飛ぶ。大介の悲鳴。耐えかねてミロも叫んだ。

「援護する！」

同時にビークルを急発進。耳元から離した右手はすかさず銃把(じゅうは)を握っている。連射しつつシビリアンへ肉薄し、回り込んで牽制する。敵の注意がミロに引きつけられる。と、やつの手が緩み、パペットはぽろりと頭から転げ落ちた。

13

——2388/05/17(Tue.)/14:06
渋谷・聖昭学園グラウンド

「わわっ……」

大介は焦った。そこにミロの冷静な声が届いた。

『接続部だ』

グラウンド上で受け身を取って体勢を整える間に、HUD上にはシビリアンの模式図が表示されていた。ミロから転送されたデータだろう。図の腰部にマーカーが二個所。

『そこを破壊すればバイオケージは取り外せる』

「ありがとう、ミロ!」

大介はミロとは反対方向へ回り込み、シビリアンの後ろを取った。HUD上の敵ボディにマーキング個所が重なる。バイオケージの前部、後脚付け根、左右に一個所ずつ。

「そこかぁっ！」

ＥＲＫを構え、その一点めがけ突っ込む。左接続部を貫いた刀身を、えぐるように動かすと火炎が噴き出た。大介は素早く引き抜き、追い打ちはせずに退った。

直後、巨体が崩れ落ちた。同時に右接続部でも爆発が起こった。と、バイオケージがひとりでに外れて転がった。接続部のダメージで自重を支えきれなくなったのだろう。

「やった！」

転がったケージの蓋が開き、大量の気体が噴出する。そのありさまを、シビリアンは身をよじりまじまじと見た。あのおぞましく尾を引く声で泣き叫びながら。

（今なら！）

パペットを前へ回り込ませ、やつの顔面へハンドガンを突きつける。

「バースト！」

弾種変更によりクリムゾンに染まった銃を、やつがのろのろと見る。

撃つ。間近から。放たれたバースト弾はやつの右眼を突き破った。傷口から噴き出した紅いものは炎ではなかった。しぶきだった。オイルにしては赤すぎる。体液とすれば、血液でしかあり得ない色合いの。

一瞬後、断末魔の絶叫と共にすべては爆炎に包まれた。シビリアンは動かなくなった。

大介も、その場で立ち尽くしていた。

『よくやった』

ミロの声がした。それでハッと我に返った。

「勝った……？」

やったのだ。誰でもない彼自身が、誰にもできないことを。彼だけのための力で。

（すごい。俺は、すごい。これで俺は、これからも皆を守れる）

『大介、ケガはないか』

「だいじょうぶ！」

（やっぱりミロが言ったとおり、これが俺の運命なんだ！）

大介の高笑いは、気の利かぬＡＩによって外部音声として増幅され、グラウンドいっぱいに響き渡った。

14

――2388/05/17(Tue.)/14:09
渋谷・聖昭学園裏門前

同刻。高笑いを聞いたルウが顔をしかめた。

「なにあれ」

答える気にもなれずにガイは、グラウンド周りに再び詰めかけ始めていた野次馬を押しのけ、ぐいぐいと前へ出てゆく。

大介だ。間違いない。ロボットに乗って得意げに胸を張り、体育館のほうへ叫んだ。

『おい、おまえら！　なにしてんだ、こっち来いよ！』

拡声器越しの耳障りな声が大音量でがなり立ててくる。その声に応えて、慶作とマリマリがおずおずとロボットへ近づいてゆく。

『早く来いよ！』

裏門側へ眼を転じ、野次馬へ向かって右手を煽る。ハンドガンを持ったままの手を。

『ほーらほら、あんたらも！　……ん？　ガイとルウか！』

「うぁちゃ～」

「行くぞ、ルウ」

「しょうがないなぁ……」

『どこ行ってたんだよ、今まで！　見たか、俺の活躍！　俺の運命！』

ろくに見えはしなかったし見たくもなかった。が、コンビニからの道々で嫌でも目に入れないわけにはいかなかった。倒れた電柱も。半壊したマンションも。軒並みガラスが砕け散って暗い穴となった窓々も。流れ弾をくらったらしき家の惨状も。

その一方で認めないわけにはいかない。グラウンド上に放置された怪物の巨体を食い止めたのも。その近くに転がったカプセル状構造物から這い出しつつある人々を、おそらくはやつが助けたのであろうことも。

「ねえ、これどうやって降りんの？」

甘えたように言った大介の声は拡声器越しではなく、キャノピの向こうからくぐもって聞こえた。通信回線へ話しかけているらしいのはわかった。

「ねえぇ〜、ミロぉ〜！」

「え、ミロ？」

ルウが大介の視線を追って身を乗り出す。ガイはすでに見つけていた。グラウンドの隅、ガイから見てほど近いゴールポストの向こう側に駐まった見慣れない型のバイク上、シートにまたがったライダースーツの女。見間違えようもない鮮烈な色の長い髪。ナビでも操作中なのか深く屈み込んでいたが、面倒そうに顔を上げた。よく通る声で言った。

「降りるのではない。脱ぐつもりでやれ。自然にできるはずだ」

「ちょっと、兄さん！　ミロだよね、あれ」

目を丸くしてルウが言った。ガイは答えられなかった。そのことに彼自身が驚いた。亡霊を前にすれば、さすがの彼も思考が停止するらしい。

15

――2388/05/17(Tue.)/14:11

渋谷・駅前

おまじないをかけるような調子をつけて堂嶋幹夫は、名も知らぬ幼い少女の膝にハンカチを結んだ。若い母親が礼を言う。軽く応えながら幹夫は下がり、辺りを見回す。

「これでよし、と」

駅前は身動きも取れない混雑だ。渋谷駅の一日当たり乗降客数は平均で約三二〇万人。乗換客によるカウント数の重複を補正してもなお約二二七万人に及び、日本でも有数の交通の要衝である。乗降客のピークは朝の通勤ラッシュ時で、約三万人が駅周辺に集中するが、さいわい発災時は昼下がりであり利用者数は落ちついている時間帯だった。それでも一万人に迫る人々が駅構内から駅前へあふれ出し、さらには区外から訪れていた人々が帰宅の足を求めて駅へと雪崩れ込んでいたから混乱は増すばかりだった。

交通整理の警官の笛が鳴り止まず、咬みあうかのようなクラクションの応酬や折り重なって響くサイレンが、ますます人々の焦りをかき立てる。

突き飛ばされた少女が膝から血を流し泣き出したのを見て、幹夫は駆けつけたのだった。聞けば住まいはこの近くだという。ならば地区内残留地域に該当し、基本的に避難所への移動はない。病院も大混乱だろうから帰宅を勧めた。若い母親は気丈に微笑み、娘の手を引き群衆の中へ分け入ってゆく。幼い娘は、まだ涙の跡が残る顔で幹夫に手を振った。

「先生、ありがとー！」

幹夫は苦笑した。名乗らなかったが、医師だとわかったらしい。手際だろうか。それとも消毒薬の臭いでも残っていただろうか。

すでに発災から一時間以上が経過している。その間、応急処置を施した軽傷者は両手の指では足りない数に上っていたが、この分ではきりがあるまい。職場のようすも気になる。震度5以上の地震の場合は全職員が非常参集の決まりだが、そもそもいまだに震度の発表がない。緊急地震速報を含むJアラート関連システムも沈黙したままだ。

「どうなってんだ、いったい……」

とにかく徒歩で職場へ向かう。が、たどり着くまでにどれだけかかることやら。

渋谷区における区内滞留者、すなわち区外から訪れた者の人口は推計で約五三万人。多くは通勤・通学者で、それぞれ所属する場所を持つ。これらのうち、およそ二二万人が徒歩での帰宅が困難と予想され、さらにそのうち約五万四千人が所属先を持たず屋外で居留せざるを得ないとみられている。

16

――2388/05/17(Tue.)/14:16
渋谷・聖昭学園グラウンド

さっきから生徒たちが口論を始めている。矢沢悠美子は、ゴールポストにもたれてぐったりと座り込んだまま、そのやり取りの声だけを聞いている。

「だからさぁ！　言っただろ？」

うわずったこの声は堂嶋大介。問題児。

「ミロが言っていた、来たるべき時が来たんだ！　ついに俺の運命が！」

「お気楽に笑ってる場合か！」

これはガイ。張・剴・シュタイナー。こんな感情的な声は初めて聞く。常に冷静で手のかからない、できすぎなぐらいの生徒という印象だったが。

閉じていた目をうっすらと開けて悠美子は、生徒たちのほうを盗み見る。

「ストップストーップ！　ガイも落ち着け、な？」

浅野慶作が、普段のままのオーバーアクションで大介とガイの間に割って入る。喧嘩腰だったガイが、慶作の言葉で緊張を緩める。慶作が緩衝材となって仲良し五人グループを繋ぎ止めている旨の記述は、かれらのケース調査書にも記されており、悠美子にとっても既知の情報だ。ああ見えて慶作が、かれらの中ではもちろん全学レベルでもトップの成績で、特進扱い奨学生として学費負担を全額免除されていることも。

大介が、慶作を押しのけてガイへ食ってかかる。

「お気楽ってなんだ！ 俺は戦ってたんだぞ。パペットで、敵の怪物と、命を張って！」

「その戦いでどんなことになったと思うんだ」

「人は死んでないっ。みんな俺が守ったし、助けた！ ほら、あそこにも！」

いきなり大介に指を差され、悠美子はびくりとする。視線が集まる。子どもたちの視線が。その中にはマリマリ——手真輪愛鈴の困惑した目もあって。悠美子は顔をそむけるしかなくて。なのに大介の声が追ってきて鞭打って。

「俺は誰も見捨てなかった！ 自分の命が危なくたって！」

ルウの怒声が遮る。

「さっきからなに？ 嬉しそうに！ 大介、あんた英雄にでもなったつもり？」

「なったんじゃない。元からそういう運命だったんだ」

「ふざけないで！ 街だって大変な事になってるんだよ。それを、あんたは」

「やめようよっ。ひとまず、ここにいるみんなは無事でよかったじゃない」

マリマリが必死になだめる声。不満そうに唸るルゥ。大介も納得していない。

「だから無事だったのは俺のおかげだろ！」

「黙れ！」

「だーかーらーさぁ〜落ちつこうぜ〜。な？」

聞きたくない。けれど耳を塞ぐ気力もない。この脱力感は薬剤の作用だろうか。カプセルを満たしていた緑色の液体の。あの……怪物の……拉致(らち)されて……溺没(できぼつ)する瞬間で記憶は途切れ……次に気づいた時はグラウンドを這っていて……。

意識を取り戻して最初に聞いたのは、大介の高笑いで。あの記憶はきっと消えない。あの声も多分消せない。どんなに耳を塞いでも。

助けられた。見捨てた子に。見捨てた教師の彼女が。札つきの問題児に。

「パペットは起動しました。その後、シビリアン一体と交戦。データも取得済みです」

ふと耳に入ったのは、グラウンド隅の異装の女の声だった。薄目を開けてうかがうと、耳に手を当て、独り言のように喋り続けている。

「……はい。戦闘結果のみ予測のとおりです」

なんのことだろう。病んでいるのだろうか。そうではないなら、誰と話しているのか。いや、そもそも誰なのか。――ミロ。大介が言っていた名。あの女がそうなのか。何者なんだ。ケース調査報告書には記載されていなかったと思うが自信がない。そもそもそんなもの読み込むつもりはなかったし必要もないと思っていたのに。

「ともかく信じてくれよ！」

大介の声に、ミロは顔を上げ、耳元の手を離してちいさく吐息をつく。そうしてひらりとシートを降り、大介たちの方へゆっくりと歩いて行く。

「ミロはこの日のために、あの時、俺たちを助けたんだ。そして」

取り出したスマホ画面を、大介は得意げに見せびらかす。

「このメールで俺たちをまた集めたんだ！」

「えぇ〜？　でも俺、別に選ばれし者とか、そういうんじゃないし」

「本人は知らないもんなんだよ！　物語だとそうだろ？」

「んじゃ、おまえはどーなのよ」

「ん……そりゃあ俺は、特別だから」

「異世界に飛ばされた勇者気取りか！　おまえは本当にお気楽だよ！」

「そうだな。確かにそういう面が堂嶋大介にはあるようだ」

ミロの声は高くはなかったが、皆ハッとした。五人の視線を集めながら進み出る。

「そもそも、大介。おまえが言うメールとやらは、この時代の情報伝達ツールを利用した連絡手段と記憶しているが、それを送信したのは私ではない」

「えぇ!?」

見送る大介の鼻先で、ミロの長い髪がふわりと舞う。マリマリが尋ねる。

「じゃあ、私たちにメールを送ったのは誰なの？」

「不明だ」

そこで足を止め、くるりと振り向く。ミロの前には五人の少年少女。

悠美子の位置からは、向かい合う両者の表情と、その背景に立つロボットが見えた。信じたくない光景だったが、夢だと思い込めるほど弱くも幼くもなかった。

「自己紹介がまだだったな。私の名前は、ミロ」

奇妙な間。マリマリは周りをちらちら見て。ルウはミロの顔をまじまじと見て。

「うん。知ってる」

「らしいな。だが念のため事実を確認しておくと、私とおまえたちは初対面だ」

「は？」

「いやいやいや、待ってよ。ミロ、助けてくれたじゃん。七年前に」

「私は知らない」

「なんで？」

「ひょっとしてミロって人が他にもいたりとか」

「私の知る限りそのような事実はない」

「じゃあ君は、いったい何なんだ」

鋭く問い返したガイに、ミロは動じる様子もなく答える。

「私はミロ。アーヴ第4方面本部所属のバランサー」

「君自身の所属や役職を聞いてるわけじゃない。俺たちの前に二度も現れ、しかも以前のことを知らないと言う君を、俺たちはどう受け止めればいいのか。君は俺たちにとって何なのか。そういう話だ」

「哲学的だな。その問いへの答えはおまえたちの定義にもよるだろう」

「ごまかすな」

「この上なく明確だが？ その質問は私には答えようがない。ゆえにわからない」

「わからないってなんだよ！」

大介が叫ぶ。うつむいて歯を食いしばっていた少年は、激情のままにミロへ詰め寄る。

「俺の運命は……これまでの努力はどうしてくれるんだよ？ さっきだってあんなにがんばってさ！ 君が言ったんだぞ！ いずれ危機が来るって！ その時みんなを守るのは俺だって！ 君が、ミロが決めたんだぞ！ 俺の未来を……なのに、今さらどうして！」

沈黙が落ちた。無表情に見つめ返すミロのまなざしを前に、大介は言葉を失っている。

悠美子には、何が起こっているのかさっぱりわからない。大介とミロの間にどんな繋がりがあるのかないのか。一方的な思い込みなのか。しかし会話を耳にした限りでは、両者にはまったく無関係とも思えない節がある。だとすれば、彼の強固な妄想的信念の形成に、彼女はどんな役割を果たし、そこにはどんな責任が生ずるのか。

——責任？

ぶるっ、と身震いして我が身を抱き締める。今の彼女にとってなんと恐ろしい言葉。

「あれ？」

ふと慶作が目を転じた。その視線の先に、裏門へ向かう生徒の姿があった。

悠美子のいる方へ歩いてくる。しかも三人も。彼女は反射的に顔を伏せた。

「よっ！」慶作が声をかける。「お前らどこ行くの？」

「家へ帰るんだよ！」

男子生徒の声。苛立ちを隠さないその声が、生徒の名前と結びつかない。

ルゥが案ずるように言う。

「今日だけは学校に残った方がよくない？」

「じょーだん」

応じた女生徒。誰だっけ。わからない。

「校舎の半分がなくなってんのよ。危なくってこんなとこいられないって」

「待てよ、集団でいた方が安全だし」

「いいから帰らせろよ」

男子生徒が険悪な調子でガィに応ずる。どうしよう。怖い。でも顔を上げられない。

「悠美子先生！」

「ひっ」

　別の男子生徒の声が銃弾のように飛来して、悠美子は固まった。

「……ンだよ。こっち向けよ」

「教師のくせに今までどこ行ってたんすか！」

「やめろって。先生だって大変だったんだよ」

「うっせェ浅野。黙ってろ」

「いいですよね？　勝手に避難するけど！」

「そんなこと、言われても……」

「はぁ？　んじゃ私たちどうすればいいわけ？」

「こっち向けっつってんだよ先生（センセ）ェ！」

　怖い。怖い。怖い。私を見ないで。あっちへ行って。そっとしておいてちょうだい。お願いだから。脳裏に湧いては弾けて消えるうわごとめいた言葉はひと言も口から出せず、それどころか呼吸もうまくできなくなって、悠美子は地上で溺れかけている。

17

――2388/05/17(Tue.)/14:28
渋谷・聖昭学園グラウンド

マリマリが怯えている。彼に答えを求めている。悠美子先生を助けるために、何ができるかを問いかけている。頼られている。悪い気分ではなかった。

「大介、どうしよう……」

「やめろよ」

なのに蔑むような声が飛んできた。悠美子先生を責めていた三人が、同じ眼を大介たちへ向けている。皆クラスメイトだが名は忘れた。関わりを持たずに来た連中だった。

「フッーに喋ってんじゃねぇよ。テロリスト相手によ」

「おかしかったよねー前からさぁ。何度も何度も問題起こして」

「教室でナイフ出すんだぜ。信じらんねぇ。いつか何かやらかすと思ってたよな」

「それは……」

大介は、笑おうとした。クズ共を嘲笑ってやろうと思った。うまくいかなかった。

「……俺のことか？」

「違うってのか？ あれだけ派手にドンパチやっといてさぁ！」

「おまえ……」

ふざけるな。こいつらに何ができる。

「俺が、どれだけ必死に……」

彼だけの力で。彼にしかできないことを。

「守ろうとしたか……！」

なのに、こんなやつに言わせておいていいはずがない。

「教えてやる、俺の力を！」

大介は走った。パペットはそこにある。彼を待っている。触れればすぐにキャノピは開き、抱き取るように迎えてくれる。いつでも振るえる、頼もしい彼だけの力。

その時、銃声が響いた。大介は動きを止めた。そして見た。

天へと向けた拳銃。それを構え、仁王立ちした警官が、鋭い眼で大介を睨んでいた。

「やめとけ。これ以上抑止力を勝手に行使するな」

そう言いながらゆっくりと下ろした銃口が、ぴたりと大介を狙っている。

気圧(けお)されて大介は、乗り込みかけていたパペットからのろのろと離れた。

それを確認して警官もようやく銃を収め、数人の部下らしき警官隊を引き連れて裏門から入ってきた。大介は驚いた。彼には部下たちが突然空中から湧いて出たように思えた。

その時までかれらが同行していることに気づかなかった。威嚇射撃をした警官が、それだけ大きな存在感で大介を威圧したのだろう。

部下のひとりに見覚えがある。シビリアンに襲われていた女性。ケガはなさそうだ。

指揮官が、帰宅しようとしていた生徒たちに言った。

「おまえたち、死にたければ出ていけ」

ごく普通の声音だったが、三人揃ってぎくりとすくみ上がった。今夜はここで震えて眠るのだろう。いいざまだと大介は思った。

指揮官はパペットを見上げながら大介の方にやって来る。

「それと、簡単にこんなもん使われたんじゃたまったもんじゃないから……」

目の前に立ち止まった指揮官は見上げるように大きかった。身長で言えば、おそらく叔父の幹夫よりやや高い程度。だが威圧感が違った。妙な話だが、大介にはその時、パペットよりも大きく見えた。指揮官が、大介を見る。そしてこともなげに言った。

「とりあえず全員逮捕な」

「「はぁ!?」」

ガーディアンズ男子三人の声が揃ったのは何年ぶりだろう。全然嬉しくなかったが。

ルウとマリマリは声もなく抱きあった。

「そっちの女、おまえもだ」

ミロは動じず、興味深そうに成りゆきを見ている。

大介の前に女性警官がやって来た。クリップボードを持っている。

「じゃ、お名前とか教えてもらいますねー」

「えっ？　おっ、俺？　ホントに逮捕されんの？」

「器物破損と銃刀法違反、あとは道交法違反あたりかな」

「助けてやったじゃん！」

「それとこれとはまた別なのね。はい、お名前からいただけますかー」

「なんなんだよ、あのおっさん！」

「黒岩署長のこと？」

「署長って」ガイが尋ねた。「渋谷署のですか」

「そ。警視正だから偉いんですよー。私は巡査長だから、ほとんど底辺から仰ぎ見る雲の上の人ってところね」

「そうか。彼らはこの時代の法執行機関だな」

ミロの言葉に、ガイが応じる。

「警察のこと？　まあ、そういうことになるけど」

「よかった。探す手間が省けた」

部下たちに次々と指示を出す黒岩署長に、ミロは近づき、当然のように促した。

「さ、行こう」

「あぁ？」

「お互いに用があるはずだ。込み入った話になる。時間は有限だろう？」

「ちょ、おいミロ！　どこ行くんだよ！」

「なんだ、ありゃ」

振り向きもせずにミロは歩き去ってゆく。呟いて黒岩も大股に後を追う。

「ちょ、ちょっと、待ってくれよ！　おい待てってば！　おーい！　ミロー！」

18

——2388/05/17(Tue.)/18:33
渋谷・聖昭学園グラウンド

渋谷署による未確認甲冑様重機(かっちゅうようじゅうき)および未確認擬生物(ぎせいぶつ)の確保が完了したのは、同日夕刻、日没前のことだった。

渋谷署長・黒岩亮平自らが率いる機捜の到着は同日午後のことであったが、かつて経験のない対象物の扱いに手間取り、捜査対応はこの時間まで長引いた。特に困難を極めたのは放射線等および残留物質の調査であり、防護服着用でのものものしいものとなった。

こうした対応が行われたのは、これらの対象物が病原性ウィルスに汚染されているとの未確認情報が当初もたらされたためである。

情報の詳細は伏せられ、現場付近の住民、生徒、教職員、ならびに帰宅困難者は建物から出ないよう厳命されて不安な時間を過ごした。特に帰宅困難者の受け入れ先のひとつとなった聖昭学園では、可能な限り窓を塞ぎ、決して外をのぞかないようにとの指示が出され、かなりの混乱が報告された。

警戒指示が解かれ、閉じこもっていた人々が外を見た時には、夕焼けが空を染めていた。この時の夕陽を「むごいほど赤かった」と証言する人は多く、警察の調査報告書にもこの表現は記載されている。

聖昭学園グラウンドには、ブルーシートに包まれたままの未確認甲冑様重機および未確認擬生物が残され、夕陽を浴びていた。

黒岩は安全確認後の速やかな回収指示を出していたが、捜査が長引いた上に事前予測以上の大渋滞が続き、大型の警察車輌はもちろん回収に必要とされる重機、トレーラー等がいずれも現場に到着できていなかったのである。

空は赤かった。街は暗かった。大規模な停電は復旧の気配さえなく、一部の自家発電装置を有する施設だけがわずかな灯を点しているのが地上の星のように見えた。

この日の夕陽がことのほか赤かったのは、街の暗さのためかもしれない。

なお、黒岩署長自らが機捜を率いて初動捜査に当たったことについては、牟田誠一郎区長より厳重な抗議が出されたことも附記しておきたい。牟田区長は、区の防災委員である黒岩署長には災害対策本部への参集義務があることから、速やかな参集を求める要請を再三にわたって出していたが、これを無視したことは重大な責任問題であると主張した。これに対し黒岩署長は、災対には池永副署長を臨時に派遣しており対応に問題はなかったと述べ、非統制下に置かれた抑止力の確保こそは被災下の治安維持にとってもっとも喫緊の課題であり、これを優先して対応したことに問題はないと強調した。

19

——2388/05/17(Tue.)/20:27
渋谷警察署・取調室

浅野慶作の周りで世界が回っている。くるくる、くるくる、くるくる。

狭い狭い世界だ。なにしろここは警察の取調室で、殺風景そのもので、それでも彼が母と暮らすアパートの部屋よりは広い。多分。しかも豊かだ。

だってここにはマリマリがいる。むろんガイとルウも一緒だ。大介だけがいない。

くるくる、くるくる、くるくる。後ろ向きに跨がった回転椅子を回すと、世界は彼の周りを流れて過ぎる。

ルウ。立ったままテーブルに尻を乗せ寄りかかっている。

ガイ。テーブル上に置かれたLEDランタンの向こう、壁にもたれて、窓のブラインドの隙間から外を見ている。

次に目に飛び込んでくるのはマリマリだ。不安そうにうなだれている。

何か言ってやりたい。励ましてやりたい。けれど言葉が見つからない。

彼女の姿が通り過ぎると、ランタンが壁に落とす彼自身の影が目の前に現れる。なんて格好だ。縮こまって、いじましくて、いつもの彼とは似ても似つかない。みっともない。ひょうきん者の慶作が、おどけることを忘れたらこんなもんだ。

「大介、大丈夫かなぁ」

マリマリがぽつりと言った。ルウが答える。

「あのパペットってのを使ったのは正当防衛なんでしょ？」

「過剰防衛って判断されるかもって」

ひとりずつ事情聴取を受けた後、こうして放置されてもうどれくらい経つだろう。部屋の外では警官が張り番をしていて、それはつまり警戒されてるということだから、会話も自然と声をひそめがちになる。大介がここにいればどうだったろう？

（やかましいだろうなあ）

そう考えたら、ちょっと笑えて、ぽろりと言葉がこぼれてきた。

「なんかさぁ、昔思い出さない？」

「え？」

ガイが反応した。慶作は回りながら言葉を続ける。

「ほら、小学生の時の」

「ああ」

「それって、あの夏休み？」

「そうそう。大介ひとりいなくてさ、俺たち四人でやきもきしながら待ってて」

「怖かったよね……」

しまった。マリマリをますます不安にさせてしまった。慶作は焦って言葉を探す。

七年前のあの夜の記憶をまさぐって——

「蚊がすごかったよね、あの家」

「えぇ〜？」

「そう！　そうだった。私、超食われた！」

「虫はなんでも多かったな」

「夕方になると、家の前にこーんなでっかい蜘蛛の巣が張るんだよね」

「やだぁ」

「そこで俺が颯爽と現れて、ばーっさばっさと片づけた」

「そうそう、思い出した！　うわー、なになに。私めっちゃ忘れてたけど、今ぶわーっときた！　あと大ちゃん泣いてた！　やだやだ蜘蛛こわ～いって！」

「あいつは蜘蛛が嫌いだったからな」

「え、過去形？」

「さあ。今はどうだか知らない」

「全っ然頼りになんなかったよねーあいつ」

「ま、俺とガイがいたし」

「そっかぁ……。慶作も守ってくれてたんだね」

「ん。あぁ、まあな」

「ごめんね、気づいてなくて。私、とろいから……」

「いやぁ」

「そう言えばさ」

記憶をまさぐるような表情でルウが言った。

「あの晩の電話って慶作にかかってきたんだよね？」

「うん」

思い出す。あの夏、初めて持たせてもらったガラケー。あの旅行のために母が奮発してくれた。登録されていたのはその母と、仲間の四人だけ。電話の向こうの大介の声を、四人で身を寄せ合って聞いた。

「あの時……」

「ん？」

マリマリが、回り続ける慶作を目で追いながら言った。

「戸を開けたのも、慶作だったよね」

「ああ、うん。そうだったかな。あとガイも」

「だよね。引き戸の外に誰か来て、慶作と兄さんが立って行って……」

「あの時と同じなら」ガイが笑った。「今も、そのドアの外に」

ドアが開いた。そこにミロが立っていた。

あまりのタイミングに、みんな固まって何も言えなかった。

「ここの統治機関に説明することになった。おまえたちにも立ち会ってほしい」

「私たちも？」

問い返してルゥは兄を見た。ガイは即答した。

「構わないが、大介は？」

「派手に暴れてふてくされてるらしい」

一同、あちゃ〜という空気になった。それはそれでオチがついた格好ではある。

20

――2388/05/17(Tue.)/20:54
渋谷警察署・留置場

堂嶋大介は壁に向かってあぐらをかいて座っている。檻の外には警官がふたりいて、ひとりは張り番。もうひとりの若い男は大介の世話係としてつけられたらしく、何やかやと話しかけてくる。落ち着けのメシを食えのひと眠りしろのと小うるさい。

「なら俺のパペット返せよ! ふざけんな。俺は勇者だ。英雄だ。ヒーローなんだ。おまえたちを守るために戦ったんだ! なのに!」

若い警官は困り顔で身を引いた。大介は檻の鉄格子に飛びつき叫ぶ。

「パペットを取り上げやがって! 俺の力、俺だけの力を!」

警官は愛想笑いを浮かべ、違法改造車輛として預かっているだけだとの誠意のない説明を繰り返した。冗談じゃない。自己顕示欲のために暴れるやつらと一緒にするな。パペットはディスプレイのためのお飾りじゃない。

「俺の力なんだよ。ずっと待ってたんだ。約束だから……使命だから……」

張り番をしていた年嵩(としかさ)の警官が時間だと告げた。若い警官はうなずき、鍵束を取り出す。揺さぶっていた扉が開き、大介はたたらを踏んだ。

21

——2388/05/17(Tue.)/21:13
渋谷区役所仮庁舎・災害対策本部

紛糾していた会議が、一発の銃声で静まりかえった。

(あ。ミロ、パクった)

ルウは笑いを堪(こら)える。幸い部屋は暗いので、気づかれなかったと思う。多分。

彼女の目と鼻の先にミロが立ち、大型の拳銃で天井に穴を穿(うが)ったところだ。ポーズといいやり口といい昼間の黒岩署長にそっくり。うまい手だから真似たのだろう。臨機応変というか、ちゃっかりしてるというか。

(ま、そういうの嫌いじゃないけど)

彼女とガイ、マリマリ、慶作は、災対の臨時会見に招かれていた。しかも上座もいいところだった。ルウの真ん前、テーブルを挟んで向かい合う位置の席には牟田区長。ミロの発砲に思いっきりびびってのけぞっている。彼と居並ぶおじさんたちも区の制服姿だ。主立った職員の面々なのだろう。

ルウの右隣、災対本部が置かれた会議室の隅の席はマリマリ。左にはガイと慶作。マリマリの右手側が演壇に面している。その背後の壁に設えられたスクリーンには、プロジェクター映像が投影されている。映し出されているのは、今の渋谷の映像だ。

その前、演壇ではなく床に立って、ミロは凛と声を張る。マイク要らずの声量だ。

「もう一度言う。ここは二三八八年の日本」

(て突然言われても困るけど)

「私はアーヴという組織のエージェント、ミロ」

(うん。それは知ってる)

「あなたたちから見れば未来人ということになる」

(そうなるだろうね)

「先ほどの映像にあった巨大な生物的機械は、リヴィジョンズという組織に属していて」

(それ、大介が言ってたな)

「こちらも未来人が関与している」

(リヴィジョンズとアーヴ。ふたつの未来人組織)

「リヴィジョンズとアーヴは敵対関係にあり、あなた方にとってもやつらは敵だ」

（つまりミロは味方、と）

少なくともミロには二度助けられた。襲われたわけでもない。だから敵とは思えないが、確たる証拠があるわけではないから、ひとまず保留かなとルウは結論づける。何よりガイならそんなふうに考えるだろうし。

会議室内は再び騒然としている。口々に叫び交わす声で会話が成り立たない。

ミロは平然としている。言うべきことは言ったから、あとの判断は任せるということか。

最後列の列席者のひとりが立ち上がり、ミロに指を突きつけて怒鳴った。

「その女の銃！　放置していいのか、それ！」

男の隣に控えていた黒岩署長がこともなげに答えた。

「防災グッズとして許可しました」

「ふざけるな！　武器だろあれは！」

いっせいに非難の声が巻き起こったが、そ知らぬ顔で黒岩は耳をほじっている。

スピーカ越しのノイズ音が響き渡った。災害対策本部長でもある区長の牟田です。牟田区長がマイクを手に演壇に立つ。

『災害対策本部長でもある区長の牟田です。ただいまご意見いただきました防災グッズの件ですが、敵対組織から身を守るという観点からもやむを得ないというか、えーこちらのミロさんから情報を得るための、高度に政治的な判断とご理解いただきたい』

「我々区民が納得できる話ではない！」

　さっきとは別の列席者が怒鳴った。頑固そうな老人だ。区長はスルーして続ける。

『とはいえ、ここが本当に未来なのかどうかについて、我々自身の手で今後さらに調査し、随時報告、検討していくという方向でやっていきたい。このように考えております』

　さらなる怒号。混乱。

「調査って……問題の先送りにならないか？」

「だよね」

　ガイと慶作があきれ顔で言葉を交わしている。マリマリが不安そうにルウを見る。

「なんで私たち、ここにいるのかなあ」

「わかんないよね」

　会見を行う災害対策本部側の一員として列席を求められたのだが、ルウには別段みんなに報告するようなこともないし、そもそも今すぐ何をするというあてもない。

（兄さんはどうするのかな）

　調査は問題の先送りだとガイは批判した。兄には今すぐやるべきことの目算があり、この先の見通しも持っているのだろう。ルウにはそれはわからない。

（どうするか教えてくれたら、なんでもやるのに）

「もう少し待て」ミロが声をかけてきた。「おまえたちにもきちんと話す」

「うん。いいけど」

（じゃあミロは知ってるんだ。私たちが今、何をすべきなのかを）

さっきミロの銃を批判した列席者がものすごい剣幕で怒鳴った。

「そのミロとかいう女の頭がまともで、嘘をついてないという証拠はっ！」

『ありません』区長があっさり応じた。『しかしですねぇ、ミロさんの言葉を信じる信じないを別にしても、我々が狙われたという事実は変わりません。実際すでに数十人の死者が出ております。そして頼るべき政府とは連絡がつかない』

そこまで言って区長は口を噤（つぐ）み、窓の外の様子を気にするそぶりを見せた。マイクを通さず、苛立った調子で早口に言った。

「ちょっと、あれ何？」

「先ほどからずっと騒ぎ続けてますが」実直そうな職員が答えた。

荒々しいクラクションの音がする。叫び声も聞こえてくる。壊せとか燃やせとか、そんな単語が砕けたガラスみたいに混じった叫びだ。

「聞きなさい！　あれが住民達の声なのだ！」頑固そうな老人が言った。

「どうしましょう、区長」

「私に聞かれてもねぇ。ああいうのはチミか岡部の担当じゃないの」

「実力行使はちょっと……」

「ええい、なにをもたもたしとる！　行政、無策！　無責任！　我々渋谷中心街自治会は、断固として抗議する！」

「確かに、今の状況では限界があります」

スクリーン脇に控えていた真面目そうな眼鏡の職員が挙手して発言した。

「自治をする上でも、法的権限をきちんと履行できない状況ですから……」

その発言に答えるように──

「そこで、ひとつ手を打ちましょう」

黒岩署長が立ち上がり、きっちりと制帽を被ってスクリーン前へ進み出た。

「これから申し上げることに法規上の根拠はないが、非常時ということで、皆さんに是非ご賛同とご協力をお願いしたい」

自然に背筋が伸びるような声だった。

（この人、怖いなあ）

ガイは動じていない。少なくとも見た目ではそんなそぶりはうかがえない。だからルウもちょっと安心した。

会議室内も声で叩きのめされたように静まりかえっている。

部屋の明かりが点いた。自家発電装置が備えられているのだろう。

区長は署長に軽く目配せして、おもむろにマイクを構えた。

『えー皆さん。我々災害対策本部は、本日、本刻をもって、渋谷、臨時政府、臨時政府の樹立を、ここに宣言します』

どよめきが起こった。

「政府？」さすがの兄もぽかーんとしている。

『ミロさん、お願いします』

「わかった」進み出たミロは滑らかに語り出した。「我々アーヴは現在、この渋谷を元の時代へ帰還させるための作戦を遂行している。私は帰還までの間、街とあなたたち渋谷民を守る役割としてこの場に派遣された」

「シブヤミン？」

慶作が呟くと、ガイが応じた。

「避けたんだろうな、難民という言葉は」

難民。未来への、時間難民。

その言葉のインパクトはルゥにはなかなか飲み込めなかったが、ガイは平然とした顔なので、ひょっとするとそれほど深刻なことではないのかもしれない。

会議室内にもどこか安堵したような空気が流れている。

渋谷を元の時代へ帰還させる。そのための作戦がアーヴによって遂行中。

このふたつの情報が、異常事態をある意味で日常と地続きのものに変えたのかもしれない。復旧可能と信ずることができるなら、頑張ることもできるのだ。

そして、復旧を阻もうとする敵から渋谷を守るのがミロの役目。ということは――

「ミロも戦うってこと？」

「じゃない？」

マリマリと慶作が交わす言葉はルウの耳にも入っていたし、論理的に言ってそれ以外の結論はない。けれど気になるのは。

（ならミロは、なぜ私たちをここへ連れてきたんだろう？）

「そこで、戦力の充実を図りたい」

ミロが言うのと、ガイがハッと身を乗り出すのとがほぼ同時。

「おい、あれ……！」

ルウもすぐに気づいた。思わず声が出た。

「大介⁉」

署長が場所を空ける。女性警察官が会釈して通る。そして彼女に導かれ、得意満面の大介が意気揚々、ふんぞりかえってやってくる。

「堂嶋大介。アーヴが開発した新兵器ストリング・パペットのパイロットだ。すでに実戦で大きな成果を上げている」

ミロが紹介すると、大介は胸を張り、署長の傍らに並んで立った。

「彼が治安維持のため使用したストリング・パペットには同型機があと二機あり、早急に回収作業を行いたいと考えている」

「あっ、バカ」慶作がささやいた。

仲間へ向かってサムアップした大介が、女性警察官に小突かれたのだ。

（うわー。調子乗っちゃってるー）

「で、理屈はよくわからんのだが」署長がミロから話を引き取って続ける。「そのパペットってロボットは、そこにいる生徒さんたちしか使えないらしい」

署長の腕が、ルウたち四人の方を示した。

「なっ」

「えぇぇ〜」

「それって……」

「私たちが戦うってこと？」

「この四人の勇敢な生徒さんたちをメンバーに迎え、その中心には実戦経験者である、この堂嶋大介くんを置いて、さらにはミロさんを参謀格オブザーバーに迎える。この体制で甲冑様重機ストリング・パペットの継続的運用が可能と考えている」

大介の肩に手を置いて、署長は宣言した。

「我々渋谷臨時政府は、渋谷防衛部隊『ＳＤＳ』を、ここに設立する」

拍手はない。罵声もない。聞こえてくるのは外の暴徒の気配だけ。会議室の人々は皆あっけに取られてぽかーんとしていた。

「なお部隊は我々渋谷署の管轄下に入ってもらい、連絡係としてうちの泉海をつける」

女性警察官が一歩進み出て、ぴしりとお辞儀をした。

「ふざけなさんな！　学生さんを戦わせようというのか！」

老人の怒号をきっかけに、会議室はまたも大混乱になった。

今度ばかりはルウも他人（ひと）ごとのように傍観してはいられない気分だった。

けれど大介だけは、笑っていた。どんなもんだというように。

22

――2388/05/17(Tue.)/23:33
トーキョーコロニー・CB保管庫

広大な青いホールである。巨木のような柱が間隔を置いて立ち並んでいる。それらの柱からは下向きの太い枝が幾本かずつ伸びており、枝の先端には、キューブ型の構造物がひとつずつどっしりと据えつけられている。キューブは人が幾人か中で暮らせそうなサイズで、まるで異形の果実のようだ。と、そのひとつが動いた。キューブ各面にはそれぞれ異なる幾何学的な文様が刻まれている。そのうちの円形のパターンがせり出してきた。その部分はカプセル状の構造になっており、大量の蒸気を噴出しながら蓋が開いた。

やがて真っ白な蒸気の中から起き上がったのは、褐色の肌の女。全裸である。滝のように流れる長い髪。と、それを押し分けてぴょこりと立ち上がったのは獣の耳。他に人間の当たり前の耳もあるから飾り物にも思えるが、にしては生々しくよく動き、やはり彼女の体の一部としか思われない。とすると、ふた組の生身の耳を持つことになるが。

「ふぅぅ……」

長い長い官能的な吐息をついて、女は満足げな伸びをした。そして踊るようなステップでカプセルから離れた。見事な尻が弾み、ふさふさした巻き尻尾も揺れた。

女が向かう先、ホールの真ん中には狐色の毛玉がいた。

犬である。というか、そのカリカチュア。体長約三〇センチ。丸々と肥えた二頭身ながら、二足でちんまり直立している。ご丁寧にも頭のてっぺんにはミニチュアサイズのシルクハットをちょこんと載せ、首にはボウタイ、口には葉巻までくわえていて、気分はマフィアのボス気取りとでもいったところか。

「やあ、チハル」つぶらな瞳でウィンクした。「ブラボーなボディだ。実によく似合う」

答えたのは、しかしチハルではない。

「うるさいよ、クソ犬」

「ぷぎゅっ」蹴り飛ばされた毛玉が吹っ飛ぶ。

入れ替わってその場に立ったのはゴスロリチックな幼女だ。毒々しい配色のエプロンドレス。スカートの後ろをもっふりと跳ね上げた尻尾のせいで、カボチャパンツは丸見え。目に痛いような色の髪は、膨らんだツインテールとなって頭の左右で跳ねている。その根元にちょこんと三角耳もあった。

「おはよー、チハル。待ってたよ」

「いよいよだな、ムキュー。我が姉、我が半身よ」

「ヘイ、シスターズ！　この私をのけ者にしないでもらいたいね」

毛玉がぽてぽて走ってきた。ムキューは無言で蹴り返した。

「ガッデェェム！」

「相変わらず足癖が悪いな、ムキュー」

「だってあいつ、うるさいし。低階層者の護衛官（ガーディアン）のくせに」

「そう邪険にするな。我々の計画にとって必要な部分なのは事実だ」

「チハルって、やっさしーんだー」

「ふふん」

つんと尖った乳房を誇らしげに反らして、チハルは命じた。

「ニコラス。スクリーンを」

「オーケーオーケー。イッツ・ショータイム」

毛玉がパチリと指を鳴らす。かれらの前に巨大なスクリーンが展開した。

映し出されているのは二三八八年の渋谷。その俯瞰映像である。

市街地の映像に重なって、無数のマーカーが光っている。赤、オレンジ、黄の三色に色分けされて、ほとんど明かりの絶えた暗い街をイルミネーションのように彩っている。

「リアルタイムの映像か？」

「とーぜんでしょ」

「転送エリア周辺に周到に配置したシビリアンのスカウト部隊がもたらしたデータだよ。君の目覚めのタイミングに合わせて用意しておいたのだ、チハル」

「識別精度は？」

「AoC検知システムによる判定は、理論上問題ないはずだがね」

「人工量子脳が算出した暫定的なデータだから、どうしても誤差は出ちゃうって。後はラボで精査するしかないいんじゃない？」

「そうだな」チハルは微笑んだ。「さぁ、始めようか。人類の救済を」

第三章　守護者たち

01

――2388/05/18(Wed.)/10:40
渋谷・区役所仮庁舎前

渋谷転送被災から二日目。区役所仮庁舎前の駐車場には平時には見かけない車輌の姿がいくつもあった。泉海香苗巡査長が乗車するワゴン型警察車輌は、それらの中では比較的普段から区役所への出入りのある車種と言えた。

警察無線からは刻一刻と変化する各地の状況を知らせる通信が流れてくる。特に緊急性が高いのは暴徒対応で、青山通り周辺に集結しつつある大規模な集団に対する鎮圧対応のため、多くの署員が動員され着々と配置についていた。

運転席で待機中の泉海は、しかしこれらの作戦に関わるわけではない。

彼女の目は、窓外に集まっている制服姿の少年少女に向けられている。

これから泉海が指揮するのはこの子たちなのだった。

（指揮？　かな？　むしろ引率？）

泉海自身にもいまいち確信が持てない異常な状況ではあった。なにしろかれらは現役の高校生なのである。等身大の会話が聞こえてくる。

「私たちどうなっちゃうの？」

「いきなり渋谷を守れって言われても」

「まず確認すべきポイントは、あれが俺たちにも本当に使えるのかってことだ」

「うーん……あれをかぁ」

かれらの視線の先で、ロボットがラジオ体操をしている。

（ロボットじゃなかった。パ……パワードスーツ？　だったかな？）

泉海には未知の用語であり、まだすらすらとは出てこない。しかもそれは大づかみな概念を示す用語であって、具体的な機種名ではないという。

（なんだっけ。ストリング・パペット……でいいんだよね）

区役所の駐車場には滅多にいない、というか多分「車輛」の区分にも収まらない、それは極めつきの規格外の機体であった。

ちなみにこの時点ではまだ渋谷臨時政府内でも用語の統一は為されておらず、各種書類には複数の呼称が混在している。初動捜査に当たりいち早く機体を確保した警察側は当初「甲冑様重機」との名称を用いていたが、行政側公文書にこの名での記述はない。そもそもパペットが絡む案件の記載内容全般が未整理かつ曖昧で、「改造車」「特殊機械」「未登録重機」等の用語が場当たり的に使われている。しかしミロとの情報共有と協議を経て発足した渋谷臨時政府においては「特殊強化戦闘装置」で統一され、のちに警察側もこれに準拠する方向で落ちついた。このことはパペットを有効な抑止力として前向きに捉え、効率的に運用しようという政府当局側の意思が明確にされた結果であろう。

「ストリング・パペット」

念のため警察手帳にメモした名前を確認し、泉海は小声で呟いてみる。

コクピットに収まっている少年は、堂嶋大介。泉海にとっては命の恩人。が、なんとも危うい印象の子で、衝動的、暴発性、思い込みの強さ、幼稚さの目立つ言動など、先行きに不安をおぼえずにはいられない要素ばかりだった。

大介は今日は学校の制服でなく、ぴったりしたライダースーツのようなもので全身を包んでいる。それがパペットを操縦する際の制服なのだそうだ。

(機動隊の出動服みたいなものかな?)

ちょっと違うかもしれないが、まあ似たようなものだろう。多分。

眼鏡をかけた小柄な少女——手真輪愛鈴、通称マリマリが不意に声を上げた。

「これってバイトかな？」

「え？……どうだろ？」

潑剌（はつらつ）とした少女——張・露・シュタイナー、通称ルウが小首を傾げた。

（そういえばこの子たちの給与規定ってどうなってるのかな）

泉海もまだ聞かされていない。まさかボランティアということはあるまいが、おそらく未定なのだろう。いずれにせよそれを検討するのは彼女の任ではない。

通信が入電した。泉海はすぐに応じる。

『黒岩だ』

背筋が伸びた。雲の上の人と思っていた渋谷署長が、今は彼女の直属の上司として特命任務を与え、こうして直に連絡を入れてくる。末端に近い警察官にとっては畏（おそ）れ多いことであり、また晴れがましい思いもする。むろん責任はきわめて重く、任務の内容もデリケート極まるものであったが。

『子どもたちの様子はどうだ』

「昨夜に比べて落ち着いています」

かれらに聞かれてはいけない。通信の内容を気取られるなどもってのほかだ。なんでもないふりを装って、微笑みなど浮かべてみようとするが、うまくいかない。のみならず、つい問い返してしまった。

「ですが、本当に高校生を？」

上司の命令に異を唱えるなどありえない。それが警察官の不文律である。

それでも泉海は問わずにはいられなかったし、彼女の僭越を、黒岩もまた咎め立てはしなかった。そのことがひとつの答えでもあっただろう。

『今この世界で何が起きているのか、我々はほとんど把握できていない。である以上、今はミロからもたらされた情報に従って動くしかない。現段階ではそれが渋谷民全員の無事な帰還へ向けた最善の方法と考えるからだ』

泉海は子どもたちの方を見る。

冷静な少年――ガイ、ルウの双子の兄は、パペットの動きをじっと見ている。

昨夜の会見後にあった出来事が泉海の脳裏を離れない。

「俺たちは、元の世界へ帰れるんですね？」

まっすぐな眼でガイは尋ねた。その視線を真っ向から受け止めて黒岩は即答した。

「そのために君たちが必要だ」

「わかりました。ならばできる限りのことはしましょう」

妹のルウが驚いて兄を見た。ガイは自分に言い聞かせるように呟いた。

「これが現実なら……俺は立ち向かう。やれることがあるなら、やります」

そうして今、かれらはここにいて、出動を待っている。

『泉海、君がバックアップしろ』

「はい」

それが彼女にやれること。そして。

『その上でミロを監視しろ。些細なことも全て報告に上げろ。いいな』

「心得ています」

それもまた彼女の任務なのであった。泉海は通信を終了し、ワゴン車の窓から身を乗り出した。

ミロのバイクが近づいてくる。今のうちに出発したい。

「目標地点に敵の反応がない。今のうちに出発したい」

「了解。すぐに伝えます」声の大きさには自信がある。「みんな！　出動よ！」

「「は〜い！」」ルウとマリマリが声を揃える。

「おい〜っす」おどけた調子で答えたひょうきん者——浅野慶作が、離れたところで体操中のパペットへ声をかけた。「大介ー。出るってさー」

『よっしゃああ！』

大音量の返答に、慶作はのけぞった。

「だーからさー、おま、うるさいっての」

「あの外部スピーカ、なんとかなんないのか、ミロ」ガイが尋ねた。

「戦闘機動中の意思疎通には便利なものだ。通信端末を持たない相手との会話が必要になる場合もある」

「そうは言っても、あれは迷惑だろう」

「音量はパイロットの表情、視線方向、声量から自動判定される仕組みだ。大介の意図に従ってはいるはずだが」

「う～ん……」

「結局は大介だからってことか……」

「あいつ、いつも無駄に気合い入ってるもんね」

「なんの話だ？」

滑るように近づいてきたパペットがすぐ側で止まった。この距離なら大介の声もＡＩによって増幅されず、キャノピ越しに聞こえるようだ。

「いいお返事ですねって話してたのよ。ね、皆さん？」

泉海が取りなすと、子どもたちは皆微妙な顔をした。

「ま、とにかく出発だ出発。頑張ろうな、大介！」

「なに言ってんだ。頑張るのは俺だろ！」

「よっ、張り切ってるねえ。んじゃ俺は楽させてもらって、みんなと優雅にドライブでも頑張っとくわ」

「ちょっと待ってー！」

「あ？」ワゴン車に乗り込みかけていた慶作が泡を食った。「なっ、母ちゃん!?」

わっせわっせと走ってきた小柄でふくよかな女性が、重そうな紙袋を慶作に手渡した。

「これ持ってって。お弁当。みんなの分もあるから」

「ありがとうございます！」

「いつもすいません～」

「いーえいいえ。うちの慶作がお世話になってるから」

こういうことは初めてではないらしく、女子たちとも親しげに笑い交わしている。

「お母さん、炊き出しのボランティアに入ったから、これくらいのことはできると思うからね。あんたも皆さんにご迷惑おかけしないで、しっかり頑張るのよ」

「あ～、あーうん。わかった。わかったから。俺もう行かなきゃ」

「そうかい？じゃ、お母さんも行くからね」

と言いながらも泉海とミロにもそれぞれきっちりあいさつし息子を頼みますと深々と頭を下げ、ようやく走り出したと思ったらのけぞるようにしてパペットへ手を振った。

「堂嶋くーん！　慶作をよろしくね～！」

『任しといてくださーい！』

「うっわ」

ルウが耳を押さえた。が、ほんのりと笑みを浮かべたまま言った。

「お母さん優しいね」

「うるさいだけだよ」そう言いながらも慶作は母親の後ろ姿を見送っている。

「母親か……」

「え？」

マリマリが問い返すと、ミロは目を伏せた。

「なあ！」大介がじれったそうに言った。「さっさと行って早く片づけようぜ！」

「いちいち大声を出すな」

「なにぃ」

「わーごめんごめん。母ちゃんのせいで遅れちまったな。行こいこ！」

ここは決め時だ。泉海は宣言した。

「では、これから私たち『シブヤ・ディフェンス・サービス』、略称『ＳＤＳ』は、残された二体の特殊強化戦闘装置、ストリング・パペットの回収に赴きます！」

子どもたちがそれぞれの言葉でいっせいに答えた。……が。

「サービスって……」

最後にルウがぼそっと呟いた言葉は、多分みんなにもしっかり聞こえた。

02

——2388/05/18(Wed.)/10:50
渋谷・転送境界線～東京廃墟

転送境界線近くの歩道橋に国道246号線の道路標識が生き残っている。大橋から山手通りとの交差を経て三軒茶屋方面へ向かうルートだ。その先で道は途切れている。後部座席に座ったルゥからは行く手の景色は見にくいが、断絶は一目瞭然だ。断ち切られた校舎と同様の光景が、渋谷転送エリア周辺をぐるりと取り巻いているのだ。

ワゴン車は今、先行するミロと大介に続いて境界線を越える。そこは二〇一七年の渋谷と、二三八八年の東京の境目だ。あるいは日常と異常の断層面と言ってもいい。

道は頭上の首都高3号線諸共すっぱりと断ち切られたように失われ、後は赤茶けた荒野だ。しかも街の残骸が多量に埋もれているらしく、文明の面影を留めたそれらは至るところで露出し、かれらの行く手を阻んだ。通行困難な場所の瓦礫は、先行する大介のパペットが排除する。そうして開かれた道をワゴン車は進む。

「改めて見ると、すげえパワーだな、あれ」

「周りの様子はもっとすごいがな」

慶作とガイは二列目の座席で並んでいる。ルウとマリマリはその後ろ、三列目の三人掛けシートを二人で使っていた。

「覚悟はしてたけど、なかなかですね」運転席の泉海が言った。「安全運転で行きますけど、けっこう揺れるでしょうから、皆さん気をつけて」

「はい」

「おぃーっす」

のんきに答えた慶作が、案じ顔で後ろの女子たちを顧みる。

「つか、そっち俺らより揺れんじゃね？　替わろっか？」

「だいじょうぶだよ。ね？」

「うん……」

マリマリの答えがいささか力ない気がして、ルウは右隣の席をのぞき込んだ。

「乗り物とか酔うんだっけ？」

「そういうのは平気。ただ……なんかね……」窓外へ目を向け、ぽつりと言った。「アニメとか映画って感じだよね」

「うん。何がどうなったらこうなっちゃうんだろ」

なんにもないわけではない。そこには確かに世界があって、それはそれで確固とした実在で、けれどルゥの知る世界から比べるとひどく空虚だ。人の暮らしが欠落している。と思うと、時折不意に見覚えのあるシルエットを残した瓦礫が現れてぎくりとする。

六年前の大震災の記憶はルゥにもあったが、なにぶん子どもの頃のことで実感は薄い。両親の間では一時期ドイツへの帰国も議論されたらしいが、それは後で聞いた話で、当時は何も心配いらないという父の言葉を疑わなかった。ただ薄暗かった印象だけは体感としてぼんやりと残っている。

目の前に広がる廃墟の連なりは、あの頃のニュースで見た映像と重なり合うようでいて、どこか違う。これは廃墟と言うより遺跡ではないのか。崩壊の原因がなんであれ、その瞬間と現在の間には長い隔たりがあり、時間に晒されて残った光景にはどこかルゥの体感を拒み突き放すような肌触りがあった。

「……未来、なのかな。本当に」

「現実感ねぇよな」慶作はため息まじりにつけ加える。「受け入れるしかねえのかぁ」

「ああ。今はこれが現実だ」

ガイが即答した。兄にはすでにこの世界で生きる覚悟があるらしい。

ルゥにはまだそこまでの実感が持てない。

「教えてくれないかしら、ミロさん」泉海が通信機に語りかけた。「ここが二三八八年だとして、私たちがいた二〇一七年とは何もかも違いすぎる。なぜこんなことに？　世界はどうなってしまったの？」

かすかなノイズ混じりの声が返ってくる。

『すでに区長たちには伝えたが、説明は受けていないのか』

「何も」

『機密情報と判断されたということか』

「さあ？　重大な事案の情報は、私たちのところまで降りてこないから。でも、最前線に立つ私たちが何も知らないままではいられないでしょう」

『わかった。必要な情報は共有しよう』

ひと呼吸置いてミロは言った。

『パンデミックだ』

「パンデミック⁉」

おうむ返しの泉海の声は驚きも露わ。ルウも緊張した。感染症の世界的大流行（パンデミック）。それは二〇一七年に生きる者にも親しい概念で、いつ起こるかもしれない文明崩壊の引き金のひとつと認識されていた。

『我々から見て三五〇年ほど前、世界は未知の病原体の大流行に呑み込まれた。歴史的な表現を用いるなら、疫病だった』

「疫病って……ペストとかコレラみたいな？」

ガイが少し大きめの声で問い返す。その声はミロにも届いているだろう。通信機のマイクはあらかじめ車内の会話を拾える設定にしてあるらしかったが、兄は意識して明瞭に発言していた。議論の行方を全体に共有するためだろう。

『それらの流行規模を遥かに超え、人類社会は国家の形態を保てなくなった』

泉海のためらいは、おそらく言葉を選ぼうとしたからだろう。だが結局は諦めたのか、むき出しの言葉で問い返した。

「それは……滅んだってこと？　世界中が？」

『妥当な認識だ。二〇一七年現在の社会体制で生きのびたものはひとつもない』

「待って！」マリマリは青ざめている。「その病気って空気感染とかしないの？」

「おうっぷ」慶作があわてて息を止めた。両手で口を塞ぎ、鼻をつまむ。

『安心しろ。パンデミックは終息し、ウィルスの死滅も確認された。この地は清浄だ』

「ぷはぁ～！」慶作が大きく息をついた。

「じゃあ世界中がこんななの？」ルウは尋ねた。

『そうだ』

「本当に？」鋭く問い返したのは兄。「ミロ、君は自分の目で確かめたのか」

『いや』

「ならなぜ断言できる」

『ではおまえはどうなんだ。二〇一七年では世界の全てを見たのか』

「……いや」

『そうだろう。私とて世界の断片しか知らないが、今のおまえたちよりは詳しい。それに、おまえたちとは異なる見方で世界を理解する術も心得ている』

「どういうこと？」

ルウは尋ねた。彼女はミロに興味が湧いていた。ガイが言葉に詰まるのは珍しく、ましてや人に言い負かされるなんて滅多にない。大介みたいに話の通じない相手ならともかく、理詰めでやり込められるのは初めて見たかもしれない。

ミロが言うことなら、そこにはきっときちんとした裏づけがあり意味がある。

では彼女が言う「異なる見方で世界を理解する術」とは何か？

そう、まるで――

「ミロには見えるの？　私たちが見えないものが？」

『今は必要がない情報だ』

「なら、必要な時は聞かせてくれるんだね」

『そうしよう』ミロのマシンが加速した。『これより私は先行しスカウトに当たる』

「スカウト？」

マリマリがきょとんとするから、ルウはちょっと和んだ。

「多分あれだよ、偵察とかそういう意味の」

「斥候だな」

「マリマリ、ゲームやるっしょ？」

「ああ、なんかあったね、そういうの」

斥候の目的は地形の確認と索敵だ。つまりこの先には危険が予測されるのだろう。そのことを理解しているのかどうか、マリマリはぼんやりと笑っている。

『泉海たちは予定どおり目標ポイントへ向かい、パペット二体を回収』

「了解です」

『大介、おまえは指定のポイントで待機し、みんなを援護しろ。位置は追って伝える』

『わかった。俺がみんなを守る！』

03

――2388/05/18(Wed.)/11:02
渋谷区役所仮庁舎・区長室

渋谷署長・黒岩亮平は腕組みし目を閉じている。

同席者は四人。区長の牟田と、後は区の危機管理対策部の面々で、トップの前田は副区長を兼任する。彼の下に防災計画課長の宮脇と地域防災課長の金子。もうひとり防犯課長がいるはずだがこの場には呼ばれておらず、防災会議にもたまにしか出席しないから黒岩にとって印象が薄い。もっとも他の顔ぶれについても似たようなものだったが。

かれらの交わす相談が黒岩の上を通り過ぎてゆく。

「で、どうなの？　あの未来女から聞いた話」

「病気で世界が滅んだという話は伏せましょう。暴動が拡大します」

「そうですね。ただでさえ区民と帰宅困難者との間で騒ぎが起きているのに……」

「当座の避難場所どうしたんだっけ？」

「地域防災計画で策定した方向で進めています」

「だからさ。うまく行ってんの、あれ」

「学生は学校単位で寝泊まりしてもらっており、大きな混乱はないようです」

「ホントに？　デモを煽ってるのは学生らしいじゃない」

「そういう情報もありますが、我々行政側では把握しておらず……」

「治安維持に関しては我々が責任を持って対処します」目を閉じたまま告げる。「捜査情報に関わりますので、これ以上は」

「ああ、あれね。公安とか、そっちの」

黒岩は無視する。すり寄るような牟田の口調が不快だった。

「えー……社会人の方々に関してはホテル等に分散して宿泊してもらってますが、やはり生活インフラの問題が大きく、早急な対処が必要かと」

「言うだけなら簡単ですがねえ」

「インフラの早期復旧はほぼ絶望。我々だけじゃ手の施しようがないですよ」

「はあああ、やばい、やばいよこれ」

つまるところこいつらは小役人だ。書類と先例に従って動く。それはそれで必要なことであり、社会を維持し回して行くには不可欠なシステムの歯車だ。だから替わりが利く。誰がどの役割でも大差はなく、またそうであることが理想だ。

だが非常時には弱い。準拠すべき法規や手続きがなければ途端に動けなくなる。そうならないために繰り返し会議を招集し事前に練り上げたはずの地域防災計画も、想定外の事態を前にして、期待された効力を充分には果たせなかった。

だからこそこの場に呼ばれたのだと黒岩は理解している。防犯課長に替わって渋谷署長が行政側に懇願され招請を受ける。それは通常の行政手段では無力だという証明であり、であるならば彼に期待されているのは何よりも力だ。混乱を鎮め、平静を保たせ、渋谷というコミュニティの内部崩壊を防ぐことだ。

馬鹿げた望みだ。こいつらが期待しているのは延命であって根治ではない。モルヒネを打たせるつもりで彼を呼んだのなら、とんだお門違いだ。

「それよりも」黒岩は目を開き、切り出した。「問題なのはリヴィジョンズという組織の存在でしょう」

行政側は一様に黙り込んだ。黒岩は構わず続ける。呼ばれたからには言うべきことは言わせてもらう。向こうだって彼を当てにして呼んだからには聞く耳もあるだろう。

「リヴィジョンズが渋谷転送を画策・実行し我々をこの時代、二三八八年へ飛ばした理由は、渋谷民を攫い何らかの実験に使うためだとのことです」

「でもそれ、あの未来女が言ってるだけだよね」

引きつった笑みを浮かべた牟田がべしゃべしゃと無意味なことを言う。が、黒岩が睨みつけるとぎくりとして身を引いた。

「ミロの発言の真偽は当面保留としても、渋谷民への襲撃が行われたのは厳然たる事実だ。そしてその情報はすでに拡散している。である以上、我々は共同体崩壊の危機に直面しており対処は一刻を争う。このことは渋谷臨時政府の共通認識と考えてよろしいですか」

「いや、ちょっと大袈裟なんじゃ……」

「リヴィジョンズはわかりやすい脅威だ。今すぐにでも襲われると思えば、誰もが冷静さを失い過剰反応に走る。パニックを誘発し、コミュニティは崩壊する。その動きはすでに始まっていると私は見ています」

「いやいやいや。私らのせいにされちゃね。治安維持はそちらさんの仕事じゃないの」

「ですから我々が責任を持つと申し上げている。問題は喫緊の脅威への対策であり、迅速かつ断固たる対応だ。そしてそれは政治レベルでの判断で行われなければならない」

「は？　なに、丸投げ？」

「さらに」声を高くして黒岩はねじ伏せにかかる。「より大局的な見地から考えて、この先どうするかの決断も必要になるでしょう」

「この先って……」

「具体的にはストリング・パペットの運用方針に関してご相談したい」

同席者たちがざわめいた。不安げに小声でささやき交わしている。

「ロボットのこと？」

「公式には特殊強化戦闘装置ですね」

「残りの機体の回収っていつ終わるんだっけ」

「予定では今日の昼過ぎには」

牟田はなお薄笑いを浮かべている。

「運用方針って……その件はSDSの設立で終わってるはずでしょ」

「あれは始まりだ。ここから先のプランについて、区長。いや、牟田臨時政府総理。あなたと私の差し向かいで話したい」

「へ？　え、なに、密談ってこと？」

「提言です。ただし高度な政治的判断が必要になる。まずはお人払いを」

牟田はきょときょとと辺りを見回す。が、誰も目を合わせない。

黒岩は急がない。あとは相手の出方を待つだけである。

04

――2388/05/18(Wed.)/11:08
東京廃墟・大介機

『新規データを受信しました。表示します』

AIの声と同時に、パペットのHUD上にマップが表示された。すでに共有済みだった今回の作戦予定図に新たなルートが追加されている。その先に、大介の待機すべき護衛ポイントが指定されていた。

「ええ？　こんなとこに？」

マップを睨むうちにパペットは減速し、後続のワゴン車と併走する形になった。

目標地点は約四キロ先、おそらくかつてのキャロットタワー。

しかし大介が待機を命じられたポイントは、そのルート半ばだ。マップ上に二〇一七年当時の地名表記はないが、記憶を辿ると目黒天空庭園付近だろう。

今回の作戦ルートのほぼ中間地点。SDS一行の目的地からは約二キロも離れている。

「いや、これって……みんなから離れ過ぎじゃないのかな?」

『問題ない』

「でもさぁミロ。俺の役目は護衛だろ。こんなに遠くちゃ」

彼の言葉を遮るようにミロの言葉が降ってくる。

『私の指示に従って敵を射撃し排除する。それがおまえの任務だ』

「は?」と大介は耳を疑った。「なんだよ、いきなり命令? しかも遠くから射撃って」

『問題ないと言ったはずだ。ニューロスーツ着用により命中精度が向上し、敵に与えるダメージ値も増加が見込まれ』

「ERKが使えない」ミロの言葉を遮って「二キロも先まで届かない」

『今回は必要ないと』

「それじゃ直接守れない!」

『守る方法は私が考える』

「はぁ? はぁぁ? なんで? なんで今さら、ミロがそんなこと言うわけ?」

『発言の意図を図りかねる。今さらとはどういう意味だ』

「みんなを守るのは俺だ」

七年前のあの夜――

「そういう運命だって」

泣きじゃくる幼い彼を――

「絶対忘れるなって」

間近からまっすぐに見て――

「俺にそう言ったのはミロじゃないか」

『悪いが私は知らない』

――なのに、返ってきたのは切り口上の拒絶に等しい断言だった。

「いや、だってミロ。君は」

――七年前のあの夜のままの姿で。

「君は……」

――けれど、彼に突きつけてきた眼は冷ややかで。

「君は、本当にミロなのか？」

05

東京廃墟・ワゴン車内
――2388/05/18(Wed.)/11:11

同刻。浅野慶作は頭を抱えそうになった。

(うぁちゃ〜。なんだ、このいきなりビミョ〜な感じ)

大介とミロの会話は通信回線越しにワゴン車内にも共有され、困惑した空気が流れた。

パペットは後退を続け、今やワゴン車の後ろ。ミロのマシンは依然かなり先行している。

前後の機体の間に飛び交う言葉がワゴン車の中を駆け抜け、緊張感を残してゆく。

『私はミロだ。他の名は持たない。コードネームでもない』

『けど、俺の知ってるミロなら、予言を知らないのはおかしい』

『予言とは?』

『しただろ、予言を。俺の未来を。そしてそのとおりになった。なのに、なぜ今さら』

最後の方は早口の独り言めいた愚痴になった。

「どうしちゃったのかしら、大介くん」泉海が心配そうに言った。

「いや〜、あいつ普段からこんな感じなんで。なあ?」

「だよね。ちょっとトラウマって言うか」

「地雷ってゆーか」

「七年前の予言って何のことかしら」

「あ〜、それは後で。ちょっとややこしい話になるんで」

(って待て待て。それ説明すんの、俺の役目？　うっわ、めんどくせぇぇ〜！)

誘拐事件は解決済みだ。警察には調書も残ってるだろう。だがその中にミロは出てこない。今さらどう説明しろというのだ。しかもミロ本人が否定してるってのに。

(ああ〜。やっぱ俺って超絶ついてねぇ〜)

『大介、指示に従え』

『守るんだったら側にいるべきだろ？』

しかもガイが割って入ったからますますややこしいことになった。

「大介、いい加減にしろ」

身を乗り出し、わざわざマイクを取って咎めると、やはり大介は逆上した。

『おまえには関係ない！』

「関係ある！」言い返すガイも感情的になっている。

(こいつ大介が相手だと冷静になれないんだよなぁ)

「俺たちは今困難な状況にあるんだ。作戦はミロに委ねられている。ひとりでも指示に従わなかったら失敗する可能性だってある」

『おまえは俺のパペットの力を見てないからそんなことを言うんだ！』

パペットの左手が背に回る。そこには刀がある。

『今見せてやる！』

「待ったー！」

慶作は転がるように後ろへ移動し、女子たちの間からリアウィンドウ越しに叫ぶ。

「待った！　待った！　ガイには言っとくから！　ここはミロに従ってくれよ！」

ＥＲＫを構える大介の表情が少し緩んだ。声が届いたかどうかはともかく、オーバーアクションは見えたのだろう。ここぞとばかりに満面の笑みでヨイショする。

「おまえがすげえのは俺、ちゃーんと知ってるし！　てか見てたし！」

『ああ……だよな』

よしよし。声も届いてる。この調子だ。

「つか俺たち助けられたし。な？」

「え？　ああ、うん、そうだね」

マリマリの声は小さい。だがだいじょうぶだ。うなずくしぐさは大介にも見えていて、満足げな表情が浮かんだ。

「すごかったよな！　初めての戦闘で、装備も充分じゃなかったのにさ！」

『だろ？』

「今日はフル装備だから完璧だ。今の大介なら遠くからでも守れるって。な？」

『ああ、まあな』

刀を下ろした。空いている右手でサムアップ。すぐさまスラスタ全開。舞い上がった機体が、時折ビルの瓦礫を蹴りながら、ぐんぐん加速してたちまち視界から消える。

「おおー！」「すごいすごーい！」

ルウとマリマリがナチュラルに喜んでいる。この声は大介に届いているだろうか。

（あいつ、やっぱ俺なんかとはどっか違うんだよなあ）

窓の向こうを一心に見ているマリマリの表情に、慶作はちょっとだけ胸が痛んだ。

06

——2388/05/18(Wed.)/11:13
渋谷区役所仮庁舎・区長室

「こちらから攻め込むですって⁉」牟田誠一郎は驚愕した。「そりゃ憲法違反だ」

「そうは思いません」

室内には彼と黒岩のふたりきりである。背筋を伸ばして着席した黒岩は無帽で、表情を隠すものはない。揺るぎのない目を牟田に突きつけてくる。

「すでにリヴィジョンズによって攻撃を受けています。専守防衛という意味でも問題視するには当たらない。それに、この状況下で憲法は存在するんですか」

牟田は目を逸らした。

「いや、でもね、我々は公僕ですよ。法治国家の市民として、法を無視するのは……」

「ここに日本国は存在するんですか」

「渋谷はあるでしょう。あなたも私もその市民だ」

「だが我々は政府を名乗っている。ならば体裁としては国家だ。そして総理はあなただ」

「そ、それは……」

しかし、そんなつもりではなかった。ではどんなつもりだったかと問われれば答えに窮するが、少なくとも彼は、そんな大きな責任を背負うことを望んではいなかった。

「牟田さん、あなたの政治的判断が必要だ。いや決断が」

「私の一存では決められませんよ。まずは各方面で議論を」

「助かりたくないのか」

言いながら立ち上がった黒岩の気配に、牟田はぎくりとして向き直る。デスク前に詰め寄ってきた男から強烈な威圧感が押し寄せてくる。

「いや、その……」

牟田は言葉に詰まり、きょときょとと目を泳がせる。しかし他には誰もいない。役目を振ることも意見を聞くこともうやむやにすることもできない。――待てよ？

「ほら、ミロが所属してる……アーヴという組織。そいつと接触はできないのかねえ？」

そうとも。かれらは渋谷を元の時代へ戻す作戦を遂行中と聞いた。それが実行されれば渋谷は再び日本の、東京の、二〇一七年の常識が通用する世界の一部だ。彼の立場も総理から一介の区長に戻る。むろん作戦が成功しさえすればだが。

「せめて、いつ戻してもらえるのかだけでもわかれば……」

「果たして持つかね、人々が。私たちは救援なき被災者の群れですよ」

「だからこそアーヴに情報を公開してもらってだね」

「あの連中が信用できると思いますか」

「しかし現に我々に協力してる」

「そして敵対者リヴィジョンズも現に存在する。標的は我々だ。同じことを何度も言わせないでもらいたい。事実はひとつだ」

牟田は絶句した。どうしろと？　彼に決断しろと？

高校生を乗せたロボットで、得体の知れない敵の拠点へ攻め込ませろと？

黒岩は牟田を見下ろしたまま言葉を続ける。

「我々警察はエリア内の治安を守るだけで精いっぱい。リヴィジョンズに対抗する余力はない。残念ながらおそらく装備面でも、どこまで抵抗できるか」

「抵抗って、そんな」

対抗ではなく抵抗。そこまで力関係に差があるという認識なのか。

「有効な抑止力として堂嶋大介たちの特殊強化戦闘装置を前面に押し出したい。かれらには我々の旗印になってもらう」

「その点は確認済みのはずですが……」

端からそのつもりだった。だからこそSDSの設立に同意もした。渋谷の希望の象徴。それを支えた政治の英断。元の時代へ帰ってからの栄誉と賞賛。牟田にとってもメリットのある画を描いただけの話だ。なのにこの男は、まだ飽き足らず何ごとか望むのか。

「だが現段階では、堂嶋大介は異物であり、一般に受け入れられてはいない」

「へ？　そうなの？」

「かれらに必要なのは華々しい戦果です。それがあれば人の見る目は変わる」

「いや、だからといって……」

「渋谷民の結束のために必要なことです」かすかな蔑みを浮かべて「問題は、覚悟なき主義者共。人権とか戦争反対とか愛とか、そんなものは平和時の祭りにすぎない」

言いながら彼は制帽を被り、庇の下から鋭利な眼を向けてきた。

「そいつらを黙らせ、内部の守りを固めたいですね」

牟田は困惑した。こいつのやりたいようにやらせてみたらどうなるだろう。ひょっとしたら何もかもうまくいくかもしれない。強力な旗印の下で街は結束し、暴動の芽は摘まれ、敵との戦いも連戦連勝。そうなる可能性は皆無ではあるまい。

だが元の時代へ帰ってからは？

街を守るだけならともかく、わざわざ戦争を仕掛けてしまっては言い訳ができない。

批判は誰に向けられ、責任は誰にのしかかるか。

「あの……」ひきつった笑みを浮かべて牟田は言った。「私、リベラルでして……」

黒岩は鼻で笑った。

沈黙が落ちた区長室に、窓外からの牟田への批判の声が聞こえてくる。

07

——2388/05/18(Wed.)/11:16
東京廃墟・ワゴン車内

「……あのさ」

「ん？　なんだよマリマリ」

隣席の慶作が気さくに言った。さっきの大介との一件のあと、彼女とルゥの間に収まったままなのだ。別に嫌ではない。むしろ気が楽なくらいだ。少なくとも大介を前にした時のような緊張はない。だからこそ彼女も切り出せたのかもしれない。

みんな気を悪くしなければいいけど。

でも、このままにしておくのは怖かった。だから思い切って問いかけた。

「これって……今……私たち戦争してるの？」

ルゥと慶作が困ったなあという反応をしたので、マリマリは後悔した。やっぱり聞いてはいけないことだったんだろうか。みんなはちゃんとわかってて、納得してやってることだったんだろうか。

「だいじょうぶ！」運転席の泉海が力強く言った。「アーヴが元の時代への帰還作戦を進めてるっていうし、私たちの任務はそのためのお手伝い。ちょっとの間だけ街を守る。それだけのことよ」

「そうだな。災害対策って言うか、ある意味復旧作業と言えるんじゃないか」

ガイの落ちついた口ぶりには説得力があった。

「今日のとかは、どっちかっつーと冒険だろ！　トレジャーハンティング的な！」

「だいじょうぶだよ。心配しないで」

微笑みかけてくる慶作とルゥ。その笑顔は心強かったけれど。

「うん……」

マリマリの不安は、なかなか去ってはくれないようだった。

08

――2388/05/18(Wed.)/11:17　東京廃墟

スラスタを吹かす感覚が大介の足にダイレクトに伝わってくる。ニューロスーツのブーツ部に加わる圧力としてだ。

(これもパペットの機能なのか)

機体各部のセンサーからの情報が、ニューロスーツ各部へフィードバックされ、体感として理解できるシステムらしい。ERKを背負い、ハンドガンを腰につけた感覚もある。生身の大介が同様の質量を備えた刀剣や銃を装備すれば、ほぼこの通りの負荷を感じるのだろう。しかし足裏のホバースラスタや背のブースタ噴射はそれらとは異なり、大介のまだ知らない感覚だ。とは言え、すでに一連の行動でコツは掴んだ。着地に危なげはない。

「指定された場所に到着した。特に異状は……ない、かな……」

目黒天空庭園跡の廃墟である。ひと渡り周囲を見回して大介は報告を伝えた。

『了解』ミロの声が応じた。『索敵センサーとの連動はできているか』

「ああ」

大介は空手の型を決めた。七年前の事件以来、慶作と共に通った道場で身に着けた技だ。体に叩き込まれたその感覚のままに、パペットの全身も滑らかに動く。昨日のシビリアンとの戦闘時に感じた反応のラグは、今はまったくない。

「ニューロスーツを着てるとパペットが自分の体みたいだ」

感覚の同期は運動能力のみに留まらない。センサー類もすべて大介の感覚器官と直結し無意識のレベルで制御され、ほとんど自覚もせぬままに適切に作動する。特に顕著なのは照準の制御で、目を凝らしただけで数キロ先のキャロットタワーが間近で見るようだ。

「すごいよ、これ」

『だろうな。お前たちに合わせて作られているからな』

「未来の人間が、俺が使うとわかってて用意したってこと？」

『そうだ』ミロは明快に答えた。『今おまえが着ているニューロスーツは、大介専用だ。同様に他のメンバーにもそれぞれ専用スーツがある』

『ちょっと待って』ルウの声が通信に割り込んできた。

＊＊＊

席を立った妹が、ガィの傍らに身を乗り出して来て、真剣な表情で尋ねる。

「そもそもパペットが私たちにしか使えないって、どういうこと？」

ガィにとっても気になっていたことだ。ミロの返事はあっさりしている。

『そのように設計されているからだ』

「それってさ……」

言いかけてルウは、ガィの顔を見る。うなずいて彼は妹の言葉の続きを引き取った。

「知っていたんだな、君たちは」

論理的に考えればそれ以外にはあり得ない事実を、ガィは確かめるように言った。

「渋谷が未来へ転送され、俺たち五人が巻き込まれることを、ミロたち未来人アーヴは初めから知っていたんだ」

「えーっ！」

「なんでだよ！」

マリマリと慶作も驚きの声を上げた。しかしミロの声に動揺はうかがえない。

『我々の活動記録から予測した』

「はいぃ？」

「予測って、前にもミロ言ってたよ。私聞いたもん。学校の屋上で」

「ミロ。活動記録ってなんなの？」

『おまえたちに話しても理解できるかどうか』

「その判断はこっちでやる」

ガイの言葉に、わずかな逡巡（しゅんじゅん）のちミロは答えた。

『わかった。では私に許される権限の範囲で答えよう』

（権限？）

アーヴという組織内での話だろう。ミロも組織の規律と機密レベルの制約に縛られているのだ。当然言えないこともあり、また知らされていないことさえあるかもしれない。

（すべてを疑え、か）

今になって重みを増してきたその言葉の意味を嚙み締め、ガイは不思議な感慨をおぼえる。大介の言い草ではないが、あの晩の記憶が、今この時に直接繫がっているような気がして仕方がなかった。

＊　＊　＊

『まず最初に言っておくが……』ミロが語り始めた。

『私には時間跳躍能力がある』

大介は耳を疑った。ジカンチョウヤク？

『タイムリープとかってやつ？』

問い返した慶作に、ミロはあっさり答えた。

『そうだ』

『なんですかそれ。……ミロさん、超能力者でらっしゃる？』

『一般的な人類にない力を授かったという意味なら、そうだ』

『そんなのあるんなら、私たちを早く元の時代へ戻してよ……』

『私の能力はそんな便利なものではない。跳べるのは自分ひとりだけだし、いつでもどこでもというものでもない。私自身もまだ跳んだ経験はない』

（じゃ、あの時は？）

七年前の夜の記憶が鮮やかに蘇ってくる。

記憶の中のミロと、今ここにいて、語っているミロ。あの時のままの姿だと思った。なのにミロは彼を知らないと言い、初対面だと主張した。

（ミロが時を越えるなら、あの夜の出来事だってあり得るはずだけど……）

『この力を具えた者はアーヴにしか生まれず、ごく稀だ。だが私だけではなく、他にも存在する。そうした者はバランサーと呼ばれ、特殊なエージェントとして活動する』

「バランサー」

大介は呟いてみる。するとマリマリがすぐに応える。

『そう名乗ってたよね、ミロ』

『いかにも』

＊　＊　＊

「アーヴ第4方面本部所属のバランサー、ミロ。それが私の名と所属だ」

言い終えてミロはビークルを駐め、ひらりと降り立った。

エンジンは止めない。ビークルの通信機を使うためだ。ハンズフリーである程度までの範囲の声を拾う設定にしてあるので、離れて歩き回りながらの会話が可能だ。バッテリ駆動のエンジンは静音性も高く、通信の妨げにはならない。

ミロは手早く、かつ慎重に周辺の状況を探索した。

かつての世田谷公園跡地だが思い入れは何もない。前景に点在する廃墟の向こうに、ワゴン車のSDS一行が目指すキャロットタワーが見える。当座の危険はなさそうだ。

「我々バランサーの主任務は、時間跳躍能力を用いて時を超え、様々な活動を行うことだ。その結果としてもたらされるのが未来予測だ」

『それは……』ガイが問いかける。『君たちが未来へ行って見てくるってことか？』

「逆だ」

右掌上にホロマップを展開し、現在位置を確認。予定の行程は七割方消化した。大介とミロはそれぞれの持ち場で待機し、周辺の警戒に当たる。

「バランサーが跳ぶのは過去だ」

『過去へ？』

「そうだ。過去に留まって活動し、その時代に記録として残す」

マップを消して眼を転じると、首都高跡橋脚の残骸脇をワゴン車が走り去っていく。

「アーヴはそれらの活動記録を回収・解析し、未来を予測する」

『よくわかんないよぅ……』

『未来を予測するのに、過去に跳ばなきゃなんないのって、なんか変な気がするよな』

「だろうな」

ミロは空を振り仰ぐ。どんよりとした曇天で、空の底が浅い。重苦しい灰色の連なりが、彼女の視界の中でにわかに切り替わる。無限の闇である。

その闇に、光の軌跡が走っている。入り乱れる無数の光と見えて、その実たったひと筋の光の糸がもつれあっている。ところどころで交差している。

その交点のひとつが、今この時であることを、ミロは目の当たりにしている。

何度見ても気が遠くなるような光景だ。

今この世界でどれだけのバランサーが活動しているか、正確な数をミロは知らない。最重要機密のひとつとされている。聞くところによれば数十人単位ともいうが。

彼女と同じ光景を見ることができる者は、世界でもたったそれだけしかいないのだ。

ならば彼女が見ているもの——カオス軌道とその概念を、どうやってかれらに伝えれば
よいのだろう？　かれらは二〇一七年の常識の中で生きてきた。ミロが生まれ、生き抜い
てきた世界のことは何も知らず、想像すらつくまい。

「我々が過去にしか跳べないことには時間跳躍の原理に関わる理由があるのだが、たとえ
それを詳しく説明しても、おまえたちには理解できまい」

『その言い方、なーんか腹立つ！』

弾き返すようなルウの声で、ミロの感覚は時空の彼方から肉体へ引き戻された。

「そうか。それはすまない」

瞬きをすると、もう空はいつもの不機嫌な雲に覆われた姿に戻っている。

『ねえミロ。過去で活動するっていうけど』

ルウが問いかけてくる。

『それってもしかして、都合よく未来を変えるってこと？』

「安心しろ。アーヴはリヴィジョンズとは違う。Anti Historical ReVisionism——反歴史修
正主義が我々の名の由来だ。我々は歴史調整の際には」

『調整って何！』

ルウが遮る。思いのほか鋭い反応だ。ミロはいぶかしんだ。

「言葉のとおり、望ましい方向へ変えることだが」

『やっぱ変えてるし！』

「安心しろと言っている。我々は大きな歴史の流れを変えないよう細心の注意を」

『気をつければいいとか、そういう問題じゃないでしょ？』

『ひょっとして、タイムパラドックスとか起きちゃったりするのかな』

『じゃあさ、今ここって、ミロたちが変えた未来ってことになんじゃ』

「聞いて欲しい」

強い口調で遮ると、通信回線の向こうは静かになった。

「すべては望ましい未来のためだ」

『望ましいとは、誰にとって？』

ガイが問い返した。ミロは迷わず答えた。

「人類にとって」

＊　＊　＊

「いや、人類って……」

慶作はちょっと引いた。いかにも大介が好きそうな言葉だと思った。

だがマリマリもルウも真剣な顔で聞いている。ガイや泉海も黙っている。

大介からの反応もない。

「……これってマジでそういう話なの？」

『人類は滅びる公算が高かった』

ミロがあっさりと恐ろしいことを言った。

『滅亡を防ぐため、我々アーヴは未来を探し求めた。人類が生き残る未来を』

「その未来は、見つかったのか」

ガイが問い返した。答えたのは、しかしミロではない。

『俺だ』大介だった。『そして俺たち五人もなんだ。そうなんだろ、ミロ』

『そういうことになるだろう』

「は？」慶作は思わず問い返した。「え、そうなの？　俺もなの？」

『ヒャッハー！　やっぱ俺が言ってたとおりだったな、慶作！』

『間違えないで欲しいが』ミロが素早く言った。『私が従ったのは、あくまでアーヴの活動記録に基づく未来予測だ。大介、おまえの言う予言とやらではない』

「うぅ～」

「ややこしいなぁ」

『どっちにしたって、俺たちが重要人物なのは間違いないんだろ！』

『それは事実だ』

『なら、おんなじだ！』

「そうなのかなぁ……」

「要するに、俺たち五人は未来予測で導かれた望ましい未来をもたらす存在……そういうことか、ミロ」

『正しくは、そのために必要な存在と理解している』

「それってさ」

言いかけてルウはためらった。ほんの少しうつむいて言葉を続ける。

「ひょっとして、渋谷のこととも関係ある？」

『渋谷の時間跳躍もまた未来予測に記されている。おまえたちの存在と同様に』

「わかってたんならなぜ防げなかったの？」

『我々の歴史調整には限界がある。渋谷転送は歴史の大きな転換点で、変更を加えようとすれば予期せぬ事態が発生する危険性が極めて高い。時空災害の発生は防げないが、元の状態への回復は可能と判断した。それがぎりぎりの決着点と理解して欲しい』

ルウはまだ納得していないようだ。探るように言った。

「……まさかだけどね？　ミロは渋谷のことも、望ましい未来のためって、そんなふうに思ってるのかなって」

ミロは何も言わなかった。

「でも、なんで私たちなんだろう……」マリマリが呟く。

「だよなー」

「運命とか言うの禁止ね」

『なんでだよ！』

＊　＊　＊

『あちゃー。聞こえてた』

あっけらかんとルウが言うから、大介はますます腹が立った。

「聞かせるように言ったんだろ！」

『冗談だって、じょーだん。なあルウ』

『どっかな～』

通信回線の向こうの声はクリアに届き、車内の雰囲気まで伝わってくる。ルウは昔からツッコミが鋭かったし、慶作はお調子者だがなだめ役を買って出ることが多かった。

では、大介は？

幼い頃は泣き虫キャラだった。けど、みんな命懸けで助けようとしてくれた。

なのに、いつの間にかみんなの輪からひとりだけ離れていることが多くなって。今も。

（違う。これは任務だ。俺がみんなを守る。俺だけが、みんなを守れる。だから
だから荒野に立っている。たった独りで。

『ミロ、ひとつ聞きたい』

ガイの声がした。大介は耳を澄ました。

『俺たちの名が予測されていたのは、君と大介の、いや俺たちとの、過去の出来事に関係があるのか』

『何度も言うが、おまえたちとは渋谷転送後が初対面だ。その質問には答えようがない』

『俺にはそうは思えないが』

「ガイ……？」

呟いた大介の声は通信に拾われたのかどうかわからなかったが、いずれにせよガイは反応せず、ミロだけを相手に言葉を続けた。

『君に会ったのは大介だけじゃない。俺たち五人全員だ』

（なんだよ！　おまえだって、ちゃんとおぼえてるじゃないか！）

その叫びを、しかし大介は胸の裡に押しとどめた。さんざん妄想扱いしたくせに、実はガイもあの夜のことはしっかり記憶していた。そのことが腹立たしくも嬉しくて全身が熱くなる。けれど今は口には出さない。ガイとミロのやり取りを邪魔してはいけない。そう直感するくらいの分別は大介にだってあるのだ。ガイの問いかけは続く。

『未来予測に記された五人全員が、過去に君と会った記憶を持つ。これが偶然と言えるだろうか。むしろミロ、君との過去のいきさつが、未来予測と何らかの関わりがあると考えるのが自然じゃないのか』

『それは私にはわからない。未来予測はアーヴ司令部で行われ、我々末端の人間に詳細は知らされない』

『アーヴの組織も私たちと大差ないんですね』泉海がぽつりと言った。

『じゃあミロ。君は命令を疑ったことはないと言うのか』ガイの語気が鋭さを増した。

『なぜ疑う必要が？』ミロは心外そうに答える。『未来予測は人類滅亡を回避する唯一の手段だ。疑う余地はない。現場レベルでの勝手な判断も許されない。我々は未来予測を守るために生きる。他の生き方は学ばないし、考えたこともない』

沈黙が落ちた。

やがて再び話し始めたガイの様子が、いつもとは違っている。

『大介の言い草じゃないが……』

そう切り出した口調には、いつもの自信が感じられない。

『ミロ、君は本当にミロなのか』

『私は私だ』

『じゃあ俺の記憶にある君は誰なんだ』

『だから知らないと』

『誘拐事件だ。七年前、攫われた大介を助けてくれたのは君だ。だがあの時……』

ためらったのか。それとももう一度記憶を探って確かめたのか。わずかに間を置き、すぐに話し出した時には、もういつもどおりの迷いのないガイに戻っていた。

『あの時、君は撃たれていた』

「は⁉」

驚いたのは大介ばかりではなかった。車内にもざわつく気配があった。けれどガイの確信は揺らがないらしかった。

『俺の記憶が確かなら、ミロ。君はあの時、死んでいる』

＊　＊　＊

『ガイ！　何言い出すんだよ、おまえ！』

大介が猛然と抗議してきたが、ガイは動じない。予測の範囲だ。

「そもそもおまえが言い出したことだろう。今のミロは、あの時のミロとは別人かもしれないって話だ」

「でも兄さん、ミロはあの時と同じだよ」珍しくルゥが反論した。「最初に見た時、私びっくりしたもん。他人の空似とかあり得ないレベルでしょ」

「同じじゃないよ」

今度はマリマリだ。思い詰めたその口調が意外で、ガイは後ろを顧みる。いつもは気弱な彼女が、かぶりを振って断言した。

「私の知ってるミロは、もっと優しかった」

「慶作、あんたはどう思うの」

「俺は……」

ルウとマリマリに挟まれて注目を浴び、慶作は身の置き所がなさそうだ。

「……ごめん。よくわかんないや」

『慶作ぅぅ～！』

大介にまで突っ込まれて、慶作はますます困り顔になった。

「だって小学生の時の話だよ？　きっちりおぼえてる方が変だって」

『俺が変だって言いたいのか！』

「そうだよ。慶作、兄さんにも謝ってよね」

「あ～、いや、そういうつもりじゃ……ごめん」

「ま、正直言って私も、あの晩のことはほとんどおぼえてないんだけど」

「ル～ウ～！」

「なんでかな。ミロの顔だけは、すっごい鮮やかにおぼえてるんだよ？」

「不思議だね」マリマリが言った。「みんな同じ体験をしたはずなのに……」

「さっきから聞いてた限りでは」泉海が口を挟んだ。「皆さんの小さい頃に誘拐事件があって、その時ミロさんに助けられたという話は一致してるようね」

「当のミロ以外はですが」

ガイの言葉に応えるように、ミロからの通信が届く。

『推測になるが、これから未来の私が過去へ跳ぶのかもしれないな』

なるほど。それなら辻褄は合う。ある程度まではだが。バランサーの時間跳躍能力は過去へ跳ぶことに限られ、ミロがまだその力を使ったことがないと言っても、これから行使する可能性は残されている。

「だとしたら、なんのために跳ぶの？」ルゥが尋ねた。

『わからない。私に未来が見通せるわけではないからな。ひとつ言えるとすれば、過去は不確定だということぐらいか』

「どういう意味？」

『言葉どおりだ。歴史調整とは望ましい未来へ向けて過去を変えることだ』

「変えなきゃならない過去が、まだあるの」

『それは司令部の判断に委ねられている。私の関知するところではないし、たとえ知っていたとしても言えないことだ』

「む～～～」

納得できないことがあると妹はいつもこんな声を立てる。慶作が冗談めかして言った。

「だったら俺の運を変えて欲しいなぁ。いつもいつも肝心な時についてなくてさぁ」

『それはできない。個人的な理由で歴史調整を試みるのは』

「あーわかった。マジに取んなって。俺、受け入れてっからさ。自分の運命ってやつは」

「大介とは違った意味で？」

「ルゥ～。そういうツッコミやめない？」

『もうどうでもいい！』大介が怒鳴った。『俺はあの時のミロを信じる。現にこうやって俺はみんなを守ってるんだからな！』

「皆さん、いいかしら」泉海が緊張した口調で言った。「目標ポイントに到達するわ」

キャロットタワー跡が近づいていた。ミロからの指示は明快だった。

『未回収のパペット二体は当該ビル二階フロア奥にある。デフォルト装備一式もセット済みのはずだ。機体確認後、速やかにパイロットを搭乗させ起動させてくれ』

車内がざわついた。パペットに誰が乗るか決めておかなければならない。

が、ガイは動じなかった。彼の思考は過去へと遡っていた。

＊　＊　＊

七年前のあの夜——目の前でがっくりと膝をついたミロは、ポンチョの上から腹を押さえていた。傷口は見えなかったが血が、厚手の生地の上まで滲んで、その量は明らかに少なくなくて。雨の匂い山野の匂いの中でくっきり際立つ血の臭いが迫ってきて。

ガイは動けなかった。ただ見つめることしかできなかった。

ミロは深くうなだれて、そのまま倒れ伏すかと思われたが、力を振り絞って顔を上げた。ガイと目が合う。苦痛に歪む表情。苦しげな呼吸。そして言葉。途切れ途切れに絞り出された短いセンテンスを、決して忘れることはないだろう。幼いながらもガイは、それが彼女の最期のメッセージになると直感していた。

「す、すべてを、疑うのよ」

ミロは言った。ガイを見つめて。

「いいわね……忘れないで、ガイ……」

——忘れはしない。

それどころかその一言は、ガイの行動のすべてを律するルールにさえなっていた。

09

——2388/05/18(Wed.)/11:42

「ひとりでだいじょうぶですか？」

停車したワゴンの前で、心配そうにルゥが言った。

泉海香苗巡査長はキャロットタワー入り口で足を止め、子どもたちを顧みた。

「えっへへ……」

笑ってみせようとしたがうまくいかず、声が震えてしまった。それでもどうにか銃を抜き、ポーズを決めてみせる。

「おーっ、拳銃！」

慶作が膝撃ちの射撃姿勢を取っておどけてみせる。他の子たちも驚いている。

「こう見えても私、お巡りさんなんですよ」

声がうわずった。脚も震えている。みっともないところは見せられない。泉海はくるりと後ろを向き、暗い入り口へライトを構えた。

「偵察してるうちに、いただいたお弁当食べちゃっててくださいね」

「泉海さんの分は？」

「みんなの分あるって言ってたよね」

「公務中に金品をいただくわけにはいきませんので、お気持ちだけで！」

正直言って空腹だった。が、食料は今の渋谷では貴重品であり、民間人からの供与を受けるのは問題だ。泉海は誘惑を振り切って闇の奥へ踏み込んでゆく。未熟者だとの自覚はあるが、せめてこの子たちの前では節度ある立派な大人でありたかった。

10

――2388/05/18(Wed.)/11:44
東京廃墟・目黒天空庭園跡

ＨＵＤ上に赤い文字で警告表示が出た。

『シビリアン一体確認。南南東の方向三キロです』

大介はその方向を見た。視界に小さく捉えられた動くものが、瞬時に拡大された。間違いない。シビリアンだ。ひょこひょこと歩く姿には妙な愛敬がある。と、解析データが付け加えられた。バイオケージ内に人体反応なし。射程外。

「少し遠いな……」つぶやいて大介は、ニッと笑った。「よし！」

抜き放ったＥＲＫを引っ提げて、大介は跳んだ。

11

——2388/05/18(Wed.)/11:48
東京廃墟・キャロットタワー跡

「よっ、と」慶作は母からの差し入れを置いた。「場所ここでいい？」

「いいんじゃない」ルウが答えた。

仲間たちは弁当を囲み、瓦礫の上に座り込んだ。

ガイだけは少し離れたところで何か考え込んでいる。

（あいつ、また何か難しいこと考えてんのか）

大変だなあと慶作は思う。なまじ頭が切れるし先が読める分、人より多くの物事を背負（しょ）い込みがちになるんだろう。

（受け入れちまえば楽なのになぁ）

マリマリが弁当を確認している。

「サンマの蒲焼、こっちがサバミソで、ウィンナー弁当？ それと……チャーハン！」

「なんだよ母ちゃん、ものの見事に缶詰と冷凍食品の弁当だよ、これ」

（放出品かな）

勤め先のスーパーの倉庫が停電で使えなくなったのかもしれない。

「あ、俺サバミソ。ふたつあるし」

「なんでも好きなの食べていいと思うよ？」

「これ好きなんだって」

「て言うか、お弁当出すの四つでよくない？　泉海さん食べないって言ってたし」

廃墟の外には四人。マリマリの脇に積み上げられた箱は五つある。

「大介に取っとく分も決めといた方がいいかなーって」

「そっか。あいつ好き嫌い多かったっけ」

「今はなんでも食うよ。体作りのために必要だからって」

「そうなんだ」ちょっと感心したようにルウが言う。

「大介、何が好きだろう……」

「むしろミロの好みの方がわかんなくない？」

「ミロにまで任務中だから受け取れないとか言われたら困っちゃうね」

「そん時はみんなでつっこ。お腹空いちゃったし」

「おーい、ガイはなんにする？」

「大介はサンマ」放り出すように言ってガイは空を見上げた。

「あー」「そういえば好きだったかも」「てゆーか、兄さん聞いてたの」

「いや。けど弁当の話をしてれば考えることは限られてる」

溜息をついて振り向いた。

「あのさ、やっぱミロは何か隠してる」

「うぇっ。またややこしい話？」

「ごはん食べながらだと、ちょっと嫌かも」

「隠してるっていうか、許可されたことしか言えないって感じじゃないのかな」

「昔のミロとの話を思い出してたんだが……」

ゆっくりとやって来たガイが、立ったまま問いかけてくる。

「あの時言われただろ。『すべてを疑え』って」

「え。何それ」

マリマリの反応に、ガイも驚いた顔をした。

「おぼえてないのか」

こんなこともあるのか。こいつにしては珍しい。慶作は笑いながら訂正する。

「ガイ、逆だよそれ。ミロが言ったのは『受け入れなさい』だよ」

今もありありと脳裏に蘇ってくる。あの夜、ミロは彼を見つめ、諭すように——

「他はもうあやふやだけど、その言葉だけははっきりおぼえてるんだ。『すべてを受け入れなさい』って、そう言ってた。だから、この事態も諦めて受け入れろっていう予言的なもんだと……」

みんなきょとんとして慶作を見ている。

「あれ？　違った？」

「うーん……私がうっすらおぼえてるのはね」

宙を見上げながらマリマリが言った。

「違うかもだけど……『最後は自分で決めなさい』って……」

「そうだっけ？」

「多分ね。夢とかじゃないと思うけど……よくわかんない」

「俺、おぼえてないなぁ」

「五人それぞれに何か言ってくれたとか？」

「あの時のミロにそんな余裕はなかったはずだ」

「ルウは？　なんて言われた？」

「や～私、ホントほとんどおぼえてないんだよね。みんなの話聞いてたらちょっとは思い出すかもって期待してたけど、ぜーんぜん」

「そっかぁ」

「結局、昔のことだもんね。どんどん忘れてっちゃうから……」

「だよな。みんなできるだけあの時の話はしないようにしてたし……大介が何か言わない限り、思い出すこともねーよな」

(なのに今さらこんなことになっちまって)

泣き笑いの気分で慶作は考える。

(悪いことはできないよなぁ。こうやっていつまでも追いかけてこられるんだ。忘れたと思っても、ずっと)

まだ立ったまま何か考えていたガイが、確かめるように言った。

「そもそもあの時、犯人は何が目的で大介を誘拐したのか……なぜミロは助けてくれたのか……結局、真相はわからずじまいだった」

「うん……」

マリマリが弁当を手渡してくれたので、慶作は顔を上げなくて済んだ。

「飲み物はなんにする?」

「じゃ、なんか甘くないやつ」

犯人の動機は知らない。何者なのかも。

けれど大介が難に遭ったことの責任の何割かは慶作にある、かもしれない。

(あの晩、秘密基地の見張りなんて俺が言い出さなかったら)

「お茶でいい?」

「うん。あんがと」

（せめて俺がすっぽかさなかったら）

「私もサバミソにしよっかなー」

飲み物二本を確保してマリマリは、いそいそと弁当を広げ始めている。思いっきり甘いカフェオレと、ダイエット用じゃないコーラ。どちらかは大介の分なんだろう。

（そういやマリマリ、あのお祭りの晩も練乳掛けの氷を食べてたっけ）

幼い慶作も同じものを食べた。灯籠（とうろう）が無数に並ぶ神社の境内で、並んで腰かけて。

もし大介が一緒だったら、こんな記憶も持てなかっただろう。

あの夜マリマリの隣にいたのは彼ではなく大介だったに違いない。

いつもいつもついてない慶作の、それは夏の夜のささやかな企みのはずだった。

けれど、そのために大介を陥れ、事件を招いてしまった。

（あの時ミロが来てくれなかったら……助けてくれなかったら……俺、二度とこうしてマリマリと一緒にいられなかったかもしれない）

音を立てて割れた割り箸が、慶作の両手に一本ずつ残された。

12

——2388/05/18(Wed.)/12:09
東京廃墟・キャロットタワー内部

泉海は暗いフロアを慎重に進んでゆく。足下が気になる。入り込んだ植物が繁茂し草むらのようになっていて、何が飛び出してくるかわからない。こんな時は制服のスカートの短さと無防備さが心細く恨めしい。一歩一歩探りながら進むので、神経を磨(す)り減らす割には捗(はかど)らない。左手にライト、右手には銃。格闘の心得もないことはない。警察官としてのたしなみはひととおり身に着けたつもりではある。

(でも、こういうのは……)

単独での廃墟内の偵察。ミロではないが斥候にこそふさわしい役回りで、組織的行動に重きを置く制服組の警官にはいささか荷が重い。

幸い真っ暗闇ではない。この階は元来が商業エリアで、採光に気を配ったデザインが為されているため廃墟化して久しい現在もそれなりに外光が差し込む。

(二階へはどうやって行けばいいのかな)

フロアマップがあるかもしれない。あったとしてもそのまま使えるかどうかは謎だが、何もないよりはましだ。どこだろう?

と、背後で物音がした。

「うわぁ!?」

振り向く。ライトで辺りをめちゃめちゃに探る。光が通り過ぎた後に流れ込む闇はますます深まる気がする。特に異状は見当たらない。深呼吸して自分に言い聞かせる。

(落ち着け私! 泉海巡査長はやればできる子負けない子!)

あらためて辺りを見回すと、かすかな空気の流れを感じた。どこからか風が吹き込んでくるらしい。その流れをたどって見上げると、ライトの光が思いがけない高さまで届くことに初めて気づいた。天井が高い。鈍い光が差し込んできて、生い茂る緑を浮かび上がらせている。ちょっとしたジャングルだ。

その奥にエスカレータが見えた。二階フロアへ通じている。

(て言うか、入り口の真正面だし!)

足下ばかり見ていた自分がおかしくて、泉海は声を殺して笑った。

近づいてみると、階上に何かある。布が被せられた大きな物だ。泉海は逸る気持ちを抑え、動かないエスカレータの踏面(ふみづら)を慎重に踏みしめて、一歩一歩昇っていく。

13

東京廃墟
——2388/05/18(Wed.)/12:14

ビークルのディスプレイに敵の存在を示す反応が表示された。

哨戒中だったミロは速やかに停車し、周辺を目視で検めた。

瓦礫の中にうずくまるシビリアンの姿はすぐに発見・判別できた。

(機能停止? いや、反応があったのだからスリープ状態か)

リヴィジョンズの活動時間が短いことは、アーヴに属する者にとって常識だ。やつらは大半の時間を眠って過ごす。ただし、普通は拠点内で長期間に渡る休眠生活を送るものとされており、こんな風に吹きさらしの空間で眠ることはないはずだ。

(トラップか)

ここからはキャロットタワーも近い。目覚められると厄介だ。

ミロは耳元に触れ、通信回線を開いた。大介を呼び出すためだ。ビークルの通信機経由でひそひそ話はできない。

が、いきなり飛び込んできた大音量のノイズと爆音に、殴られたようにのけぞった。

「なっ⁉ 大介……⁉」

＊　＊　＊

「ありました！」

その声に、SDSメンバーは弁当から顔を上げた。手を振りながら泉海が走ってくる。

「大介くんのとおんなじ感じのが、ちゃーんと二台！」

と、爆発音が聞こえた。

全員一斉に立ち上がった。爆発の方向を見る。慶作はただ一人弁当を離さず、焦ってかき込んでいる。

＊　＊　＊

『どうした大介。何をやっている』

「今、戦闘中！」叫び返しながらハンドガンを連射する。

疾走するシビリアンが徹甲弾（AP）のシャワーをものともせずに体当たりしてきた。

『何⁉　どこだ』

「敵の懐！」

ひらりと跳んで身をかわし、やつの背中に乗ってやる。

『持ち場を離れたのか』

その通りだ。地図上で言えば中目黒のあたり。だが、だからどうした。

「こいつを倒せるのは俺だけだ！　そうだろ！」

左手には抜き身の刀。輝くＥＲＫを振りかざし、敵に叩き込みざま離脱する。

小爆発と共に敵の背中が不自然な角度で折れ曲がり、どっと崩れ落ちた。

「どうだ！　楽勝だぜ！」

が、返ってきたのは賞賛ではなく、押し殺した怒りに震える声だった。

『おまえの任務は援護だ。それを、みすみす敵の陽動に引っかかって踊らされるとは』

「陽動……？」

不意に伸びたシビリアンの手が地を這う角度で大介に襲いかかった。

「ぐわっ！」

『どうした、大介』

恐るべき握力で締め上げられたパペットのボディが悲鳴を上げる。フレームの軋み圧はニューロスーツへもフィードバックされ、大介は呼吸ができなくなった。

「し、しまっ……」

折れ曲がり凹んでいたシビリアンの背中が嫌な音を立てて膨れ、元のフォルムを取り戻してゆく。中枢神経を狙ったつもりだったが、外部からそれを破壊するには斬りつけた程度では届かないのだろうか。

＊　＊　＊

思わず声を高め呼びかけたミロに、応えたのは大介ではなくビークル。鋭い警告音。

同時に瓦礫の中からシビリアンが身を起こし、ミロを認識したのがわかった。

しくじった。スリープ状態から復帰させてしまった。

ただちに発車。いっきに加速し距離を稼ぎつつ、ビークルの通信機へ告げる。

「大介、今送ったポイントに援護射撃だ」

ディスプレイ上にはすでに二体のシビリアンの位置が特定され、大介機とミロ、それに泉海たちの現在位置もマップされている。

大介と交戦中の敵がシビリアン1。ミロを追ってくるのがシビリアン2。それぞれのアイコンにナンバリングされリアルタイムで位置情報が更新されている。

＊　＊　＊

瓦礫の中へ叩きつけられた拍子に両手から力が抜け、武器が落ちた。それらはもうもうと立ち込めた土煙の中へ紛れ、どこへ行ったか見当もつかない。HUD上にはエラー表示と装備の喪失を警告するサインも出ているが、そんなものを見る余裕は大介にはもうない。

「大介！」

『射撃ポイントデータです』

表示が切り替わり、ミロから送信されたマップデータが出た。

画面右の黄色のアイコンが大介機の現在位置。左の赤いアイコンが援護射撃を求められている地点だ。そこにミロがいて、追われていて、助けを求めている。

『曲射モードで可能になります』

「そんなこと言われたって」

土煙の中からシビリアンが顔を出す。近い。のしかかられている。

「うわ……」

『おい大介！　聞こえているのか』

聞こえてはいる。答える余裕がないだけだ。

＊　＊　＊

「あそこ！」

慶作が指さしたところに土煙が立っている。

「あっちにも！」

ルウが指した場所はかなり遠い。マリマリはルウにすがりついて尋ねた。

「どっちかが大介かな」

「たぶんね」

ガイがルウの前へ出て目を凝らす。

「距離から考えるとかなり遠いが、戦闘の規模は大きいな」

「じゃ、あれが大介か。あのバカ！　まったくもう！」

『泉海！』

ワゴン車の中からミロが呼んでいる。

「はいはーいっ！」

泉海は車内へ飛び込み、マイクを掴んだ。

「こちら泉海。全員無事ですっ」

『パペットは』

「そっちも発見済みです！」

『よし。では回収と搭乗を急げ』

「ミロさん、そっちは？　だいじょうぶなんですかっ？」

『シビリアンが二体出現した。一体はそっちに近いが、私が引きつけておく』

「だそうです、皆さんっ！」

ガイとルウはすでに走り出し、キャロットタワーの闇の中へためらいなく飛び込んでゆくところだ。慶作もすぐに続いた。

「マリマリ、早く！」

「うん！」

動きかけたマリマリは、ふと背後から視線を感じ、振り向く。

と、瓦礫の陰からのっそりと現れたシビリアンと目が合った。

「あ……こっ、こんにちは……」

「マジか！　こっちにもかよーっ！」

「みんなはビルの中へ！」

泉海がワゴン車を急発進させ、シビリアンへ突進した。

「泉海さんっ」

車載されていたらしき拡声器からやけくそ気味の声が響いた。

『なんとかするから！　こう見えても私、やる時はぁぁ〜〜〜っ！』

マリマリは慶作に手を引かれ、暗闇へ躍り込んだ。

＊　＊　＊

（三体目だと！）

ディスプレイ上に新規表示されたシビリアン3のアイコンが、泉海のワゴン車と重なって見える。どういう状況にあるか正確にはわからないが切迫しているのは確かだ。

それはミロとて同じことだった。

ビークルは時速二〇〇キロで悪路の安定走行が可能な性能を持ち、シビリアン2を振り切るだけならさほど難しくはない。が、それでは囮(おとり)の意味がない。敵の索敵範囲内に留まりつつ引きつけておくことが必要なのだ。同時にそれは、敵の跳躍により一気に間合いを詰められ襲われる危険から逃れられないということでもある。

「大介! 早く援護を!」

『武器が……!』

*　*　*

「武器がないんだっ……!」

押し潰されながら絞り出した声はかすかだったが、AIにより補正され通信に乗ってミロに届いたらしい。息を呑む声が返ってくる。

大介にはもうそんなしぐさも無理だ。呼吸ができなくなっているのだ。

シビリアン1の巨体が彼に手をかけ、瓦礫の中へ埋め込もうとしている。握り潰すよりもなお無慈悲な、踏みにじろうとでもするかのような、憎悪の籠もった攻撃。

ニューロスーツへの情報フィードバックはパイロットの安全上の問題から一定の制限を課されており、過大なストレスがかかった場合にはこれを軽減する仕組みがある。それでもこの時、キャノピ越しにのしかかる大質量のみならず、異形の怪物の威圧感が、じわじわと大介の息の根を止めつつあった。

手から離れた武器は遠くないところに見えている。HUD上のマップにも表示され、装備を急ぐよう促す警告も出ている。

ERKなどは地に突っ立ち、早く抜けと言わんばかりだ。

だが届かない。すぐそこに転がっているのに過ぎ去った過去のように遠い。

＊　＊　＊

舞い降りてきたシビリアン3がワゴン車の真ん前に着地した。

泉海は迷わずアクセルを踏み込む。ワゴン車は大きく尻を振りつつも加速すると、振り下ろす敵の手をかいくぐり、そのまま股間を抜けた。

『こちら渋谷。黒岩だ』

飛び込んできた通信に、泉海はすぐには答えられない。さながら嵐に抗う荒くれ者の船乗りが力任せに回す舵輪のように、全身全霊でハンドルと格闘している。

「うきぃぃぃ〜〜〜っ！」

急ターンしたワゴン車は、シビリアン3の周囲をちょこまかと回り込み、キャロットタワーから離れる方向へ誘導する。

『泉海巡査長？　応答しろ』

「はい！　よろこんでっ！」

敵の前脚すれすれを通って誘いかけると、頭上から敵の手が振り子のような軌道を描いてワゴン車を取りに来た。

『緊急事態だ』

「こっちもです！」

あえて敵の側へハンドルを切り、胴体下を斜めに突っ切って逆側へ抜けると、敵は一瞬こちらを見失ったらしくきょろきょろしているのがミラーに映った。

『何が起きている？』

「切り抜けましたっ！　とりあえず！」

しかしまだまだ先は長い。子どもたちを守り切らなくてはならないのだ。

「で、ご用件は？」

『トクセンソウはまだか』

「へ？」

一瞬とまどったが、すぐに音と字面が結びついた。特戦装。特殊強化戦闘装置――ストリング・パペットの略称だ。

「お待たせしてます！　もうちょっとですから、今しばらく！」

『待てん！』

「そっ、そんなこと言われても」

『化け物が現れた！　国道２４６の境界線付近だ！』

「えーっ！　そっちにも!?」

14

――2388/05/18(Wed.)/12:34
渋谷・転送境界線

国道２４６号玉川通りにかかる歩道橋から見下ろす渋谷転送境界線南西側一帯を、警察の大型護送車四台がバリケードとなって封鎖している。

その向こう、荒野の有様は立ち込める土煙に遮られてほとんど見えない。

が、砂塵の中に緑色の光が蠢いているのはひどく目立った。

やつの眼だ。獲物を漁る浅ましい眼。

そして尻だ。獲物を封じる薬液の沼を抱えて妖しくゆらめき招く尻。

鳴り響くサイレン。喚声。号令。しかしそれらはいずれも統制の印象とはほど遠く、むしろ動揺と混乱を高め人を追い詰める役割しか果たしていないかのようだ。

ひっきりなしの銃声。車輌の陰に展開した警官隊の発砲。

ひっきりなしの硬い音。やつの装甲に弾き返された弾丸が砂塵に混じって荒野へ降る。鉛の雨だ。はかない抵抗が生んだ、決して恵みをもたらさぬ雨。それを背後へ置き去りに、やつは嵐そのものとなって進む。

軽々と放り投げられた護送車が宙を舞う。そして逃げ惑う警官を追いかけ落ちてくる。

爆発が起こる。火の手が上がる。それらに追われて警官隊が散りぢりに逃げてくる。

いや違う。追うのはやつだ。むろん狙いは殺すことではなく狩ることだ。

「黒岩さん！」牟田が悲鳴を上げる。「まったく歯が立たんじゃないですか！」

「ですから言ったはずです！　我々は治安維持で精一杯だと！」

仁王立ちで答えた黒岩は、忌々しげに牟田を見る。牟田は最初から逃げ腰だった。政治と行政のトップが前線へ出るなど言語道断と言い張り、治安出動への同行を拒んだ。

彼の主張は正しいが、無視してこの歩道橋の上まで引きずってきたのは黒岩の独断であり強攻策であった。平時なら暴走と言われて当然の越権行為であり、なおかつ本来「治安出動」とは自衛隊にのみ適用され発令される規定であって警察がこれを名乗るのは違法どころか異常である。むろん黒岩も承知の上だ。

今は平時ではない。常識も通用しない。

　そのことを牟田に思い知らせることが黒岩の目的であった。

　が、まさか黒岩自身が、やつらの脅威と己の無力を思い知らされることになろうとは。

　多少の犠牲は覚悟していたとはいえ、さすがの彼もここまでの戦力差とは思ってもみず愕然としているのだった。

　リヴィジョンズ——後にこの個体は交戦記録に「敵性擬生物5号」と記されることになるのだが、ここでは便宜上シビリアン4として取り扱うものとする。同日中に渋谷民と接触したリヴィジョンズ個体のうち四番目であり、前日昼過ぎに起こった渋谷転送災害発生以来の通算では五体目となる。

　たった一体だ。

　なのに渋谷警察署の精鋭が総がかりで当たっても食い止められない。

「あ〜ほら、あの兵器、なんだっけ、そうパペットは？」

「まだ三茶方面です」

「昼過ぎには回収される予定だったでしょ⁉」

「あくまで予定だ」

「この惨状をどうするつもりなんです」

「踏みとどまるだけです」

　黒岩は脇を固める部下たちに指示を飛ばす。

「放水車を回せ！　ゴム弾も……効くかどうかわからんが催涙弾もだ」

命令の途中で思わず目を逸らしてしまい、その己の行いに黒岩は猛烈に腹が立った。敬礼して走り去る部下の姿など、むろん見られるはずがなかった。

「もう御免だ。つきあっていられません。黒岩さん、私は帰りますっ」

「ご自由にどうぞ」

よたよたと逃げる牟田の背中を見る気もせず、放り出すように言ってやる。

「この騒ぎの中を、無事に庁舎までたどり着けることをお祈りしますよ」

「たははぁ」情けない声を上げて牟田は座り込む。「たっ、頼む。誰か付き添って」

「子供じみたことを」

「高いところはダメなんですよ私は！」

「ええい……。こいつを丁重にお送りしろ！」

「はっ！」

敬礼した部下の顔に安堵の表情が広がるのを見て、黒岩は歯噛みした。これで逃げられる。部下はそう思ったに違いない。

がつん、と鈍い音が響いた。バリケード代わりの護送車のうちまだ健在だった二台が動き出し、シビリアン4に体当たりして押し戻そうとしている。その運転席へ、ガラスを破り無造作に手を突っ込んだ怪物が、つまみ出した部下をバイオケージへ収める。

黒岩は目を見開いてその光景を見届けた。

15

——2388/05/18(Wed.)/12:40
東京廃墟

大介はまだ生きていた。耐えていた。が時間の問題だ。じきに押し潰される。のしかかるシビリアン1の巨体から逃れる方法はない。

(俺が……俺がみんなを守るんだ……)

自分に言い聞かせ、押し返そうとする。

(だから、死ぬはずないんだ。こんなところで……!)

と——声が飛び込んできた。

「大介!」

肉声だ。通信の音声に重なって届いた。

疾走するミロのマシンがシビリアン2を引き連れて荒野からやって来る。

「……ミロぉ!」

ミロのマシンはシビリアン1の真下を潜り、大介機ぎりぎりを猛スピードですり抜ける。

彼女を追ってきたシビリアン2は、その勢いのままシビリアン1に激突。

撥ね飛ばされたシビリアン1がもののみごとに宙を舞い、ぶざまな亀のようにひっくり返った。シビリアン2はなおも速度を緩めず、ミロめがけて突進する。

置き土産のようにコクピットへ飛び込んでくるミロの声。

『大介！　やれ！』

「よーし！」

引き抜いたERKを振りかざし、真っ向から叩っ斬る。

両断されたシビリアン1の顔面に次々と爆炎の花が連鎖し、ほどなく巨体のすべてが炎に包まれた。断末魔の叫びもその火に紛れてたちまち消える。

すでに大介は炎に背を向け、次の標的めがけて跳んでいる。

ミロのマシンにシビリアン2が迫る。

一閃(いっせん)の刃光(じんこう)と共に飛来した大介機が、やつの真ん前に着地。その瞬間に勝負はついている。シビリアン2の巨体は疾走の慣性エネルギーによってなおも前へ進みかけたが、体幹の中心軸に沿って断ち割られた左右の半身がたちまちずれてぱっくりと裂け、声も立てずに爆炎と化した。大介機はその場に踏みとどまる。背後のミロを爆風から守るためだ。

ミロは振り向かず走り続けている。

それを確認し、身を翻して大介機は彼女と併走する体勢に移った。

「ごめん。俺が勝手に持ち場を」

『泉海たちが危ない』

「えっ」

その時になって大介は、やっとシビリアン3の出現に気づいた。

＊　＊　＊

泉海はまだ生きていた。なんとか逃げ回ってしのいでいた。が、どうやら彼女の命運も尽きかけているようだ。もう何度目かわからなくなったスピンターンで切り抜けようとした時、不意にがくりと車体が傾いでその場から動かなくなった。

「あっ」

側溝へ脱輪したタイヤが悲鳴を上げて空回りしている。

「あっ、あっ、ああ～～～！」

瓦礫の陰から現れたシビリアン3が、泉海の方をぎょろりと見た。

「うわぁ……。殉職だぁ……」

天を仰いで目を閉じる。直後、急接近した轟音がふたつ、彼女と怪物の間へ割り込む。

「ふあっ⁉」

驚いて目を開いた泉海の視界は、キャロットタワー基部から噴き出した大量の粉塵でたちまち遮られた。やがて粉塵が風に吹き払われ、視界が晴れると――

シビリアン3が身構えていた。

その前に、二体のパペットが立ちはだかっている。

＊　＊　＊

「起動確認」

ディスプレイ上に現れた味方機のアイコンが新たにふたつ。それに伴って大介機にも新たにナンバリングが追加され、パペット1と表示された。

フッと笑ってミロは、通信回線越しに問う。

「誰が乗っている？」

＊　＊　＊

「俺とルウだ」パペット2のガイが答えた。

『了解。ふたりともニューロスーツは着用済みか』

「ああ」

『着心地は、ちょっとまだ慣れない感じ？』

パペット3のルウが、なぜか頬を赤らめ、もぞもぞと尻を動かしている。

すると彼女の赤い機体も腰を落とし、グラインドするような動きをした。長距離支援型装備のどっしりとしたフォルムのせいか、勝負に臨む力士のようにも見えた。

『問題ない。気にせずにやれ』

「やってみる」

中距離遊撃型装備の黄色い機体が、ガイの構えを忠実に再現する。自然体だが漲る闘志があふれ出すかのようだ。

以後、この二体は公式には「特殊強化戦闘装置（特戦装）2号機および3号機」として記録されることになるが、ここではパペット2ないし3として記述する。また書類上では「体」ではなく「機」でカウントされているが、この区別は厳密なものではなく、記述者の所属と立場によって揺れがあり、一部には「台」表記も見られることをあらかじめ附記しておく。ちなみに現場レベルではシンプルに白黄赤と呼ばれることも多かった。

＊　＊　＊

「初心者にはちょーっと荷が重いな」

ERKとハンドガンを背に収めると機体バランスが安定した。生じた余力は速度に回すことが可能だ。大介機はじわじわとミロのマシンを追い抜いてゆく。

「今、援護してやるから！」

『あ〜、別にいいし？』

「無理すんなよルウ！　先輩の言うことは聞くもんだろ！」

『兄さんは一年の冬から部長だったけど、先輩たちは偉そうにしないよ』

「かわいくねえなっ」

キャロットタワーはもう目の前だ。

＊　＊　＊

『だーっ⁉　早ッ！　あっぶな！』

シビリアン3の攻撃を間一髪でかわし、ルウ機（パペット3）は跳躍して距離を取った。装備は大型スナイパーライフルと、両肩のミサイルポッド。長距離支援型装備のため、接近戦には一抹の不安がある。それでもどうにか回避してのけたのは、パイロットの類（たぐ）い稀な身体能力と格闘センスのおかげであろうか。

入れ替わって前へ出たガイ機（パペット2）は両手に二挺のアサルトライフルを構え、弾幕をばらまきながらシビリアン3へ迫る。

敵はひるんだが、退らず突っ込んでくる。

マリマリと慶作が、タワー入り口から恐るおそる顔を出したのは、ちょうどその時だった。ふたりの目の前をシビリアン3が通過していく。

「おわっ!?」

慶作がマリマリをかばい、タワー内へ押し戻す。だがマリマリは身を乗り出す。

「マリマリ、外やばいって」

「でも……みんなだいじょぶかなあ……」

と、白い機体が宙を舞い降りてくるのが見えた。

「あっ、大介!」

「あいつ、遅いっての……」

『お待たせーっ!』

得意げに響き渡った外部スピーカ音声が新たな砂塵を巻き起こす。

＊　＊　＊

パペット1の到着からほとんど遅れず、ミロのマシンも来た。

ふたりの前にもつれ合いながら雪崩れ込んだのはルウ機とシビリアン3。ルウが押されている。スナイパーライフルを防御に使い、巨体の突進をしのぎ切ると、鮮やかな体捌(たいさば)きで敵をかわしジャンプで間合いを取った。

替わってガイのパペット2が連射しつつ急接近。そのまま一気に体当たり。サッカー仕込みのショルダーチャージ。

まともにくらったシビリアン3が大きくよろめく。

そこへ追い打ちのローリングソバット。立て続けに二発決まった。

シビリアン3はぐらりと傾いで、どうにか踏みとどまったが明らかに効いている。

ガイ（パペット2）機は何事もなかったように着地し、次の攻撃態勢へ備えつつ、バックステップで距離を取った。

「よーし、とどめは俺がっ！」

ＥＲＫを抜いて飛びかかろうとした大介機の足下に、思わぬ方向から着弾が突き刺さる。

ミロがハンドガンの狙いをつけていた。構えだけではなく発砲した。

『動くな。射線を意識しろ』

ハッとして大介は眼を転じた。

と同時に放たれたライフル弾が彼の目の前を横切り、シビリアン3の腕に当たった。

ルウ（パペット3）機が、いつの間にか離れた位置でスナイパーライフルを構え、狙撃のチャンスを狙っていたのだった。

（マジか。全然気がつかなかった）

大介は絶句した。冷や汗が流れる。敵と味方の位置関係はすべてＨＵＤ上で追えるのだが、彼はまるで気に留めていなかった。ただ視界に入る敵だけを追っていた。もう一歩前へ出ていたら、放たれた弾丸は彼を肉片に変えていただろう。

『修正、右〇・八メートル』

　ミロが回線越しに告げる。ルゥが答える。

『うん。右二・四度』

　放たれた二射目は頭部へ直撃し、シビリアン3は吠えながらのけぞった。

『兄さん！』

『ああ！』

　躍りかかったガイ機（パペット2）がシビリアン3の背へ降り立ち、両手の銃を敵頭部へ突きつけゼロ距離射撃をぶち込む。仮面の如き顔が半ば消し飛び、断末魔の声と共に眼の光も消えて、ついにシビリアン3は動かなくなった。

「やったぁ！」

　慶作が腕を突き上げる。マリマリが小躍りして拍手している。

　大介は、独り呆然としていた。

（こいつら……もう、こんなに乗れてんのか……）

「泉海、渋谷の状況は？」ミロの声が肉声で聞こえた。

　ワゴン車の傍らに立っていた泉海が、マイクを車内へ戻し、うつむいている。

「どうした」

「……今、署長から連絡があって」

戦闘は終わっていた。

死傷者は少なくとも十数名。行方不明者は現在判明している限りで十五名。いずれも警官隊の被害であり、周辺の民間人についてはなお調査中。

それが敵性擬生物5号──シビリアン4との戦闘の結果であった。

しかも。この日渋谷民が接触するリヴィジョンズは、これで終わりではなかった。

16

──2388/05/18(Wed.)/14:10

渋谷区役所仮庁舎

「え！　リヴィジョンズが来てる⁉」

へなへなと倒れかけた牟田を、副区長の前田があわてて支えた。最前線から命からがら逃げ帰ってきた途端にこの知らせである。牟田でなくとも倒れそうになるだろう。

「どういうこと？　なんか私に怨みでも？」

「このエリアの最上位意思決定権を持つ者に会いたいとの要望です」

「いやだな〜。だって、敵でしょ」

「それが若い女性でして」

「え？」

「ただ、尋ねても名乗らないんです。リヴィジョンズ代表としか言わなくて。服装もふざけてますし、信用してよいものかどうか……」

＊　＊　＊

時ならぬ来訪者に対応したのはふたり。岡部防犯課長と、津ノ沢(つのさわ)健康推進部長。ふたりは来訪者を前田に取り次いだだけで、その後の牟田と彼女の会談には同席していない。

このうち津ノ沢は、のちにある新聞社の取材に答え当時の様子を証言している。それによれば、来訪者はひと言で言って「マニアックなコスプレとしか思えない姿」だったとのこと。記事には証言に基づく想像図も添えられているが、にわかには信じがたい異常な物で、捏造(ねつぞう)説や妄想説も取り沙汰され論議を呼んだ。なにしろその図の元となった来訪者の特徴を列挙すれば「グラビアモデルの如き半裸の美女」「褐色の肌、不自然な色の髪」「犬の耳、犬の尾」「流暢(りゅうちょう)な日本語を話す」「犬のぬいぐるみを抱いている」と、これを信じろという方がおかしいが、津ノ沢は頑として譲らなかったという。ちなみに彼は防災会議メンバーで、反牟田派の論客としても知られる。渋谷臨時政府発足が宣言された災害対策会議の席上ではミロの拳銃を批判したことが記録に残っており、決して支離滅裂な人物ではない。むしろ常識的かつやや教条的なきらいのあるタイプと言えよう。しかも彼以外にも多くの目撃者が同様の証言をしているのだが、これはやや後の話になる。

証言の真偽は置くとして、この日、臨時政府の公式記録には来訪者のことが「臨時外交使節」として記されている。しかし外交主体の名称は伏せられ、交渉内容の詳細も残っていない。では事実はと言えば――

＊　＊　＊

――外見についてはまったく証言のとおり。ただしお行儀は想定外に悪い。区長室の椅子で高々と脚を組み、テーブル上に山と積んだ缶入りドリンクを次から次へと飲み干しては、空き缶を放り出す。おかげで彼女の周りはゴミだらけだ。

隣の席には彼女が持参した犬のぬいぐるみがちんまりと収まっている。

「コミュニケーションボディ……ですか」

おずおずと牟田は言った。女は艶めく声で答える。

「そうだ。交渉用の端末と考えればいい。おまえたち古代人が感情移入しやすい形状を選択してある。我々リヴィジョンズの誠意と思って欲しい」

「はは、は……」

力なく笑って牟田は、後ろに控えた部下たちの方をうかがう。

前田、宮脇、金子の三人はいずれも立ったまま、それぞれに困惑のにじむ顔で黙っている。比較的冷静なのはいつもどおり前田で、すがるような牟田の目の意味をすぐに察し、きっぱりかぶりを振った。

代われと言われても困ります。これは責任者の仕事です。そう言外に言っている。

牟田は引きつった顔で女へ向き直った。

「で、ご用件は」

「単刀直入に言おう。我々は人類救済のための最終手段を遂行しようとしている。おまえたちを二三八八年へ転送させたのもそのためだ。目的は、リヴィジョンだ」

「はい？」

「我々はリヴィジョン計画のため長い年月をかけてきた。いまや滅亡に瀕した人類の歴史を繋ぎ、再び繁栄へと導く……その悲願を完遂するため、おまえたちの協力が不可欠だ」

「あの……それはいったい、どういう計画で……？」

「過去を変える。簡単に言えばそういうことだ。それによって現在もまた変わる」

「はあ」

「先ほどからどうも熱意が乏しいようだが、他人事ではないぞ。これはおまえたちの時代が生み出した災厄から始まったことなのだからな」

「は？　私たちが、何か？」

「文明崩壊を招いたパンデミックは、おまえたちが生きる二〇一七年にはまだ発生を見ない。だが原因となったRVウィルスは誕生しつつあると推定されている。いわば、おまえたちには人類を滅ぼしかけた責任があるのだ」

「なっ⁉　そっ、そんな情報は聞いてませんがっ」

「事実だ」

ふんぞり返って女はまた一本缶を開け、たちまち飲み干す。

「が、その責任を問うつもりはない。あのウィルスはたまたまその時代に生まれたというだけなのだから。ただし、相応の償いはしてもらう」

投げ捨てられた缶がうつろな音を立てた。牟田は青ざめた。

「償い、ですか」

微笑んで女は脚を組み替えた。

「かつて存在した風習を思い出してくれればいい。人柱、とかいったかな」

＊　＊　＊

その後の交渉は三時間を超え、女が仮庁舎を後にした頃には日が暮れようとしていた。

「区長、問題のリストです」

区長室のデスク上に、前田がタブレット端末を置いた。

がっくりとうなだれていた牟田が唸るように言った。

「総理と言いたまえ」

「そんなことより、あの女おかしいですよ」

「何が」

「このリストのデータ移行作業中に、妙なことを言い出しまして」

「なんて」

「摂取した水分を排出したいと」

「あぁ？　トイレでしょ」

「それがですね、やり方がわからないと」

「なんで」

「それを聞きたいのは私のほうです」

「で、どうしたの」

「仕方がないから女性職員に案内させたんですが、彼女が言うには、飲んだ物を全部そのまま吐いたようだと」

「そんなこともあるんじゃないの」

牟田はタブレットを開いた。すぐにリストが表示された。帰還者リストだ。一部渋谷民の名前が連なるそれを、次々とスクロールしてゆく。読みにくいリストだ。掲載順の基準がわからない。五十音順でもアルファベット順でもない。ソートも不能。

「おかしいって言うんです。胃液の臭いがないし、まったく苦しそうじゃなかったって。しかも、それだけじゃなくてですね」

「もったいぶらずに早く」

「そのう、呼吸をしてないようだったと」

「リヴィジョンズはそうなんでしょ」

「しかし区長」

「総理！」

タブレットの画面を睨みながら牟田は怒鳴った。

「だいたいだね、チミ。あいつらが人間だと思ったら間違いでしょ」

「いや、しかし、ミロさんの話ではアーヴの対立組織ということでしたし」

「チミはあの化け物を見てないからそんなことが言えるんだ！」

「シビリアン、でしたか。あれはただの兵器では」

「あんなものを操るやつらがまともな人間であるもんか。それにさっきの女、自分で言ってたよね、特別になんとかボディで来ましたって」

「……確かコミュニケーションボディでしたか」

「つまり本体はああじゃないんだよ。別物で、化け物でしょ。少なくとも人間じゃないよ。でなけりゃこんなリストを勝手に押しつけてこないって。なーにが帰還者リストだ」

「そのリストに載っている人は優先的に元の時代へ戻すと言ってましたが」

「それ以外の人の安全は保証しないってことでしょ！」

リヴィジョンズの女から渡された帰還者リストのデータを変換し、読める形にするまでに時間がかかったが、交渉内容そのものは最初から決まっており妥協の余地はないらしかった。それは事実上の通告であり、拒否するという選択は認められていないのだ。

「何人かを助ける代わり、残りは犠牲にしろか。なんだ、あの言い草は。人柱っていつの時代の話だ。ここは未来でしょ。そして私たちは、自由で平等な人間ですよ――そう言いかけた言葉を、牟田は飲み込んだ。

「あー前田くん。チミさ、あのロボット乗りの子たちの名前っておぼえてる？」

「はい、一応」

画面のスクロールをゆっくり戻して、もう一度確認する。そしていくつかの名前にタッチし、詳細表示を出した。

『浅野良枝』『浅野慶作』『牟田誠一郎』

それぞれの顔写真とデータも表示された。間違いなく牟田自身だ。それと、ＳＤＳメンバーのひとり。そして残りのひとりは――

「浅野慶作くんって家族構成は？」

「母子家庭ですね。母親は浅野良枝。良妻賢母のヨシに木の枝のエです」

こちらも間違いないようだ。

「ふうむ」

「どうかしましたか」

「これは極めて高度な政治判断と言うべきものですよ……」

第四章　第一次帰還計画

01

――2388/05/19(Thu)/07:55
渋谷区役所仮庁舎・災害対策本部

　会議室はすでに満員に近いが、演壇にはまだ誰も姿を見せていない。臨時会見開始予定の午前八時には少し間がある。

「ふわぁ……ふ」

　小さくあくびを洩らしてマリマリは、恥ずかしそうにうつむいた。

「ごめん。私、緊張感ないかな」

　慶作は声をひそめ、右隣に立つマリマリにささやいた。

「ンなことないって。……眠れないのか？」

「あんまり……」

「寝なきゃダメだ、マリマリ」

左隣で演壇の方を向いていた大介が、マリマリを見た。突きつける視線が厳しくて、ふたりの間に挟まれて立つ慶作まで叱られている気分だ。

「八時間睡眠は健康管理の基本で義務だ。特に俺たちはパペットマスターなんだぞ。いざという時に備えて自己管理しないと」

「だよね……」

「偉そうに言わないで」

マリマリの右側からルゥが咬みついてきたから、ますます話がややこしくなった。

「何が偉そうだ。当然のことじゃないか」

「あんたは平気でも、マリマリは繊細なの。こんな時にストレスも感じないで活きいきしてる方がよっぽど」

「よせ、ルゥ」仲間の右端に立つガイがたしなめた。

「だって兄さん！」

「そういうのは外でやれ。大介も」

「俺のせいじゃない。そっちが勝手に」

「しーっ！」

マリマリの前で着席していた泉海が、たまりかねたように振り向いてたしなめた。顔が真っ赤だ。よほど恥ずかしかったらしい。慶作は心から同情した。

（この人も俺と同じで運がない。俺たちのお守りまで押しつけられて……）

そこまで考えて、ふとおかしくなった。

（てか、運がないのは、こんな事件に巻き込まれちまった人みんなかも）

つまり、この会議室内に集まっている主だった人々も皆、立場は同じということだ。

着席しているのは行政関係者。それと警察。泉海の隣で黒岩も腕組みしている。

慶作たちはその後ろ、壁際に並んで立っている。学校の制服姿なので違和感があったが、着替えがないので仕方がない。

ガイの向こう、部屋の隅にはいつものスーツ姿のミロもいる。

午前八時に臨時政府からの重大発表があるからSDSメンバーも全員集まるようにとの通達は今朝早く泉海から知らされた。慶作たち五人は、SDSの発足と共に渋谷警察署預かりの身となり、昨夜も署内にあてがわれた部屋で一夜を明かした。女子は別室を与えられたので、マリマリがどんな様子だったか慶作は知らない。渡された毛布にくるまって、大介の規則正しい寝息と、ガイが何度も寝返りを打つ気配を聞くうちに、いつの間にか朝になっていた。

ノックの音で眠りから引き戻されると、すでに起きていたらしい大介が、泉海からの知らせを聞いてひとりで盛り上がっていた。今も気合いの入った表情で会見を待っている。その意気込みには、いささか空回りな感じも伴ってはいたが——

（大介はいつもこんな感じだしな）

室内がざわめいた。緑色の一団が入ってきた。揃いのキャップとジャケットの一団に守られて区長の姿もある。寝ていないのか濁った眼だが、やけにぎらぎらしている。

（あの緑の服、区長選挙の時に見たな）

となると緑色の一団は牟田の支持者だろう。民間人も混じっているに違いない。なぜこの場にぞろぞろ現れたのかについて説明はあるのだろうか。

眼鏡の副区長が重大発表会見の開始を告げ、区長にマイクを手渡した。

緑色の一団が演壇の左右にずらりと並ぶ。

演壇でふんぞり返った区長は、簡単なあいさつに続いて切り出した。

「え〜、今回の渋谷転送という不測の事態を受けまして、皆様もよくおわかりのとおり、一刻も早い事態の収拾と被災者の安全確保が必要となっております。そこで私、渋谷臨時政府……総理！」口から泡が飛んだ。「牟田誠一郎は、行政の長として熟慮に熟慮を重ね、このたび、未来人リヴィジョンズと、協力関係を結ぶ決定をいたしましたことを、ここにご報告いたします」

どよめきが起こった。

「馬鹿な！」

低く叫んでミロが一歩進み出る。むろん驚いたのは慶作たちも一緒だ。

「リヴィジョンズと!?」

「マジかよ」

「協力って……敵じゃなかったの？」

「だと思うけど……」

ルウも答えられず、とまどい顔で兄を見る。ガイは無言で何か考え込んでいる。

泉海も初耳だったらしく、黒岩に尋ねている。

「そんな話、いつの間に？」

「俺への報告は昨夜だ。リヴィジョンズ側が行政側に直接コンタクトしたようだ」

（何それ。こんな大事そうな話、共有されてねえの？）

慶作は不安になった。ＳＤＳ発足発表の時のようすだと、黒岩と牟田は一致団結して行動しているように思えたが、どうやらそうではないらしい。

牟田はと言えばノリノリで、カラオケで熱唱するような大袈裟なポーズつきの大演説にはまだ続きがあった。

「この協力関係の実現により、全！　渋谷被災者が、現在の二三八八年から、元の時代、二〇一七年へ帰還するための、交渉のテーブルに、着けることとなったのであります」

「はぁ!?」

「大介、落ち着けって」

「え、帰してくれるってこと?」

「そうらしいけど……」

ひとりの区職員が興奮気味に立ち上がった。どこか犬に似た男だ。

「素晴らしい! これを成功させたら牟田さん、あなた歴史に名を残しますよ!」

緑色の一団が一斉に拍手する。

区長は、いや臨時政府総理の牟田は、にんまりと満足げに笑っている。

「交渉になどなるわけがない!」ミロの声が拍手を断ち切った。「リヴィジョンズと人間の間に対等の交渉は成立しない。一方的にやつらの思いどおりにされるだけだ! 我々アーヴを信じてほしい!」

「ミロさん」牟田はやれやれという顔で「あなただって未来人でしょ。我々にとってはリヴィジョンズと変わりはない。我々のことは我々の時代の人間同士で決めます。それに、そもそもあなたを信じられるという確証もないんですからね」

「そうだ!」「おまえが元の時代へ帰してくれるのか!」

緑色の一団が口々に罵倒し始めた。

それを引き金に、会議室内はますます騒然とした雰囲気に包まれた。

ミロは反駁しなかった。打ちのめされたようにうつむき、何か考えていたが、その表情には次第に悔しさが滲んできた。その様子を、大介も呆然と見ている。

慶作ははらはらしながら見守るしかなかった。さすがの彼でもフォローしようがない状況で、大介も心配だがミロも気がかりだ。

「つきましては！」牟田が声を張り上げる。「リヴィジョンズ側からの要求に応え、特殊強化戦闘装置ストリング・パペット三体を、一括して先方へ引き渡すことと致します」

「なっ⁉」

ぎょっとして演壇を見た大介が、飛びかかるのではないかと慶作は思った。が、そんな暇もなく次の爆弾が投げられた。

「然る後、リヴィジョンズ側との合意に達した第一次帰還予定者の皆さんから、順次、速やかに、帰還作業に入る予定です」

緑色の一団が拍手する。列席者のあちこちから声が飛ぶ。

「すごいじゃないか」「もうそこまで交渉が進んでいるのか」「いつ帰れるんだ」

「はい今のご質問。いつ、帰れるか。何ヶ月も何年も待たされるんじゃないのか。ご心配いりません。なんと、明日！　明日中に、第一次帰還者リストに載っている方々は、全員速やかに、元の時代へお連れ致します！」

猛烈な拍手喝采はなかなかやまなかった。

「そして……」

牟田が話し出すと、室内は静まりかえった。

「今回の第一次帰還予定者には……」

まるで陶酔する指揮者のように牟田は高々と手を上げて——

「浅野慶作くん！」

「はいぃ⁉」

振り下ろされた手に指し示されて、慶作が奏でることができたのは、そんな間の抜けた音色だけだった。

「おめでとう！　君はお母様と一緒に帰れます！」

降り注ぐ拍手。緑色の一団の満面の笑顔。異様な熱気。

「あ〜、はい？　俺？」

「あなた方のような高校生を戦わせることにはご批判もありました。が、もうだいじょうぶです。戦いは必要ありません。慶作くん、あなたは仲間より一足先に元の時代へ帰って、女手ひとつで育ててくださったお母様に思う存分親孝行をしてください」

「は……」

熱烈な拍手。よく知らない人は皆が慶作を祝福している。目を潤ませる者もいる。

慶作は、どう受け止めればいいのかわからない。

マリマリが驚いたように彼を見ている。ルウも、ガイも、泉海も。

大介だけは彼の方を見てはいなかった。食いつきそうな顔で牟田を睨んでいた。

黒岩も微動だにしない。

「区長！」

行政関係者席から挙手した者がある。見覚えのある男だ。以前、ミロの銃を問題視する発言をした人物だ。牟田の顔が引きつった。

「総理と呼んでいただきたい」

「そんなことよりも帰還計画について聞かせていただきたい。先ほど第一次とおっしゃったが、第二次、第三次もあると受け取っていいんですか？」

「もちろんです。まだ時期は未定ですが、全員が帰還できるまで、臨時政府が責任をもって交渉に当たります」

耐えきれなくなったのだろう。大介が飛び出していった。

声をかける暇もない、一瞬の出来事だった。慶作は何もできず見送るしかなかった。

と、柔らかな感触が肩に触れてきた。マリマリが微笑んでいた。

「慶作、よかったね」

「あ、ああ、うん……」

慶作はうつむいた。なぜか素直に喜べなかった。

02

——2388/05/19(Thu.)/08:14
渋谷・区役所仮庁舎前

大介が矢も楯もたまらず飛び出して来た時には、すでに仮庁舎前駐車場に置かれたパペットの周囲には立ち入り禁止のロープが張られ、数名の見張りが立っていた。

「なっ……」

SDS発足と同時にパペットもまた渋谷署預かりの備品扱いとなったが、地下駐車場のスペースと車高制限から運用に支障があり、やむなく区役所前の駐車場に仮置きする形になっている。前日の2号機3号機回収完了後、駐機スペースも拡充され、ミロのマシンと共に並んだところはなかなか絵になったから、大介もいたく満足していたのだ。

それがどうだ。一夜明けた今朝、呼び出しを受けた会見を途中で抜けてきたら、もうこんな有様だ。なんという手回しの良さだろう。明らかにあらかじめ仕組まれていたのだ。

見張りは警官だけではなかった。緑色の服に身を包んだ男がひとり混じっていて、嫌な目つきで大介を見ている。

「おまえ、区長の手下か！」

男は無言で顎をしゃくった。警官たちがわらわらと動き出し、大介を取り囲む。立ち入り禁止だから出ていけと言って、ぐいぐい押しのけようとする。

「離せ！　俺は堂嶋大介！　ＳＤＳの堂嶋大介だ！　ストリング・パペットのパイロットとして、渋谷を守って戦ったんだ！」

警官たちは聞く耳を持たなかった。上からの指示で、この兵器の運用は停止されることが決定した。危険物であり、たとえＳＤＳ隊員といえどもみだりに近づくことは許可されていない。そう主張して譲らなかった。かれらが言う「上」とは、むろん黒岩署長ではあるまい。臨時政府だ。すべては牟田の差し金なのだ。

「裏切り者！」

大介の叫びは、しかし誰にも届かない。警官にも、緑色の服の男にも、そして集まり始めていた野次馬たちにも。

03

——2388/05/19(Thu.)/08:51
渋谷区役所仮庁舎

臨時会見は一時間近くに及び、活発な質疑応答が行われた。

そのすべてをミロは傍聴し、会見が終わると足早に退席した。

考えねばならないことがたくさんあった。対処せねばならないことも。

何はさておき、まずは司令部へ一報を入れねばなるまいが、そのためには独りにならなければならない。スーツ右手首に埋め込まれた通信ユニットは高性能の骨伝導式だが、送信側としてはいささか使い勝手が悪く、口頭での音声による連絡が必要だった。となると誰にも盗み聞きされない場所を探さねばならない。

もっとも簡単なのは渋谷エリア外へ出ることだ。が、おそらくビークルは使えない。区役所前駐車場に駐めてあったが、パペットの引き渡しが宣言された以上、それらと一緒に差し押さえられているだろう。どうするか。徒歩でエリア外へ出ることは簡単だが——

と、彼女の前に立ちふさがった者があった。黒岩である。

「妙なことになったが……この際だ。今日はじっくりと話を聞かせちゃもらえんか」

「いいだろう」

——おそらく簡単には自由にさせてもらえまい。これも予測の範囲だった。

ならば利用するまでだ。味方につけられれば上等だが、それが無理でも取調室は当座の隠れ家にはなる。少なくともこの男はリヴィジョンズ側と結託してはいまい。

「私の権限で話せることは、なんでも教えてやる。あなたが理解できるかどうかはともかくとしてな」

04

——2388/05/19(Thu.)/10:06
渋谷・区役所仮庁舎前・美竹公園

渋谷区役所はこの時期、庁舎の解体新築工事が進められていた。渋谷転送災害発生時の五月一七日には庁舎棟の建設工事が進んでいたが、公会堂棟はまだ地下工事の段階で、住宅棟に至っては影も形もない。いずれにせよ未完成の姿もそのままに二三八八年へと飛ばされ、工事は中断していた。

区の業務は仮庁舎で行われていた。渋谷駅にほど近い立地だが、ビルの谷間のささやかな建物である。庁舎は第一〜第三まであり、そのうち第三庁舎は小さな児童公園に面している。その公園の一角に、掲示板が立てられ、人だかりがしている。

張り出されているのは第一次帰還者リストであった。

「やったー！　私の名前！」

「ふざけるな！　なぜ俺が載ってない！」

スマホで写真を撮る者。腕組みして考え込む者。喜び合う者たちもいれば深刻な顔で相談している者たちもいる。午前一〇時の掲示開始から間がないせいか、人の数はさほど多くない。まだ情報が充分に行き渡っていないのかもしれない。

転送災害発災から三日目のこの時期には、すでに渋谷駅前エリアの諸施設は非常用電源装置の想定外の不具合に対処を終えていた。ちなみに不具合の原因はまだ特定されていなかったが、ミロによれば渋谷転送に伴う時空のゆらぎの影響で、再発の可能性は低いだろうとのことだった。

非常用電源装置の復旧に伴い、大型ヴィジョンによる広報活動が開始されていた。第一次帰還計画に関するニュースも会見後ほどなくそこで報じられ、帰還者リストの記載内容も午前一〇時以降定期的に繰り返し映し出された。

とはいえ帰還者リストの全容を印刷物でじっくり見たいとの需要は少なくないはずで、他にもいくつかあるはずの掲示板前はいずれも混雑するに違いなかった。

「このくらいの人出なら平気じゃない？」

公園の様子をのぞいていたマリマリは、後ろについてきた慶作に言った。

「行こ、慶作」

「いや俺、やっぱいいよ」

「えーなんで。ちゃんと自分の目で確かめたほうがいいよ」

「そうかなあ」

「そうだよ。今のうちならまだ空いてるし、みんな私たちのこと、あんまり知らないと思う。だから気にしなくてもいいよ」

SDS発足はおとといの晩だ。それを報ずる記事は、ある全国紙が出した粗悪な印刷の号外の片隅に報じられた。写真はなく、末尾には隊員の氏名が列挙されてはいるものの、記事内容も事実のみを簡潔に伝えるフラットなものだった。あの突然のセンセーショナルな会見からすると嘘のような冷静さで、一読してマリマリは安堵したのだった。

今朝の会見では、ちょっとひどかったけど。

でも祝福してくれたんだよね。そう自分に言い聞かせてマリマリは納得する。

それに少なくとも慶作が引け目に感じる必要なんかない。

「ほら早く」

「ん……」

いつもの慶作らしくない煮え切らない態度だ。後ろめたさがあるのかもしれない。マリマリは思いきって慶作の手を取った。そのまま引っ張って、掲示板の前まで連れて行く。

「えーっと……」

とろいマリマリは捜し物も手間取る。背伸びして掲示板を見つめていると、慶作がそっと手を振りほどいた。そのままマリマリの傍らに寄り添って立つ。いつの間にかどんどん人が増えていて、ふたりの周りもぎゅうぎゅうだが、慶作が盾になって彼女が人混みに揉まれないよう気を配ってくれている。マリマリは安心して捜し物に集中した。

「あれっ？」意外な名前を見つけた。「堂嶋幹夫って……」

「ああ、これ大介の叔父さんだ」

「そうなの？」

「そっか。マリマリ、まだ大介んち遊びに行ったことないんだ。あいつが同居してんの、この叔父さんち」

「そうなんだぁ……。え、待って。じゃあ大介どうするの？　叔父さんだけ帰っちゃったら困るんじゃない？」

「かもなあ」

「ていうか……」

まさか大介も一緒に？

そんなはずはない。もしそうなら朝の会見で慶作と同じように大々的に発表されていたはずだ。理性ではそう思うのに、マリマリは胸騒ぎを鎮められない。

必死に帰還者リストを目で辿り、知っている名前を探す。

「あっ。ほら慶作」

「うん……」

浅野慶作と浅野良枝。ふたつの名前は並んで記されていた。

「慶作もお母さんもちゃんと名前あったね」

「まあね。珍しいこともあるもんだ。俺の運のなさって異常だから」

「ふふっ。何それ」

思わず笑ったら、慶作もきまり悪そうに笑みを浮かべた。照れくさそうなその表情はいつもどおりで、マリマリはちょっとだけ安心した。無理して笑ってくれてるんじゃないと信じられたから。けれど慶作は、すうっと真顔になって掲示板を見上げた。

「でも俺、今回は」

「マリマリだ！」

「ふぇ？」

人混みをかき分けて現れた理子が、目を輝かせてマリマリの前に立った。

「号外見たよ！　すごいね！　まさかあんたがロボットに乗るなんて！」

「えっ。えーと」

「香織ー！　こっちこっち。マリマリと浅野いるよ。早く早く！」

「あのっ、私、まだ実際には乗ったことなくてね」

「でも選ばれたんでしょ！　びっくりしたー。あんた全然そういうの向いてる感じしないのに、わかんないもんだね」

「てゆーか、多分もう乗らない、んじゃ、ないかなぁ……」

確信が持てなくて慶作を見ると、やっぱりいつもどおり彼は少し悲しそうに微笑んでいて、それだけだ。見守ってくれている。けど踏み込んでこようとしない。マリマリと誰かが話している時にはいつもこうだ。

やがて香織も現れた。なぜだか険しい顔つきだったので、マリマリは身構えた。

「ちょっと。あれ」囁いて香織は顎をしゃくった。

「え？」

うながされた方向には子ども用の遊具が据えつけられている。

その上へ身軽に上った大介が、ちょうど今立ち上がったところだった。

「えぇぇ～」

大変だ。また大介が捕まってしまう。マリマリがまず考えたのはそんなことで、彼女はとっさに交番を見た。児童公園内に置かれたその建物に、今は人影はない。どこかへ駆り出されているらしい。ホッとしたのも束の間——

「だまされるな！」

大介の怒号が降ってきた。マリマリは身をすくめた。パペットの外部スピーカからの大音量よりも、よっぽど重くて痛い声だ。

「あいつらは、トリヴィジョンズは、人間を殺したんだぞ！　俺はこの目で見た！　虫けらみたいにひねり潰したんだ！」

マリマリは息を呑む。その光景は彼女も目の当たりにした。忘れられるはずはなかった。考えないようにしていただけだ。

香織が彼女の手を握った。理子も身を寄せてくる。そうだ。みんな見たのだ。あそこにいたのだ。そして生きのびてここにいる。

「交渉なんて無理だ！　きっと皆もあいつらに殺される！」

憑かれたように大介は叫ぶ。マリマリの胸も騒ぐ。けれど香織は冷ややかに呟いた。

「あいつさ、私たちにこっち来んなって言ったよね」

「言った言った」理子が応じる。「学校の屋上でね」

そうだ。確かに言った。マリマリもその場にいて、一部始終を見ていた。シビリアンに追われて走ってくる香織と理子に向かって、無慈悲にぶつけた大介の声。ふたりにではなくシビリアンに対して言ったのだ。多分。でも確信が持てない。その声は今もありありとよみがえってきて彼女の呼吸を苦しくさせる。仕方なかったのだと思い込もうとしても心のどこかが拒絶する。

大介は叫ぶ。身振り手振りを交えて。どこか陶然とした表情にも見えて。

「あいつらはストリング・パペットをよこせと要求した。武装解除しろってことだ。区長は要求を呑んだ。けど俺は認めない！　武器は残さなきゃ駄目だ！　武器さえあれば、この俺がやつらを皆殺しにできる！」

公園内にとげとげしい空気が漂い始めていた。居合わせた人のほとんどは帰還者リストを確認するためやってきた人々だろう。帰れる人もいればそうじゃない人もいるはずだ。でもどの人も皆イライラしていることに変わりはなさそうだった。声が上がった。

「なに、あいつ。だいじょうぶなの」「おい警察どこ警察」「てか、ロボット乗りのやつじゃね？　警察の手先じゃん」「殺すとかなんなの。怖い」

大介の声がうわずった。

「ただ殺すんじゃない！　守るんだ！　そのために戦うんだ！」

「戦争反対！」

「なにぃ！」

「うっわ怖っ」「ハンターイ！」「ハンターイ！」

「話を聞け！　俺を信じろ！　俺なら」

「ハンターイ！」「ハンターイ！」

「俺ならみんなを」

「ハンターイ！」「ハンターイ！」

「うるさぁぁーい！」

「あー泣きそう泣きそう」「ガキは引っ込んでろ」「調子乗ってんじゃねぇぞ、バーカ」

「馬鹿ってなんだ、バカぁー！」

いたたまれなくなってマリマリは顔を伏せた。香織と理子も無言ですうっと離れていく。

あの子たちは元の時代へ帰れるんだろうか。聞くのを忘れた。しくじった。でも聞いても教えてくれただろうか。わからない。確かめるのが怖い。

「懲りねぇなぁ、あいつ」

ふと気がつくと慶作がそばにいて、いつもの顔で笑っていた。

ちょっとだけ呼吸が楽になった。でも胸騒ぎは鎮まらず、どうしたらいいのかもわからず、とにかく楽になりたくて。混乱したままの心をそのまま言葉にしてこぼした。

「でも、そうだよね。人、死んでるんだもん」

だから何？　どうしろと？

人が死んでるから、殺されたから、戦わなきゃならないの？

でも、大介だって――

悠美子先生と同じように――

「しょうがないよね」

けれどマリマリはそう言って何もかもに蓋をする。

慶作は、微笑んではくれなかった。曖昧にうなずいて目を逸らし、言った。

「もう行こうぜ」

「……うん」

さっきから周囲の人々の視線を感じていた。理子と香織との会話は間違いなく聞かれていただろうし、噂が広まるのも早かろう。朝の会見後、SDSメンバーは区役所近辺で待機し今後の指示に備えよと通達されていた。このことは大介にも伝えなければならないが、さすがの慶作も、今はそんな気になれないらしい。

05

——2388/05/19(Thu.)/11:41
渋谷・区役所仮庁舎前

パペット1の乗り心地に変わりはなかったので、ルウはちょっと拍子抜けした。

（そりゃそっか。結局メカだもんね）

転送以来のいきさつもあって、パペット1の白い機体は大介専用機のような印象がルウの中にもあったが、必ずしもそうと決まったわけではなく五人の誰でも問題はないとの話はミロから聞かされて知っていた。大介と機体との間に何らかの繋がりができ、癖がついているのではないかとルウは危ぶんでいたのだが、どうやらそれもないらしい。彼女のこともすんなりと受け入れ、自在に動いてくれる。

（それと、別に汗臭くもないし）

あるいは何らかのクリーニング機能が備わっているのかもしれない。パイロットの交代を前提とした機能だろうか。むしろ自分自身の臭いが気にかかった。被災以来シャワーはご無沙汰で、でも誰も皆そうだから気にしないことにしている。

未来予測に記されたパペットマスター五人の脳神経マップは、三体のパペットそれぞれにあらかじめ登録済みであり、コクピットに乗り込めば自動的に認証され同期が行われる。ニューロスーツを身に着けていれば、まさに一心同体の感覚で違和感はなかった。

乗るのではない。着るのだ。あるいは装着すると言ってもいい。パペットは考える鎧だ。ルウの脳神経と繋がって意のままに動き、のみならず彼女の感覚を研ぎ澄まし、彼女には本来出し得ない一撃を可能とする。

悪くない。いや、はっきり言って面白い。

もっといろいろ試したくて他の機体も使わせてもらった。だが前日に彼女が搭乗したパペット3との差異は感じられない。むろん両機は運用上の構想が異なり装備も違うため、実際に戦闘を行う際には様々な面で相違が出てくるはずだ。が実はそれとても絶対的なものではなく、互換性を持つ各機の武器および一部パーツの交換は容易で、必要に応じてどうにでもなった。パペットは基本的にどれも同じ。パーツの違いで引き受ける役目が変わるだけ。どうもそういうことらしい。

(つまり、むしろ中身次第で差がつくってことだよね)

となるとますます面白い。彼女なりの乗り方、いや着こなし方ができるのだ。

(もったいないなぁ。こんな面白いものを手放しちゃうなんて)

「ルウ、早く」

ガイが言った。ニューロスーツ姿の兄は、しかし今日はパペットに乗らず仕舞になる。そしておそらくはこの後もずっと。

「はーい」

ルウの声は、大介のように大音量で響きはせず、兄にだけ聞こえる程度の肉声のままだ。

ふたりの前に4トントラックが駐まっている。荷台のコンテナは箱型で、荷室後ろの扉は全開。中にはすでにパペット二体が収納済み。どっちもルウが志願し載せたのだ。

前の二体と同様、パペット1の両手を荷室の隅につき、それを支えにひょいと飛び乗る。ブースタもスラスタも必要ない。それから膝を折り、荷室内に背のブースタが収まるように姿勢を正すと、もうほとんど身動きは取れない。

この状態ではキャノピもごくわずかしか開くことはできないが、ルウになら問題はない。隙間からするりとすり抜けて、パペット1の機体に手を触れながらささやいた。

「お疲れ。短い間だったけど、あんがと」

音もなくキャノピは閉まった。かすかな駆動音の唸りも絶えた。

それでルウと兄の任務もおしまいだった。

(あっけないなぁ)

名残惜しかったが、荷室の外でガイが待っている。

その向こう、区役所仮庁舎前駐車場には何人かの警官と、区長の手下のグリーンメンが控えている。パペットの引き渡し作業を監視しているのだ。

(なーんか、やな感じ)

ルウはひらりと荷室を飛び降りた。

それを確認し、ガイは付き添っていた泉海に向き直った。

「SDS所属ストリング・パペット三体、移送用トラックへの積み込み完了しました」

「確認しました。お疲れさま」

これをもってパペットの所属はSDSから渋谷臨時政府総理特命班へ移管される。

(トクメーハンだってさ。なんなの、その大介みたいなネーミングセンス)

そんなキモい名前、絶対に呼んでやるもんか。ルウは秘かにそう決意する。あんな連中、グリーンメンでたくさんだ。

「結局SDSの仕事って、こいつを取りに行って、引き渡しただけでしたね」

ガイの言葉に、泉海も苦笑し、不安そうに呟いた。

「そうねえ。……でも、本当にいいのかしら」

「よくないですよ。リヴィジョンズを信じてこちらの身柄を預けるだけでも問題なのに、みすみす武器まで手渡すなんて」

ガイの声は高くはないが、内緒話というわけでもない。数歩離れたところで、まだトラックの方を見ていたルウにもはっきりと聞こえた。

すぐ脇の児童公園ではデモらしき騒ぎも聞こえていたようだが、ルウたちがパペットの積み込み作業を始めた頃にはもう静かになっていて、今はとりとめのないざわめきだけが伝わってくる。低くてもよく通るガイの声の妨げにはならない。

「今度の帰還計画だって、何か裏があるに決まってます」

「そうなのかしら……」

「あっ」

荷室の扉が閉められる時、思わず声が出てしまって、ルウはちょっと驚いた。

グリーンメンのひとりがちらりとルウを見た。聞かれたらしい。

「む〜」なぜか猛烈に腹が立った。

パペットが置かれていたスペースにはもう何もない。ミロのマシンだけがぽつんと一台残されている。が、それも今、グリーンメンのひとりによってどこかへ運ばれていった。

「泉海さん、この後俺たちは？」

「とりあえず区役所で待機してもらうことになるわ。食事の配給もあると思う」

「わかりました」

「そのこと、大介は知ってるかな」ルウは振り向いて「私たちで探してこない？」

「そうだな」

兄はすぐに察してくれた。よかった。やっぱり彼女の気持ちをわかってくれてる。

グリーンメンだらけの区役所になんか、今は戻りたくなかった。

「じゃ、お願いしていいかしら。私はちょっと署へ戻らなきゃならないの」

「任しといてください」

一緒に連れてってくれないかなと一瞬思ったが、口には出さなかった。泉海だってそんなこと言われても困るだろう。

06

——2388/05/19(Thu.)/11:56
渋谷・区役所仮庁舎前・美竹公園

「なんだ！　どいつもこいつも文句ばかり言いやがって！」

腹に据えかねて大介は、公園外れの喫煙所のところで振り向く。帰還者リストを見に詰めかける人混みは途切れる様子もない。そのことにますます怒りが募った。

あいつらは皆リヴィジョンズに尻尾を振ってすり寄ってる。臆病者め。そんなに怖いか。逃げたいか。むかむかしてきて、後じさりながら思い切り怒鳴った。

「誰が守ってやったと思ってんだ！」

誰ひとりとして気にも留めない。おまけに踵が何かにつまずいた。柔らかいものだ。

「くそっ！」振り向きざまに蹴る。

吹っ飛んだ丸いものが自販機にバウンドし、道の真ん中に転がった。

犬のぬいぐるみだ。2頭身のふざけたデザインさえ忌々しい。悩みのなさそうなツラをしやがって。すっこんでろ、ウレタン頭。蹴り頃の毛玉野郎。

(なにやってんだ、俺)

ぬいぐるみのうつろな眼に憐れまれているような気がする。

大きな溜息をついて大介は足早に歩き出した。

ぬいぐるみの脇を通り過ぎた時――

「おいおい、なんてバッドホリデーだ」

――背後から妙な声がした。

大介は足を止めた。しゃべるぬいぐるみなんか珍しくはない。そうは思ったが、しかしなおも声は続き、ざらにはないことを言い出した。

「二〇一七年の人間は乱暴だな」

「ええっ」

見ると、むくむくとした尻を彼に向けて毛玉は起き上がろうとしていた。動いている。いや、むしろ生きていると言いたくなる。

「はじめまして、古代から来た人よ」

くるりとターンして笑顔を向けた。どこのテーマパークから派遣されてきたかと疑うようなファンシーでフレンドリーな仕草。デザインもカートゥーンめいている。

「自己紹介と行こう。姓はニコ、所属はラオス、名はシュガー。こちらの世界ではニコラス・サトウとでも名乗ればいいのかな」

頭にちんまり載っていた帽子を取って深々とお辞儀をする。

大介はその場にしゃがみ込み、そいつをまじまじと見た。身の丈はせいぜい三〇センチぐらいなので、そうでもしないと細部がよくわからない。

と、やつは愛想よくウインクなんかしやがった。とんだエンターテイナーぶりだ。

「なっ、なに？　犬？　ロボット？」

「そう言う君は少年、すなわちボーイと見たが、私のアイデンティファイはトゥルーかね。

それともフォールスでバッドかね」

「は？　なに言ってんの、こいつ」

するとやつは大きな丸い眼をわかりやすいジト目にして彼を見た。口元に浮かべたのは、これもひどくわかりやすくディフォルメされた嘲笑だった。

「ん〜残念。残念だね少年。君にはいささかインテリジェンスが足りないようだ」

「はぁ？　なんだ、このポンコツおもちゃ」

「この姿はコミュニケーションボディという仮の姿だよ、少年」

宙へ投げ上げた帽子がふわふわと舞い降りてくる。それは吸い寄せられるようにやつの頭の上へ収まった。堂に入った仕草だ。

「どうだろう、この顔は？」

もふもふの顔を寄せてきた。かと思うと尻尾を振ってみせたりもする。

「君たちが感情移入しやすい形状を選択したつもりだがね？」

「えっと……」大介はゆっくりと立ち上がる。「……あんた、未来人？」

「未来人……」

やつはまた一瞬ジト目になった。そしてちょこんと向きを変え、大介を真正面から見上げて目を剝いた。その色が血のような真紅に変わる。

「ああ、そうだ。リヴィジョンズのメンバーだよ、私は」

「この野郎！」

蹴る。が、かわされた。大振りになりすぎた。勢い余って大介は仰向けに倒れる。

「おいおいおいおいどこを狙ってるんだいアスホール」

やつが自販機の上から見下ろしている。すでに眼の色は元通りだ。おもむろに葉巻などくわえた。が火はつけず、ぴょこぴょこ揺らしながら偉そうに言った。

「いいかい。我々リヴィジョンズは君たちを元の二〇一七年へ戻す用意があるんだ。すでに交渉も済ませ合意に至っているはずだろう。それを君は一方的に」

「ふざけんな！　勝手に転送したのはそっちだろ！」

「そうだよ。しかしそれは人類を救済するという崇高な目的あってのことなんだ」

「あぁ？」

つい最近もそんな話を聞いたばかりだ。他ならぬミロから聞かされたことだ。滅亡に瀕した人類を救うための未来予測に、大介たち五人の名が記されていたと。

なのにこいつもぬけぬけと言う。渋谷転送は人類救済のためだと。

「嘘つけ！」

「ん？　やれやれ少年、君は理性的でも論理的でもないな。考えてもみたまえ。私が虚偽を述べる必要はどこにもない」

「おまえらがやったのは人殺しと人攫いだけだ！　それのどこが人類救済なんだ！」

「あれ、聞いてない？　おかしいな。昨日うちの担当者からそっちの責任者に説明したはずだが……あー少年よ！　君は下層階級か！」

「なっ⁉」

「シット！　アーンド、おさらば」

葉巻を吐き捨て、ひとっ飛びに路上へ降りると、ちょこちょこと歩き去ろうとする。

「ケーッ！　まーったく時間の無駄を……ぬおっ⁉」

やつの尻尾を引っ捕まえて逆さ吊りにすると、妙に軽い。

「あーこら何をする。放したまえ古代人っ。シット・バッド・バーバリアンっ」

「おまえたちのせいで大勢死んだぞ！　それも人類のためだって言うのか！」

「あ〜、それはすまない。謝罪する。申し訳ない。我々としても遺憾に思ってるんだ。こちらの手違いで勝手に動いてしまった連中がいてね」

ぺらぺらと早口に言うが誠意はまったく感じられない。

「そんな言い草でだまされるか！」

「とにかく我々は味方なんだ。信じてくれたまえ。なあ少年」

「俺が信じるのはミロだけだ！」

高々と吊したやつの逆さまの顔へ、間近から宣言する。

「おまえらがシビリアンを、あの化け物を使って何を企んでも！　無駄だってことを覚えておけ！　この俺が、必ずみんなを守るからな！」

「そうか」紅い眼になって「ミロというのがアーヴの担当者かな？」

「……っ！」

丸っこい体を急速回転させて彼の手を逃れた毛玉は、すとんと垂直に着地する。

「なるほどなるほど。それじゃあ少年。君はアーヴの兵器を知っているかな？」

（なんだ、こいつ）

短い腕を器用に組み、ジト目で彼を睨む姿は滑稽なのに、もう笑えない。侮れもしない。

こいつは明らかに何か企んでいる。

（ニコラス・サトウ。リヴィジョンズの……）

「いや、ついてるな今日は！　ハッピーホリデー最高！」

コロッと変わって笑顔になって、ニコラスは手を差し出してきた。

「これからもよろしく～！」

握手を求めている。その手を、大介は渾身の力を込めて握る。いや捕らえる。

「ついてるのはこっちさ。おまえをこのまま帰す気はない」

「ん～無駄」

やつの体が急激に膨張し始めた。握り締めた手の中にも脈打つような感触があった。気味が悪い。握力が緩む。ぷるんっと異様な手応えを残してやつは逃れる。

「今日のところはお別れだ、少年。だがくれぐれも忘れないでくれたまえ」

「うわ……」

「リヴィジョンズは君の味方だ。少なくともこの私はね」

膨れ上がったやつの背丈はすでに大介のへその高さまで達し、しかもなおも巨大化し、ぐんぐん彼に迫る。ぱつんぱつんに伸び広がった顔面が大介の鼻先まで寄ってくる。

「うぅわ」

「そしてミロ……アーヴは君の敵だ。いいな、少年。じゃあまた。シーユーアゲイン」

破裂した。思わず背けた顔に、はらはらと舞い降りてきたのはやつの破片。かすかなプラスチック臭を感じたが、それだけだ。特に異常はない。

「大介！」

ガイの声がした。振り向くとルウも一緒だ。小走りにこっちへ来る。

「あんた今、誰かと喋ってた？」

「あ、いや……今、リヴィジョンズのやつが」

「はあ？」

進み出ようとしたルウをガイが止める。兄の視線で、ルウもすぐに足元に転がって蒸発しつつある帽子に気づいた。その消滅を見届けた後、ガイはあらためて大介を見た。

「何があった？」

「俺に聞かれても……」顔を背けて吐き捨てる。「あの野郎、ミロが敵だって」

ルウが息を呑む。が、ガイは冷静だった。

「とにかく話を聞かせてくれ」

07

渋谷・東急百貨店東横店前・炊き出しポイント
——2388/05/19(Thu.)/13:01

矢沢悠美子は遠くから様子をうかがっている。

ここでもすでに炊き出しは終わってしまったらしく、数人のボランティアがてきぱきと撤収作業にかかっていた。また間に合わなかった。最悪だ。なるべくひと目に触れないよう混み合う時間帯を避けているうちにいつもタイミングを逃してしまうのだ。

諦めきれずに眺めていると、ひとりのボランティアの女性が彼女に気づいた。

「いらっしゃい。どうぞどうぞ」

「え？　私？　だって……」

口ではそう言いながらも吸い寄せられるように近づいていた。

「お腹空いてるんでしょう。ちょっとだけど、食べてってちょうだい」

　おそらく彼女自身の分として取ってあったものだろう。おにぎりと汁物を出してくれた。受け取る手が震えた。

「あのう……本当にいいんですか」

「もちろん！」

「じゃあ、その、ここで、皆さんと一緒に食べてもいいですか」

「ええ？　ここで？　でも片しちゃうしねえ」

「どこへ行くんですか。ついてっちゃいけませんか。私、行くとこないんです」

「……あの、失礼ですけど」相手の女性は悠美子の顔をまじまじと見て「あなた、うちの慶作の高校の先生じゃありません？」

　悠美子は危うく汁物の器を取り落としそうになり、あわてて抱きかかえた。胸元に汁がはね、じわっと浸みてくるのを感じた。

　相手は息子がお世話になってますと礼を述べ、悠美子を気遣う言葉をかけ、いたわりにあふれたその態度のひとつひとつが彼女にとっては恐ろしい。この人はまだ知らない。悠美子が何をやったのかを。そのせいでいたたまれなくなって学校から逃げてきた。本来なら教職員として踏みとどまり業務に当たらなければならないのに。帰宅困難な生徒ばかりか外部の人も詰めかけ押し込まれた大変な状況だというのに。

誰かが呼んだ。良枝さーん、どうしたのー。

目の前の女性が答える。ちょっと待ってー。

何やってんのー。あんた支度もあるんじゃないの。明日には第一次帰還でしょ。

支度ったってそんな何も。身ひとつで元の時代へ戻るだけだから。

悠美子は少しずつ後じさっていた。

目の前のボランティア、浅野慶作の母は、決まり悪さと安堵とを混ぜ合わせた笑顔で仲間と会話を交わしている。

この人は帰るのだ。元の時代へ。温かく迎えてくれる安全なところへ。

悠美子は食べ物を抱えたまま走って逃げた。ここにも彼女の居場所はなかった。

08

——2388/05/19(Thu.)/14:28
渋谷区役所仮庁舎内

慶作は廊下のソファにぼんやりと腰かけている。

隣にはマリマリ。うたた寝をしている。寝息が近すぎる気がして、慶作は落ち着かない。

席を立とうかとも思ったが、放っておいたらころんと転がりそうで危なっかしい。

目の届く範囲にはガイとルウもいる。全員、今は慶作同様、学校の制服姿だ。

ガイは少し離れたところで座り、何か考えている。

区役所内には適当な空き部屋がないそうで、待機を命じられたものの、やむなくこんなところでぼんやりしているのだった。

ルウはうろうろ歩き回っている。

「あ〜ヒマヒマヒマっ。なんかやることないと落ち着かないっ」

「しーっ」

マリマリを寝かせておいてやりたいが、ルウもストレスが溜まっているのか黙らない。

声をひそめて文句を言うという器用なことをする。

「ひどいよね、あのグリーンメン！　せっかく私がボランティアでお手伝いしようとしてんのに、追っ払うんだよ」

「しょうがないって。待機指示出てるし。諦めておとなしくしてようぜ」

「私はやだ。じっとしてるなんて人手と元気の無駄遣いでしょ。何かやりたーい！　やらせてちょうだーい！」

「よせ、ルウ」

「だって兄さん！」

「体力は温存しておけ。何があってもいいように」

ルウの表情が明るくなった。すとんとガイの隣に座り、ささやき声で尋ねる。

「何か考えがあるの？」

「……気がかりなことはいくつかある」

「大介が見たっていう犬のリヴィジョンズとか？　あの帽子、仕込みじゃない？」

「あいつがそこまでやるかな」

「だね。慶作ならともかく」

「こっちに振んのかよ！」

「しーっ」

慶作は口を塞いだ。ルウは声を殺して笑っている。

「でも本当にいるんなら俺、会ってみたいな。なんかそいつ、俺と気が合いそうじゃね？」

「ん～、確かにどっちもネタキャラっぽいけど……その犬、なんか嘘臭い」

「そうか？」

「本心を隠すためにふざけるやつっているでしょ」

ドキッとした。見透かされている。そんな気がして慶作は、しかしナチュラルに笑って流す。どこまでが演技でどこからが素なのかなんて彼自身にもわからない。

「てか、その犬が演技してんだとしたらさ、リヴィジョンズってちょっと怖いな」

「うん。何考えてるかわかんないしね」

仮面のようなシビリアンの顔が目に浮かぶ。あれを操っているやつらはどこにいて、どんな姿なのか。かれらは何も知らない。

「ねえ、そういえばミロって見た？」

「朝の会見で見たっきりだな」

「ミロなら知ってるかな、リヴィジョンズのこと」

「そりゃ知ってんだろうけど機密じゃね？」

「俺も、いくつか確かめたいと思っていることがある」

「なあに、兄さん？」

「ひとつはリヴィジョンズの動機だ。やつらはなぜ渋谷転送を行ったのか」

——臨時政府には当初から伝えられていたこの件は、まだSDSメンバーには共有されていなかった。なおミロによる説明が「リヴィジョンズが渋谷民を攫い何らかの実験に使うため」というものだったことはすでに記した。

「そして、アーヴとリヴィジョンズ双方が、それぞれ人類を救うため戦っていると主張する理由は何か」

「そういうもんなんじゃね？」

「だとしても何らかの根拠があるはずだ。それを知りたい。……もっとも信用できるかどうかはまた別の話だが」

「兄さんらしいー」

「てか、ぶっちゃけガイはどうなの。今度の帰還については」

ガイの目が険しくなった。

「俺なりに考えてはみた。結論らしきものもある。聞きたいか」

「……やっぱヤバいっぽいの」

「難しいところだが……おまえにとって不都合なことになる可能性は低いと俺は思う」

「はいぃ？」

意外な答えだった。てっきり危険だからよせと言われると思っていた。

「え、じゃあ俺、ホントに元の時代へ帰れんの？」

「リヴィジョンズが嘘をついていなければの話だ。むろんそんなことを信ずるのは馬鹿げている。が、いずれにせよ情報が足りない。現状では断定も否定も」

できない――と続くのだろう言葉は、マリマリの寝ぼけ声で遮られた。

「ふぇ……？」

「あ、起きちゃったか。ごめん、マリマリ」

「ううん……」両手で口元を隠しながらあくびをして「大介は？」

「さあ？　でも、あいついないと静かでいいじゃん」

「ええ〜」

「ひってえな、ルウ……」

慶作は苦笑して立ち上がり、その場を離れた。

「寝てろよ、マリマリ」

「ちょっと慶作。大介なら探しに行かなくていいからね」

「行かねーって」

ただ独りになりたいだけだ。

09

——2388/05/19(Thu.)/18:11
渋谷警察署・取調室

「もう一度聞く」

もう何度目になるかわからない質問を、黒岩がまた最初から繰り返す。

傍らに控えた泉海は、調書管理用のタブレットに記録を書き留めてゆく。

「姓名は？」

「名はミロ。姓はない。他のコードネームも持たない」

答えるミロの表情は硬い。背筋を伸ばし微動だにせず、感情を交えぬ言葉を繰り返す。

「家族はいないのか」

「かつては存在したが今はいない。詳細については説明を拒否する」

「聞かれたら都合の悪いことでもあるのか」

「黙秘する」

「機密に関わるってことか」

「黙秘する」

「出身地は」

「アーヴ第4方面本部管区内とだけ言っておく。それ以上は黙秘する」

「組織が家族ってことか」

「そう受け取ってもらって構わない」

「寂しくはないか」

「その質問に答える必要を認めない」

「組織内での職務は」

「バランサー」

「どんな役割なのか、すまんがもう一度聞かせてもらえないか」

「わかった」

ミロは語った。自らの時間跳躍能力について。そしてそれを使って行われる未来予測について。説明の内容は、昨日の作戦中に語られたものと変わりがない。

泉海が取調室へ入ったのは昼過ぎだ。その時にはもう黒岩による聴取は始まっており、すでに何サイクルかの質問が繰り返されていたから、ミロにとってはほぼ半日同じやり取りが続いているはずだ。しかし緊張に緩みはなく態度にも崩れはない。

むしろ黒岩の方が疲れを滲ませている。

「何度聞かされてもよくわからねえが……そのバランサーってやつの、時間を遡る能力は、生まれ持って授かった才能ってことでいいんだな？」

「そう受け取ってもらっていい」

「で、そいつはアーヴにしか生まれない？」

「そうだ」

「アーヴってのはあれか、人種なのか」

「そうではない。組織だ」

「組織なのに、なんで特定の才能が生まれるのなんのって話になる？」

「これ以上は機密事項だ」

「バランサー養成コースで特訓したりとかすんのか？」

「黙秘する」

黒岩は頭をかきむしった。

「アーヴとはどんな組織なんだ？」

「アンチ・ヒストリカル・リヴィジョニズム。リヴィジョンズによる大規模歴史改変に対抗すると共に、やつらの身勝手な殺戮(さつりく)を阻止し、人類存続の未来を守る組織だ」

「その組織は、国家なのか」

「パンデミック後、国家という形態を保ちうる社会体制は消滅した。我々もまたそのような形を目指してはいない」

「つまり、ゲリラ活動組織ってことか」

「そうだ」

「第4方面本部管区と言ったな。それはアーヴ部隊の担当区域か」

「そうだ」

「カバーする地域はどこだ」

「東アジア地域の一部だ。先疫紀、すなわちパンデミック発生以前の時代における国家体制を念頭に置いて言えば中国を除く地域であり、その中には日本も含まれる」

「中国は別管区ってことか？」

「そうだ」

「管区が分かれている理由は？」

「司令部の判断だ。私には答えられない」

「アーヴ司令部はどこにある」

「黙秘する」

「司令部からの連絡は今もあるのか」

「黙秘する」

「仲間はどこにいる」

「黙秘する」

「なあミロ。あんたは今もバランサーとして活動中で、俺たち渋谷民のため協力してくれてる。そうだな」

「そうだ」

「あんた自身がどれだけの権限を持ち、裁量次第でどの程度まで好きにやれるのか、俺には判断がつかんしあんたも答えちゃくれんだろう。だが司令部から何らかの任務を与えられ、その方針に従って動いてることに間違いはないはずだ。だろ？」

「そうだ」

「つまりだ。俺たちを助けることは、アーヴ司令部にとっても利があるってわけだ」

ミロの眼が険しくなる。受け止める黒岩は巌（いわお）のような無表情で言葉を継ぐ。

「勘違いしないで欲しいが、俺は責めちゃいない。むしろ当然の話だと思ってる。アーヴは人間だ。だったら自分の得になることしかやらんだろう」

ミロは戸惑いの表情を浮かべ、無言で黒岩を見ている。

「ただ、ひとつ確かめておきたいのは」

黒岩はわずかに身を乗り出す。そうすると少し背が丸くなり、彼もまた生身の人間のひとりであることが否応なしに浮かび上がる。

「望ましい未来ってやつが、あんたの言うように人類のためなのかどうかってことだ」

泉海は緊張する。この質問は、彼女の知る限り今日初めて放たれたことだった。

前日のパペット回収作戦遂行中、車内で交わされたやり取りはすべて泉海が報告書としてまとめ上げ、夜のうちに提出してあった。黒岩はそれらに目を通し、充分に思考を巡らせ、夕暮れ近いここへ来て満を持して尋ねたのだろう。

ミロの眼が尖った。侮辱されたと思ったのかもしれない。

「我々アーヴは人類が生き残る未来を探し求めてきた。その方針は一貫している。やましいところは何もない！」

「なら、リヴィジョンズは、人類の内に入らないってことだな」

口を引き結んだ。肩に力が入った。かすかに、しかし隠しようもなく目が揺れた。

たっぷりと間を置いて黒岩が問う。

「リヴィジョンズとは……何者なんだ？」

「自分が生きのびるためには、肉親を手にかけるのも厭（いと）わない化け物だ！」

がん、と両の拳で卓を殴ってミロは怒鳴った。

「きゃっ」泉海は思わず声を漏らしてしまった。

ミロの眼は鋭い。黒岩を射貫（いぬ）こうとするかのように逸らさず視線を突きつける。

黒岩は、ふっと力を抜いて姿勢を崩した。

「なあミロ。あんたが俺たちのため必死になってくれてるのはわかってる。あんたのことを、俺は信じてもいいと思ってる」

ミロは目を逸らした。うつむいて卓の一点を見つめ、じっと黙っている。

「だから、我々警察のことも信じちゃくれないか」

ミロが目を上げる。そしてうなずく。

うなずき返して黒岩は、かすかに微笑む。

知らずしらず詰めていた息をほーっと吐いて、泉海も姿勢を正した。

ここからが本番だ。聞き逃してはいけない。

「そもそも」黒岩が問う。「ここが二三八八年だというのは事実なのか？」

「間違いない。地層の調査でもすれば証明される」

「時間を超えるなんてこと、どうやったら可能になるんだ？」

　ミロは少し考えて言った。

「この際だ。時間跳躍の原理から説明しよう。あなた方に聞く気があればだが」

「あ〜、なるべく嚙み砕いてもらえると助かる」

「いいだろう。量子脳による時間跳躍の原理を学ぶには、カオス軌道モデルを用いることで直感的理解の助けとなるはずだ」

「あぁん？」

　ミロはスーツの手首に触れた。彼女の掌上にホロ映像が浮かび上がった。球形の空間いっぱいに詰め込まれ、うねうねともつれ合う光の糸である。

「おっ」

「ミロさん、これは？」

「カオス軌道の仮想モデルだ」

「あぁ？」

「カオス軌道、ですか？　それって、このもじゃもじゃした光の線のこと？」

「そうだ」

　泉海は緩く巻かれた毛糸玉を連想した。あるいは鳥の巣。きらきら輝く光の糸が、球形の空間で絡み合いながら音もなく自転している。全体の回転軸は地球の極方向とは違って大きく傾き、ほとんど横倒しになっていて、確か天王星がこんなふうに見えるはずだ。泉海が小学生の頃、太陽系に関する記事中で、図入りで解説されていたのを覚えている。まだ冥王星が九番目の惑星として扱われていた時期のことだ。光の糸は絶えずうねりながら流動し続けているので、大気の流れのようにとりとめなくて捉えがたい。

「で、こいつは何なんだ」

「時間の流れだ」

「あぁ？　時間？　このごたごたが？」

「ちょっとイメージが違いますね。時間って、もっとこう……滝のような、上から下へ流れ落ちるものって気がしてました」

「一般的な人間の感覚で言えばそうだろう。私たちアーヴにとっても基本的認識は同じだ。時間の流れは一本の線であり、ひとつの方向へ進む。遡ることはできない」

対面のミロの姿はカオス軌道モデルの向こうに透けている。彼女はうねる光を見ながら誇らしげに微笑んだ。

「だが私はバランサーだ」

「時間跳躍の超能力者さん……でしたね」

「なるほど。つまりこいつは、ミロ。あんたが見た時間の流れってことか？」

「ご明察だ。カオス軌道とは、時間の流れを一本の線として捉えた概念だ。ごく一般的な時間とは区別し、跳躍により遡行が可能なモデルとしての名と理解してくれ」

「じゃあ、この光は、ずーっと繋がった一本の線ってことですか？」

「そうだ。複雑に曲がりくねり、ところどころで交差しているが、解きほぐせば一本の線だ。この無限の線上に宇宙開闢（かいびゃく）から現在までのすべての時間がある」

毛糸玉のようだという泉海の第一印象は、意外と正解に近かったらしい。

「で、時間跳躍の原理ってのは？」

「ここを見てくれ」

ミロが手首に触れて何か操作すると、カオス軌道モデル中に、異なる色合いのマーカーが現れた。その表示ポイントでは、もつれ合う光の糸同士が交差している。

「……時間の流れが重なってますね」

「そうだ。この交点上にはふたつの時間が同時に存在する」

「待て待て。時間にひとつやふたつってのはおかしいだろう。時間は一本の線だ。こいつも……あ～、カオス軌道も、そういうもんだと言ったばかりだろ」

「例外もある。時間は一本の線であり、その線上に生きる人間には後戻りできない『今』という瞬間だけが存在する。たとえカオス軌道の交点上にいても同じだ。だが私たちバランサーには、カオス軌道そのものが見える。交点上のバランサーは交差したふたつの『今』を認識し、ひとつの『今』からもうひとつの『今』へ、跳ぶことも可能だ」

「すまん。さっぱりわからん」

黒岩は眉間を押さえてギブアップした。

泉海もちゃんと理解できているかどうかはわからなかったが、想像はできた。

カオス軌道──うねりもつれた光の糸が道だとする。彼女はその上を歩いている。道は先まで続いているが、彼女にとってきちんと認識できるのは足下の『今』という瞬間だけだ。後戻りはできない。

やがて道が交差する。彼女が立つ道を横切って走るのは、実は遠くで繋がった同じ道で、しかもいつか通り過ぎてきた場所だ。この道をまっすぐ進めばもう戻れない。が交点上に立った『今』なら、いつかの『今』へ行ける。跳べる。

待てよ。それなら──

「ミロさん。カオス軌道モデルの、今光ってるその交点で」

泉海はマーカーで示された一点を指さした。

「交差してるふたつの時間が、二〇一七年と二三八八年ってことでいいですか」

「そうだ」

「じゃあ『今』なら、ミロさんは二〇一七年へ、私たちの時代へ跳べる？」

「可能だ。必要があればだが」

「一度行って戻ってくることは？」

「可能だ。実際にバランサーの中には帰還する者もいる。ただ跳躍が可能なのは交点のみで、それもいずれ終わる」

なるほど。時間の経過によってカオス軌道の交差が離れれば、跳躍も不可能になるというわけか。

「なぜ過去にしか跳べないんですか？　昨日言ってましたよね、バランサーの任務は過去へ跳んで未来予測を残すことだって話」

「未来への跳躍は原理的に不可能だ」

「なぜです？　たとえば二〇一七年にミロさん以外のバランサーがいたとしたら、交点から二三八八年へ、ぴょこんって行けるでしょう？」

「可能だが、それは未来のうちに入らない」

「どういう意味です？　未来には本物とそうじゃないものがあるんですか？」

「その問いに答えるにはひとつ補足が必要だ」

ミロは右手を差し出した。と、ホロ映像も移動し、泉海の前へと近づく。

「カオス軌道に触れられるか」

やってみた。うまくいくわけがない。ホロ映像は幽霊よりもはかなく指をすり抜ける。

「無理です」

「そうだろう。実際のカオス軌道も同じだ。これはただの映像だが、これとは違った意味で、カオス軌道は実在しないとも言える」

「どういうことです？」

「カオス軌道とは可能性なのだ」

「可能性……？」

「昨日のガイとの話をおぼえているか。世界のすべてを自分の目で確かめたかどうかという話だ」

「おぼえてます。世界の断片しか知らなくても、理解する術はあるって話ですよね」

「このモデルもそれだ。宇宙開闢から現在までのすべての時間が存在する一本の線と私は言ったが、実際に私自身が生きたのはほんの二〇年足らずで、それ以外は推定だ。言い換えれば、変わりうる。変わりうる可能性だ」

「変わりうる？　過去もですか？」

「そうだ」

ミロはカオス軌道モデルを手元へ引き寄せ、手首に触れて、映像のマーカー部分を拡大した。二〇一七年と二三八八年の交点が大きく映し出される。

よく見ると、交わっている二本の線――実際にはもつれあった一本の線なのだが――のそれぞれが、いずれも微妙にブレている。そのブレは一方の線では交点から先で急激に強まり、ぼやけた滲み（にじみ）と化している。

「人間は未来を知ることはできない。バランサーとて例外ではない。『今』より先は可能性としてしか認識できず、カオス軌道モデルもこのような形になる。だが過去は、たとえ私自身が生きたことのない時間であっても、誰かが確かに生きた時間だ。生きるとは『観測する』ことだ。観測とは『確定する』ことだ。曖昧な量子論的可能性に過ぎなかった未来を『今』として生き抜いた人々が、過去というひと筋の道を残した。それがこのカオス軌道モデルだ。このモデルの観測原点たる、二三八八年の人類が知り得た世界のすべてだ。ここに残された過去ならば、カオス軌道の交点から跳ぶことは可能だ。しかし未来には、つまり二三八八年から先には、踏みしめるべき道が、世界が、可能性としてしか存在しない。ない場所へは跳べない。当然の話だ」

カオス軌道モデルの全体像が泉海の前でゆっくりと回っている。

彼女は想像する。光の道を踏み『今』を蹴って進む彼女の足もとに、一歩毎に生まれては過ぎ去る無数の『今』、『今』、『今』の連なりを。

踏みしめる瞬間までは、そこには何もない。ただ可能性の光の滲みがあるだけ。

そして振り向けば、そこには過去が、彼女が生きた証が残されている。時間という名のひと筋の道が。

そしてそれはカオス軌道という名も持っている。観測により確定されるまでは可能性に過ぎない時間。

「……歴史調整って言ってましたよね、ミロさん。それって、確定されたはずの過去を変えるってことじゃないんですか」

「過去はバランサーにとっては『今』だ。それ以降は未来で、確定していない」

「でも、それは……そこは誰かが生きた時間で」

「その時間を『今』として生きる者も在りうる以上、厳密に言えば、過去は決まっていない。原理的に確定し得ない」

くらくらしてきた。泉海は甘いものが猛烈に欲しくなった。

「目指す未来はどこにあるんですか。ただの可能性なんでしょう」

「だがバランサーにとっては、自分が生きた未来の時間という確定した過去の記憶がある。それを道しるべに、望ましい未来を実現するため少しずつ修正を加えていく。アーヴ司令部が検討を重ね決定した望ましい未来像が、未来予測だ。我々の目指すゴールだ。それは時間の彫刻に似ている。理想の線を求め、繰り返し刻む時の石材。それが世界だ。気の遠くなるような仕事だが、人類滅亡を防ぐために必要なことだ」

「それは……」

それはしかし許されることなのか。

昨日のルウの、ミロへの反発が思い出された。あの子はきっと直感的に何か嫌な、割り切れないものを感じていたのだろう。泉海には想像もつかなかったことだ。

ひとりの人間の、無数の人間たちの、生きた証として確定したはずの過去。

それらが書き換えられる。「人類にとって望ましい未来」のために。

「すまん。ちょっといいか」

先ほどから閉じていた目を開いて黒岩が言った。

「私は構わない。もう一度説明するか」

「あ〜いや、いい。わかった。よくわからんのがよーくわかった。要するにあんたらアーヴのバランサーは、未来へは跳べないってことでいいんだな」

「そうだ」

「なら渋谷は？　この街はバランサーとやらじゃないが……」

渋谷転送――二〇一七年から二三八八年へ街ごと跳ばされるという異常事態。

「あんたの超能力で跳ばせるもんなのか？」

「我々ではない。リヴィジョンズが、この時代を観測原点として行った」

ミロはあっさりと言った。

「さっきも言ったが、二三八八年は既知の時間だ。そのカオス軌道モデルさえ共有済みなら、二〇一七年の交点から、二三八八年への跳躍は可能だ。……ただ」

ミロは目を逸らし、背筋を伸ばし、ホロ映像を消して両手を握り締めた。

「我々アーヴの時間跳躍はバランサー個人の能力に依存し、跳べるのも当人だけだ。今回のような空間そのものの跳躍技術……エリアタイムジャンプは、残念ながらリヴィジョンズに独占されている。やつらはこれまでも繰り返し転送実験を試みてきたが、これほど大規模な空間そのものの跳躍を成功させた例はないはずだ。とは言え」

前を向いた。強い輝きを放つ眼。

「転送はまだ不確定だ。それもまた原理的に推定できる事実だ」

「不確定って……？」

「我々が経験している『今』はカオス軌道交点上に留まっている。ここには二〇一七年と二三八八年が同時に存在している」

「うう……頼む。もうちょっとわかりやすく言ってくれ」

「そうだな……コインはあるか？」

黒岩が呻きながら百円玉を放った。

受け取ったミロは、物珍しそうにそれをしげしげと検める。

「どっちが表だ？」

「模様がある方」

「ではそれが二〇一七年。裏が二三八八年と考えてくれ」

ピンッと弾くと、それは卓上に立って勢いよく回り始めた。

「表と裏、どちらが見える？」

「どっちもだろ」

「この状態が『今』の渋谷だ。二〇一七年でもあり二三八八年でもある」

「ははあ……。さっき言ってたやつだな」

「ミロさんには、世界が『今』こんなふうに見えてる?」

「今はあなた方と同じものを見ている。が、カオス軌道モデルとしての認識も任意に行うことができる。それを可能とするため必要なのが」

さっとコインを手の中に収めると、ミロは自分の頭をつついた。

「ここにある量子脳だ」

「量子脳?」

「バランサーとして必須の特殊体質だ。生まれつき量子脳を持つ者だけがカオス軌道を認識し、干渉し、交点からの跳躍を行う能力を持つ」

「渋谷転送の実行犯も、そいつを使ったってわけか」

「そう考えざるを得ない」

「じゃありヴィジョンズも量子脳を持ってるんですか?」

「生来の機能としてプラトン的イデアの欠片(かけら)を認識できるのは我々アーヴだけだ」

「あぁ? プラトン?」

「時間の真の姿とでも思っておけばいい。リヴィジョンズは、それを認識する手段を得た。おそらく人工的に開発した同種の装置を保有し、実戦に投入したのだろう」

「人工量子脳、か？」

「我々アーヴもそう仮称している」

ミロが再び弾いたコインが卓上で勢いよく回る。二〇一七年と二三八八年がくるくると入れ替わる。

「二〇一七年の渋谷は、二三八八年のリヴィジョンズ側から見れば過去だ。だがやつらはそこへ跳ばず、逆に引き寄せた。二〇一七年は量子的可能性としてしか存在し得ない未来を『今』として、カオス軌道交点上でブレながら存在している。それを強制的に可能としているのはリヴィジョンズ側人工量子脳による『観測』だろう」

「わからん！　わからんが……だったらその、人工量子脳ってやつ。そいつをぶっ壊せばどうなる？」

「『観測』は不可能になり、渋谷は元の時代にしか存在しなくなるだろう」

「じゃ、みんなで帰れるってことですね！」

「むろんリヴィジョンズ側も何らかの手は打つだろう。その動きは」

ぴしりとミロが指で縫い止めたコインが、卓上に裏面を晒した。

「すでに始まっているはずだ」

「つまり、やつらは渋谷転送を『確定』させようとしている？」

「間違いないだろう」

「だが、どうやって？」

「おそらくは二〇一七年……時空交点のもう一方の時間へ、『観測』が可能な者を送り込もうとするはずだ。不確定な時空の状態を二〇一七年側から『確定』させるために」

手の中に収めたコインを握り締め、ミロは言った。

「私の量子脳と同じ機能を持つ者なら、転送を『確定』できる。そうなれば渋谷は、元には戻れなくなる」

ミロはコインを黒岩へ放った。ろくに見ずに受け取って黒岩は呟く。

「となると、もたもたしちゃいられんが……」

「できる限りの協力はしよう。それが私の任務だ」

「だったら……」

泉海は恨みごとを言わずにはいられなかった。

「昨日ルウさんも言ってましたけど、渋谷転送を回避して欲しかったです」

「不可能だ。未来予測に対して影響が大き過ぎる」

「人類のために、私たちに犠牲になれってことですか？」

ミロが一瞬ためらったのを感じた。

その時、突然取調室のドアが開き、どやどやと人が踏み込んできた。

牟田だ。副区長の前田もいる。他に三人、区役所職員らしき人物を引き連れている。

「これは困りましたねぇ。彼女の立場は今、非常にデリケートなんですよ」

ミロが立ち上がる。

「ああミロさん。動かないで」

素早く卓を取り囲む位置に展開した三人の部下は皆強張った顔つきで、中でも拳銃を構えたひとりは明らかに震えていた。

「先ほどリヴィジョンズ側から連絡がありましてね。アーヴのエージェントには気をつけてほしい、と」

嫌らしい笑みを浮かべ間近からのぞき込む牟田に、黒岩は目も向けない。

「銃刀法違反ですよ」

「今は非常時。そう言ったのは黒岩さん、あなたでしょう」

「独裁を許すという意味ではない、区長」

「総理です！」

ミロは抵抗しない。それをいいことに牟田の部下たちは大胆になり、乱暴な手つきで彼女を後ろ手に縛ろうとしている。

「やめてください」耐えかねて泉海は言った。「あなた方に逮捕権は」

「ああ構いませんからね。総理命令ですから。ＳＤＳの方々には関係ないんだ」

「そんな！」

「こいつも高度な政治判断ってやつですか」

「ねえ～黒岩さん。あなただって帰りたいでしょう？　同じ時代の人間同士が争っても仕方がない。友好的未来人リヴィジョンズとの協力関係を強固なものとするには、我々の側からも誠意を見せなきゃ」

「誠意？」

黒岩が鼻で笑った。牟田の目が険しくなった。

「後は我々に任せてお引き取りください」

「念のため言っておくが、ミロはアーヴとの唯一の窓口だ。丁重に扱うべきだ」

「ご忠告ありがたく受け取っておきましょう。しかし政治は我々の仕事だ」

「そう願いたいものだな。公僕として、ひとりの市民としてね」

黒岩は足早に部屋を出た。泉海も小走りに従ったが、立ち去り際にちらりと顧みた。

ミロはなおも無言、無抵抗だが、戦う顔になっていた。

10

——2388/05/19(Thu.)/19:07
渋谷・区役所仮庁舎前・美竹公園

季節外れの秋の虫が鳴いている。パンデミック後の気候変動の関係か、それとも未来では季節がずれているのか、慶作には判断がつかない。

独りベンチに腰かけながら、彼はその音を浴びている。仲間たちと別れてから、ここで考えごとをしているうちに、いつの間にかすっかり日が暮れた。他の人影はない。帰還者リストを見に来る人は昼過ぎがピークで、午後にはもう静かなものだった。

空は暗い。星が見えた。駅前の灯火は非常用電源の資源節約のため一部を除いて消され、渋谷転送初日の夜とあまり変わりがない。公園の街灯は生きていたが、LED灯のためか寄りつく虫は少ない。まさか未来の世界では虫まで滅びかけているのだろうか。

(この鈴虫も被災者かな)

二〇一七年から転送された仲間だとしたら、不憫な気がする。こいつは元の時代へ帰れるんだろうか。それとも二三八八年から迷い込んできたのか。だとしたら、ここは彼にとって住みよいところだろうか。

名を呼ばれて顔を上げると、笑顔の母が小走りにやって来る。

「ほら、炊き出し。ちょっとだけど持ってきたよ。食べられる時に食べとかないとね」

渡された大きなおにぎりは四つもあって、ひざの上に載せたトレイはずっしり重くて、慶作はどうしたらいいかわからなくなる。けど、言わなきゃ。朝から考えてきたことだ。

「母ちゃん……あのさ、俺……」

目を伏せる。思い出がよぎる。いつも張り切っていて、おせっかいで、ひょうきんで、誰にでも優しい母だ。そして誰よりも慶作を愛してくれた。

「俺、今回は残ろうかと思って」

母の顔を見られないまま早口に言う。

「母ちゃん先に帰って待っててくんないかな、なんて」

「なにバカなこと言ってんだい……！」

わしわしっと頭を撫でる手。熱々のおにぎりを毎日弁当に握ってくれたその手の感触に、慶作は途方に暮れる。

「母ちゃん……」

「こんなところに子どもひとり残すなんて駄目だよ。母ちゃん許さない」

良枝さーん。呼ぶ声がする。

「はーい！」

答えて母は手を引き、小走りに戻ってゆく。

「母ちゃん！」

「慶作、おにぎりおいしいよ」

笑って手を振り、暗い道へ消えてゆく。

ひざの上に目を落とすと、おにぎりは溜息が出るほど重い。

11

——2388/05/19(Thu.)/19:43
渋谷・区役所仮庁舎前

堂嶋幹夫は徒労感を抱えて区役所の建物を出た。実り薄い交渉だった。

明日には発災後七二時間を迎えようとしている病院の非常用電源は、どこの施設も燃料の涸渇に直面し、一刻を争う状況にある。残念なことに被災関連死もすでに何件か報告され、その数は今後急増するだろう。早急な対策が必要だった。そのための支援要請を行うため、幹夫は区の医師会を代表して区役所を、いや臨時政府を訪問したのだった。

だが区長も副区長も不在で、対応に出た健康推進部長の津ノ沢も相変わらずの木で鼻を括ったような態度だった。根っからの緊縮派で歳出を削ることしか頭にないこの男との交渉は常に不毛な消耗戦で、だからこそ自分が矢面に立たされているのだとの自覚が幹夫にもある。粘着質の鉄面皮で打たれ強い男との評価は当たっている部分もあるだろう。だからといって交渉上手なわけではない。しぶとく食い下がるというだけの話だ。懸かっているのは人命だ。譲れるわけがなかった。

しかし結局燃料提供の確約は得られず、疲れ果てて病院へ戻ろうとした時、防犯課長の岡部に呼び止められた。彼は尋ねた。第一次帰還者リストは見たかと。

それでようやく幹夫は、自分がリストに入っていることを知ったのだった。

そこからがまた面倒で、帰還辞退を申し出たが受け入れられず押し問答の挙げ句、帰還スケジュールを押しつけられるまでにさらに時間が無駄になった。

今回の帰還は政治マターであり、帰還者個人の都合での辞退や帰還権の譲渡は認められない。それが臨時政府の公式見解らしかった。しかも発表の翌日には帰還実施という強行スケジュールである。なぜそれほどまでに急ぐのか説明を求めても明確な答えは得られず、それどころか緑色の制服の一団から恫喝まがいの暴言を吐かれてまた揉めた。

とにかく何がなんでも帰らねばならないらしい。となると準備が要る。担当患者の引き継ぎと勤務シフトの交代だけでも急を要する大仕事だ。加えて医師会の仕事もある。臨時政府との折衝を任せられるのは誰か。今回の渋谷転送で壊滅的な被害を受けた転送エリア西端の防災拠点病院に関する諸問題は、今日の段階で解決の糸口も見えないままだが、後に残していくしかない。

忙しく頭を巡らせながら第二仮庁舎を出ると、人の息遣いが聞こえた。

「フッ、フッ、フッ、フッ」

力強くリズミカルなその声を、幹夫はよく知っていた。

大介だ。駐車場で腕立て伏せをしている。いつものように上半身は裸で、汗に濡れた肌が暗がりを泳ぐ魚のように見えた。

「大介」

幹夫は足早に近づいた。大介は黙ってトレーニングを続けている。

駐車場には張り番の警官がいたが、大介を咎めるつもりはないらしく、駐められた中型トラックの側でそ知らぬふりをしている。だが耳は澄ませているだろう。

何か言わなければいけない。これも重要な準備のひとつだ。なのに幹夫には何を話せばいいかわからない。甥のことが頭になかったわけではないが後回しだったのは確かだ。

心の整理がなかなかつかない。とりあえず事実を述べる。

「明日の早朝から第一次帰還の作業が始まる」

「そう」

苦しい息の下から絞り出した無愛想な返事。触れれば斬れそうな肩甲骨(けんこうこつ)のエッジが飛べない羽ばたきに似て脈打つ。

「……おまえを残していくことになるが」

「お・じ・さんんっ！く・くっ！」

限界に達したのだろう。反り返った全身に電撃の如きわななきを走らせて大介はしばし静止し、どっと崩れ伏した。このまま息絶えるかと思わせる喘ぎの下から、ふと熱っぽい流し目を向けられて、幹夫は軽い眩惑感をおぼえた。

「俺……まだやらなきゃいけないことがある。みんなが帰るまで守らなきゃ」

力強く言い切って跳ね起きると、大きく息をつく。幹夫はその場にしゃがみ込む。後ろ姿の少年のうなじから背へ玉の汗が滴り落ちるのを見ながら語りかける。

「みんなを守る時がいつか来る、か？」

「そうさ」

「だが、あのロボットは引き渡される」

「そんなこと認めないよ。この俺が、絶対にね」

誘拐事件以来の大介の強迫観念には経過観察の必要がある。そう兄に告げ、協力を申し出たのは幹夫自身だった。思春期に差しかかり不安定さを増す息子の問題行動に手をこまねいていた兄は、藁にも縋る思いで幹夫に託したはずだ。

幹夫は何もしていない。ただ見守っていただけだ。気が済むようにさせ、干渉せず、対等に、公平に、一定の基準で扱うことを貫いてきた。何か言う時は事実のみを言った。他に何が言えるとも思えなかったし、また届くまいと思った。

いずれ折り合いをつけねばならない時が甥にもやって来る。その時に力になれる関係を築くこと。それだけを考えていたのだ。

ところが先に折れたのは少年ではなく現実の方だった。そのぎざぎざの断面で、大介は危険な遊びに夢中になっている。彼にとっては「使命」で「運命」の、もはや半ば神話と化していた来るべき未来の日。

「パペットで……俺の力で、あいつらを皆殺しにしてやる」

幹夫は立ち上がった。行かなければならない。だがその前に言わなければならない。

「大介。自分の力に酔って命を軽んずるなら、それはただの暴力だ」

「正義だよ！」

この眼を、兄は息子から突きつけられたのだろう。おそらくは何度も。幹夫にとっては今夜が初体験だった。少年は激発し、弾かれたように振り向いて叫んだ。あまりにも危うく、脆く、鋭敏で、繊細で、だからこそ歯止めは利くまい。圧をかければ必ず何かが取り返しのつかないレベルで壊れる。そしてそれは幹夫自身かもしれない。

だから彼は黙って見守った。他にできることはなかった。

遠くから武器を捨てろと叫ぶ声が聞こえてくる。リヴィジョンズ万歳を叫ぶ声も。

ここに残してゆくのだ。明日には。しかし明日なんてどこにあるんだろう。

12

――2388/05/19(Thu.)/20:08
渋谷区役所仮庁舎内

泉海巡査長が再びガイの前に顔を見せたのは夜になってからのことだった。

「ごめんなさいね。遅くなっちゃいました。皆さん晩ごはんは？」

「済ませました」ガイは簡潔に答えた。

妹とマリマリは何がおかしいのか顔を見合わせくすくす笑っている。

「なんだよ」

「だって兄さん、食べ忘れるところだったじゃない？」

「ラーメンどれがいいって聞いたら、きょとんとしてたよねぇ」

「ばらすなよ」

「ガイくんがうわのそらだなんて珍しいんじゃないんですか？」

「そうでもないよ。兄さんすっごい集中するから」

「私、初めて見たかも……」

「考えごとをしてたので」

カップラーメンを入れた段ボール箱は廊下の隅に置いてあった。泉海は残りの数を確認し、あれっという顔をした。

「ひょっとして私の分もある？」

「うん。あんまりヒマだったからマリマリと一緒に手伝いに行ったら、ごほうびって多めにくれたの」

「期間限定品とかあったの！　まだ残ってるよ」

「これ気になってたやつだ。でも毎日インスタントだと太りそうよね……」

「お湯は誰か職員からもらってください」

「声かけにくいけどね。みんな殺気立っててこわーいの。あとグリーンメンがうろうろしてててウザいし。聞いて泉海さん！　あいつらひどいの。偉そうだしセクハラするし手伝おうとすると邪魔だから引っ込んでろって言うんだよ。自分たちは何⁉　そんなに見張んなきゃなんないよーなことって悪いことじゃないの⁉」

「ルウ、ちょっと静かに」

「だって兄さん話聞いてくんないしー！」

「やつらに立ち聞きされたいか」

「えっ」

「やだ。どっかにいるかな」

ルウとマリマリがきょろきょろし始めたので、泉海も深刻な顔になった。

「何かされたらすぐ私に言ってね」

「うん」

真顔になって声をひそめ、ルウは言った。

「てゆーかセクハラに正当防衛って成立するかな？　するよね？　私やられっ放し許せないんだけど」

「よせ。おまえはやり過ぎる」

「この際兄さんは無視していいよね？」

「だから……」

「あ〜、まあ、ほどほどにね」

ガイは溜息をつく。泉海はルウの恐ろしさを知らない。いざという時は止めるしかないが、ずっと一緒にいられるわけでもない。運を天に任せるしかあるまい。

「あとラーメン、ミロのも一応もらっといたけど、泉海さんどこにいるか知らない？」

「あ、ああ……。ちょっと署で用があって。まだ当分かかるんじゃないかな」

妙な反応だ。ガイは尋ねた。

「一緒だったんですか」

「少し話を聞かせてもらったの。それより大介くんと慶作くんは？」

途端にマリマリが真っ赤になってうつむいた。ルウはあさっての方を見ながら言った。

「慶作は公園でおにぎり食べてた。炊き出しもらったみたい。残りはなんか駐車場んとこで変な声出してた」

「変な声って？」

「しかも裸で」

「はあ？」

「キモくない？　案件でしょ？　私、怒っていいよね？　てか正当防衛だよね？」

「でっ、でも、トレーニング……だから」

「ンなもん留置場でもできるよね？」

「いや無理だろう」

「ちょっと兄さんは黙ってて」

「捕まえないよね泉海さん。駐車場にもお巡りさんいたけど逮捕してなかったし」

「あいつなんなの。仕事してないし。トラックんとこで見張ってんだから見えてないわけないし。いざ異常なことが起きたら無視って何？　ひどくない？　正常性バイアスってやつかな？　関わりあいになりたくなかっただけかな？」

「そういうことか……」

「え、何？　兄さん、なんか思いついた？」

「トラックだ」

「へ？」

「パペットが積み込んであるだろう」

「そっか！　あのバカ、隙を見て奪い返すつもりなんだ！」

「ええっ。それって、捕まるんじゃ……」

「むしろ牟田派が危険だ。やつらは法などお構いなしだろう」

となると、こちらも動かなければならない。面倒なことになる前に。

「泉海さん。黒岩署長はどちらに」

「署だと思うけど」

「これからあの人に少しお時間をいただけませんか。ご相談したいことが」

信頼しきれない相手だが味方ではあるはずだ。実力行使のために必要な交渉でもある。

13

――2388/05/20(Fri.)/00:36
渋谷・区役所仮庁舎内

「副総理」

不意に呼びかけられて前田はぎくりと我に返った。

防犯課長の岡部がげっそりとやつれた顔で机の傍らに立っている。

「悪い冗談はやめてください」

「は？　ああ、いやぁ、でも総理がうるさいんで」

「あの人は仮眠中でしょう」

「ひと目もあります」

災害対策本部内にはまだ牟田の支持者たちが居座っている。ほとんどは船を漕いでいるが、狸寝入りの可能性は無視できない。一方で行政側の職員たちは皆不眠不休で第一次帰還実施に備えている。すでに日付は変わった。夜明けはあと四時間ほどでやって来る。

「で、用件は」

「帰還予定者の受け渡し場所なんですが、仮設トイレを設置する必要ありますよね？」

「トイレ……」

「要るでしょう。荒野の真ん中ですよ」

「荒野と言っても駒沢公園跡ですよね。下見はしてきたんですか」

「そんなヒマは……。だいいち危険過ぎる」岡部の目が剣呑な光を帯びる。「そもそも日時も場所も先方からの指定ですからね。インフラについての説明は向こうさんからあるのが普通じゃないんですか。連絡先ご存じなんでしょう。確認していただけませんか」

「いや、それは……私の一存では……」

「そんなんじゃ困りますよ。総理の帰還後はあなたが暫定的な行政の長なんですから。それとも今からロボットでも出してもらって現地の下見に行かせますか」

当てこすりだ。パペット引き渡しは牟田の独断で決まったことで、行政側内部で情報が共有されたわけではない。含むところがあっても無理はなかった。前田は逆らわないことにして、すべて岡部に委ねた。最初からそうしてくれと言いたげな顔で岡部は応じ、しかしすぐには仕事に取りかからず、小声でねちねちと絡み始めた。

「でも変な話ですよね。来る時は一瞬だったのに、帰る時は段取りが要るなんて」

「先方にも事情があるんでしょう」

「そもそもこんなに早く戻っていいなら、最初から警告でもしてくれればよかったんだ。そしたらあらかじめ避難する間もあったのに。そう思いませんか」

「ごもっともです」

「そういえば、帰還者ってどういう基準での選定なんですか？」

「それは……」

それも先方からの指定だ。一方的な、無条件の。

「……その件については、独自の基準により行われた適正な判断であることを、私からも繰り返し強調させていただきます」

「いやいやいや。答弁されても困るな。まさかあちらさん相手にも、そんな説明を？」

「適正に対処しております」

「だからさあ……。あなたも先方と面談したんですよね？　話は通じるんですか？」

「それはまあ」

「本当に？　浮き世離れっていうか、人間離れした受け答えでしたがねえ」

そうだった。女を取り次いだのはこの男ともうひとり、津ノ沢だった。前田は目の前が真っ暗になった。あのうるさ型は今後、公式の場で公然と追及してくるに違いない。

「ねえ前田さん。交渉ってのは、本当に可能なんですか？」

人柱。償い。女はそう言った。その事実は決して公の記録に残ることはあるまい。

「これ以上は外交に関わるので……」

「今後の交渉に差し支える？　でもねえ副総理。いや暫定総理。先方の言いなりになるのを交渉とは言いませんよ」

「失礼」

前田は席を立とうとして倒れかけ、岡部に支えられた。やつはにやにやしていた。

「だいじょうぶですか。ひどい顔色だ。休んだ方がいい」

「そうさせてもらいます」

ふらつきながら廊下へ出て、しばらく歩くうち、自分がどこへ行こうとしているのかわからなくなってきた。

仮眠室は？

いや駄目だ。あそこには牟田が寝ている。きっと悪い夢を見る。

じゃあどこへ？

「副区長」

「ひっ」

不意に目の前に現れた黒岩が、押し殺した声で言った。

「お伺いしたいことがあります。署までご同行願えますか」

ああ、ここだったんだ。行きたかったところ。重荷を下ろせるところ。

そう思いながら前田は無言でうなずいた。

14

――2388/05/20(Fri.)/01:10
トーキョーコロニー・司令室

広大な司令室は地下にあり、世界をひとつ孕んでいる。

カオス軌道モデルを呑んで宙に浮く巨大な光の球体――人工量子脳である。

それを見上げている、ひとりの幼女。ムキュー・イスルギである。

「ムキュー」

声をかけられて振り向く。妹のチハルがやっと帰ってきた。毛玉も一緒だ。

「遅かったね」

「いやぁ実に興味深い経験だったよ。古代人社会はアメージングでワンダホー」

「あんたうるさい」

「ぎゅもー⁉」

蹴り飛ばされた毛玉が視界から消える。チハルも何事もなかったように言った。

「AoC検知システムの整合性検証に手間取った。斥候仕様装備のシビリアン各機の連携に難があってな」

「あいつら頭悪いもんねー」

渋谷の転送エリア周囲に配置したシビリアンによって観測されたリアルタイムのデータは、AoC検知システムによって分析され、帰還者リスト作成時の根拠として活用された。

ただシビリアンの乏しい知能ではルーチンワークをこなすのが精々で、複雑かつイレギュラーなコマンドは満足に実行できないことがままある。今回の場合もそうで、観測地点はしばしば想定外のズレを生じ、それに伴う誤差も無視できなかった。

「で、どうなの。このまま行けそう?」

「識別精度は想定水準に達していると判断した。アンセスター回収は予定どおり行う」

「わお」

ムキューはその場でくるりと回る。パニエの襞がふわりと膨らむ。もっふり尻尾もぴんぴん跳ねる。彼女の仕草に、妹が眼を細める。こういう仕草はチハル好みだ。

「我々が不在の間、渋谷転送エリアの存在確率に変動は？」

「相変わらずの二分の一。やっぱ一方の時間だけに干渉しても駄目だね」

「ノープロブレムだ、シスターズ」

ぽてぽてやって来たニコラスが、チハルの足下へ進み出ると、帽子を取って一礼する。2頭身にしては申し分なく優雅な紳士の仕草だ。

「必要な細胞資源は確保される見通しとなった。あとは採集し、加工し、ヴィタ・ヌオーヴァの培養を急ぐだけだ。そうすれば、チハル。君は生身の量子脳を授かった完璧な救世主として生まれ変わるだろう」

「そうとも。救済の時は近い。人類は我々の献身によって救われるのだ」

「長かったリヴィジョン計画もいよいよフィナーレの季節を迎える。シスターズ、君たちに仕えて私は幸運だ。願わくばこのハッピーデイズをもうしばらく楽しみたいものだが」

「黙れ、クソ犬。あんたのお楽しみのためにやってんじゃないの」

「わかっているともムキュー。人類のためだ。それに時間も限られているからねえ」

三人は頭上の人工量子脳を見上げる。

カオス軌道モデル上の光の交差——ふたつの時代を重ね合わせた時空の交点は、それとは知れない速度で移動を続けている。後戻りはできない。

「二三八八年と二〇一七年の時空交差開始から、渋谷の時空置換作業を経て、現時点まで約六〇時間余りが経過した。交差現象の終了まではおよそ六四〇時間。タイムリミットにはまだ間があるとはいえ、レイジーなビジネスは破滅を招く恐れがあるねえ」

「交差終了までに必要な細胞資源を集めなければ……」

「成功するかどうかは、やってみないとわかんないけどね」

すねたように言ってムキューは、妹の肉体を上目遣いに見上げる。起伏に富んだ豊満な曲線の彼方、誇らしげに天上のカオス軌道を見上げる妹の整った顔立ちは、幼児の目線を持つ姉からは遥かに遠い。

けれど妹は、天から地上へ目を移し、幼い姉のふくれっつらを見た。そうして側へやって来て、ムキューの肩に手を置いた。肌仕様リスト上ではミルクチョコレートの名で分類されている滑らかな褐色を湛えたその手の質感を、快いと感じる疑似神経反射パターンは即座に起動し作用する。ムキューは微笑む、ふくれっつらのままで。

「成功するかな？」

「今回の素材は先疫紀から来た健康な細胞資源だ。充分に期待できるだろう」

「それでも短命かもしれないよ？　病は癒えるわけじゃないもん」

「短命なのはこの体でも同じだ。誰かがやらなければならないことだ」

　ムキューは溜息をつき、自分の体を抱き締める。コミュニケーションボディ骨格仕様表上ではイノセント系列に分類され、愛らしさと無垢さが特長とされる擬似的な肉体を。

「たとえすぐ死んじゃっても……生身の体になれるチハルが、ちょっと羨ましいよ。こんな不完全な体、早くお別れしたい」

　司令室には彼女たちの本体が鎮座していた。人工量子脳を挟んで左右に分かれ、主神に傅(かしず)く巫女(みこ)のように声もなく佇んでいる。けれどその姿は影に沈み、詳(つまび)らかではない。彼女たち自身にさえ嫌悪を呼び起こすため光の下には出したくないのだ。

　だからこそコミュニケーションボディも必要とされる。他者の前に立つ時の効果ばかりではなく、自分自身を愛し承認するために。

「もうすぐだ、ムキュー。我が姉、我が半身よ。苦しみの時は終わり、永遠の救済が始まる。我々が始めるのだ」

「そうとも、シスターズ！　我々の作戦は、同胞たちの新たな歴史の最初のページを」

「偉そうに言うな、クソ犬！」

「ぷぎゅぎゅう⁉」

　苛立ちと軽蔑を込めて踏みにじりながらムキューは快感に酔う。懲罰を与えることは最上の快楽だ。愛し愛されることよりもずっとシンプルで強い。

「おまえみたいな低階層者が、ボクたちと対等なふりをするんじゃない！」

15

——2388/05/20(Fri.)/04:20
渋谷・区役所仮庁舎前

夜明け前の白々とした光が闇を退かせようと無音の戦いを始めている。

その戦場のただ中へ、大介もまた踏み出そうとしていた。

仮庁舎第二庁舎前駐車場には昨夜と変わらず見張りが立っている。トラックの両脇に警官がふたり。牟田派の緑色の服は今朝はまだ見えない。

大介は、まだ真っ暗なうちから車輌の陰に隠れてその様子をうかがっている。

（さーて、どうする？）

ふたりを同時に無力化するのは難しい。が、やるしかない。

タクティカルペンもフォールディングナイフも被災初日の取り調べ時に没収されたっきり返してもらっていない。あれらがあればまた違っただろうが、今さら悔やんでも後の祭り。

（ええい、なんとかなる！）

思い切って飛び出そうとした。その時、背後から肩を摑まれた。

振り向くとガイが冷ややかな目で彼を見ていた。

その後ろには慶作もいて、必死で「しーっ」という仕草をしている。

（こいつら……！）

大介は胸が熱くなった。

（やっぱり仲間だ。いざという時は助けてくれるんだ！）

と、ガイはほとほとうんざりしたような顔をして、素早く耳打ちした。

「来い」

（は？　来いって、どこへ？）

ガイは足早に去っていく。入れ替わって身を寄せてきた慶作がささやいた。

「署長が呼んでるってさ」

「黒岩さんが？」

「詳しいことは知らない。俺もさっき、すぐそこでガイに止められたんだ」

それだけ言って慶作も踵を返し、ガイを追ってゆく。大介も足音を忍ばせて続いた。

16

——2388/05/20(Fri.)/04:41
渋谷警察署・署長室

「遅くなりましたぁ！」

　マリマリは走って部屋へ駆け込んだ。

　黒岩署長のデスク前に並んだ四人が揃って振り向く。慶作以外はニューロスーツ姿。むろん彼女もそうだ。当然だ。ＳＤＳの制服なのだから。なのに恥じらいに顔が熱くなる。

「ごめんね。慣れなくて、手間取っちゃった」

　早口に言いながら慶作の隣に並ぶと、彼もちょっと顔が赤かった。彼はいつもの学校の制服姿なので、別に恥ずかしくないと思うのだけれど。

「慶作は着なくてもいいの？」

「なんか任務の内容があるらしくて」

　慶作の右隣は大介。意気込んでいる。その向こうにはガイ。人差し指を口元に立てている。マリマリは焦って口をつぐむ。右端のルウはなんだか楽しそうに見えた。

「揃ったな」

署長が言った。すぐに大介が反応した。

「ミロは？」

「泉海に迎えに行かせた。まずおまえたちだけで聞いてくれ。これより第一次帰還計画の阻止、および帰還者の安全確保と特戦装（パペット）の奪還作戦を開始する。これは我々ＳＤＳのみで秘密裏に行う作戦だ。他の協力は期待できない」

「映画みたいだな」

慶作がささやいたので、ちょっとだけ笑い返すことができた。

——召集がかかったのはこの日の未明、まだ真っ暗な時間のことだった。署長との面談を終えて帰ったガイから出動の知らせを受けた時、マリマリはまだ寝ぼけていてすぐにはピンとこず、目を輝かせたルゥに頬を優しくぺちぺち叩かれているうちにやっと事態が飲み込めてきたのだった。でも、なぜ急に？

マリマリのその疑問に、ガイは後で説明するとしか言わなかったのだが——

「まず最初に、本作戦の根拠を簡単に述べる。ガイ、説明を」

「はい」

回れ右して一歩引き、署長のデスクの前に立ってガイは、仲間たちに話し始めた。

「黒岩さんとの情報交換により、いくつかの事実が判明した。まずそれを言う」

第一点『リヴィジョンズが渋谷転送を行った理由は、渋谷民を何らかの実験に使うため』
第二点『帰還者リストはリヴィジョンズ側から指定されたもの』
第三点『渋谷転送はまだ未確定で、リヴィジョンズは何らかの方法で確定を目論む』
第四点『リヴィジョンズ側が保有する人工量子脳を破壊すれば、渋谷転送は解消される』

「これらのことは俺の推理を裏づける証拠となった」

「推理って……」慶作が問い返す。「昨日、俺に言ってたことの？」

「そうだ」

「名探偵気取りはいいから！」

「では結論を言おう。今回の帰還者リストに掲載された者は、リヴィジョンズ側にとって何らかの重要人物であり、傷つけてはいけない存在だ」

「はいぃ？　重要人物ぅ？　俺とか母ちゃんが？」

「俺の叔父さんもだ」

「どういうことなの、兄さん？」

「渋谷転送は時間の交点で、ふたつの時間を重ね合わせ発生した。ここは二〇一七年であり二三八八年でもある。ならば、ここに俺たちの子孫がいる可能性がある」

「なっ……！」

「それってまさか、帰還者はみんなリヴィジョンズのルーツってこと？」

「マジ⁉ 俺って敵のご先祖さま⁉」

「その可能性が高いと俺は考える。そして現に、今後の帰還者交渉はまったくの白紙だと判明している。多分これ以降の帰還は初めから予定にない。それどころかリヴィジョンズ側は、二〇一七年の渋谷民に人柱を出せと要求したそうだ」

「人柱⁉」

「待て待てっ。俺⁉ それ俺のこと⁉」

「逆だ。おまえはルーツとして保護される側だと言っている」

「じゃあ……でも兄さん、まさか」

「そのまさかだ。狩られるのは、おそらく残りの全員だ」

「えぇぇ～」

「帰還者が本当に元の時代へ帰されるかどうかはわからない。が、いずれにせよかれらがリヴィジョンズ側に確保された時点で、無差別かつ大規模な人間狩りが開始される可能性が高い。今回の帰還は、保護が必要な存在を安全なところへ避難させるのが目的だ。先祖殺しのパラドックスが発生しない狩り場の環境を整えるためだろう」

「なら、その前に敵を皆殺しにしてやる！」

「ちょっと大介！　怖いこと言わないで」

「安心しろ。みんなは俺が絶対に守る！」

「そうあって欲しいものだな」

冷ややかに言ってガイは、署長に向き直り軽く礼をした。ガイが列に戻るのを待って、署長は告げた。

「これより任務を命じる。まず堂嶋」

「はいっ！」

「それとガイ、ルウ。おまえたち三人はパペット奪還に当たってもらう。帰還者の人員搬送は間もなく午前五時から西口駅前バスターミナルで開始され、警戒はそちらに集中する。その隙を突き、物資搬送が始まる午前六時までに、パペットの積まれた搬送トラックに忍び込め。泉海が手引きする。潜入後は秘密裏にパペットに搭乗し、待機せよ」

「了解っ！」

「わかりました」

「はーい」

「浅野は予定どおり帰還者として行動し、現場の状況を俺に伝えてくれ」

「帰還作業を事前に中止するわけにはいかないんですか」

「帰還者のリスクは高くないと考えている。それに世論は帰還支持だ。まずは牟田の背信行為とリヴィジョンズの危険性を明らかにしなければならない。帰還者受け渡し場所への集合とセレモニー開始予定は午前一一時。牟田がパペット引き渡しを仕切る。浅野、おまえは牟田の行動を監視する役だ。やつがリヴィジョンズ側と接触したら、その交渉内容次第で俺と泉海が牟田に対処する。パペットの動きもおまえからの情報で決定する」

「頼んだぞ、慶作！」

「あ〜、これって、あれですか。エージェントってやつ？」

「遊びではない。段取りは別途伝える」

「おいっす」

「そして手真輪」

「あっ、はい」

「おまえは俺と泉海と共に帰還者受け渡し場所付近で待機し、不測の事態に備える。場合によってはパペットに乗ってもらう可能性もあるから、そのつもりでいてくれ」

こうなることはわかってた。なのに、いざとなるとやっぱり怖い。

「でも私、乗ったことないし……」

「だいじょうぶ。ただのバックアップっしょ」

慶作はそう言って励ましてくれるけれど、マリマリはなかなか顔を上げられない。

署長室のドアが開き、泉海が駆け込んできた。

「大変です。ミロさんがリヴィジョンズ側に引き渡されるそうです」

ガイと署長が素早く顔を見合わせた。大介が怒鳴った。

「どういうことだよ、泉海さん！」

「ミロさんの身柄は牟田派に押さえられているの」

「グリーンメンに⁉」ルウが声を高くした。「やっぱあいつらろくでもないじゃん！」

「かれらの話では、総理の意向で、ミロさんをリヴィジョンズ側への手みやげにすると」

「泉海」署長が険しい顔で問う。「ミロの状況は？」

「確認できませんでした。部屋へ通してくれなくて……」

「ガイ、おまえらのスーツに通信機がついてたな。ミロとの交信は可能か」

「可能ですが、コール信号は振動（バイブ）です。気取られたら危険では」

「パペットの運用を継続する以上、ミロを失うわけにはいかないが……」

「俺が助ける！」

「大介！　おまえまた勝手なことを」

「離せっ！」

止めようとするガイと大介が荒々しく揉み合う。すぐに慶作が止めに入った。

「待て待て待てぇい！」

「邪魔すんな、慶作！」

「そうじゃないって。ミロを放っとけないって思うのは俺もおんなじだって」

「おい。慶作まで何を言ってる？」

「なあガイ、考えてみろ。もしミロになんかあったら、七年前のことはどうなる？」

「……っ！」

「俺たち今ここにいないかもしんねーだろ」

「そっか！　ミロはこれから七年前に跳ぶ可能性があるから……」

「……タイムパラドックスが起きちゃったら、私たちも……？」

「七年前の誘拐事件、か。泉海からの報告にあったが……どういうことなんだ？」

「俺たちにも謎なんですが」慶作は苦笑して「ミロに助けられたのは確かです。てゆーか多分、これからなんです。七年前の俺たちが、未来から来たミロに命を救われるのは」

「もしミロに何かあれば」ガイが引き取って「俺たちも無事ではいられない、か」

署長が低く唸りながら頭をかきむしった。

「ええい、ややこしい！　堂嶋！　ミロのことは任せられるな？」

「もちろん！」

「では頼む。いいか、くれぐれも無理はするな。ミロの引き渡しを遅らせるだけでいい。帰還作業が予定どおり進まなければすべてが水泡に帰すことを肝に銘じろ」

「わかってるって！」

と言うことは、まさか——

「手真輪！」

「はひっ！」

「堂嶋の代わりに、おまえがパペットに搭乗しろ」

「えっ、えぇぇぇ……！」

17

——2388/05/20(Fri.)/05:05

渋谷警察署・取調室

夜通しの殴打の嵐はようやく過ぎ去ったようだ。ミロは後ろ手に縛られたまま取調室の床に転がされている。ダメージはさほどない。野卑な連中だが素人だ。殴る蹴る以外のスキルを持たない。これで拷問のつもりならアーヴも見くびられたものだ。

「しぶとい女だな。結局アーヴの内情は何も吐かなかった」

「もう予定時間過ぎてますし、我々も帰還作業のサポートに回りましょう」

「まあ待て。俺たちが帰れるわけじゃないんだ。焦らなくたっていいさ」

前夜、牟田と共に彼女の身柄を拘束したのは行政側の職員だったが、真夜中前に全員引き上げてゆき、今は牟田の子飼いとおぼしき緑色の一団三人に入れ替わっていた。ベルトのバックルを外す音がする。あきれるほどありきたりな行動パターンだった。

「ちょっと、やめた方が……」

「少しぐらい楽しんだっていいだろ」

「だって、さっきの警官がまた来たら」

「警察だって手は出せないさ。牟田総理のご意向だ」

「さすがは俺たちの牟田さんだよなぁ！」

潮時だ。ミロは薄く目を開ける。貞操に特段の価値はないが、こいつらにくれてやるメリットもない。牟田にとっても使い捨ての駒ならアーヴにとっても同じだ。手首をひねると、スーツに仕込んだ刃が飛び出し、縛っていたロープを断ち切った。

18

——2388/05/20(Fri.)/05:20
渋谷・駅前

「お待たせーっ！」

駆けつけた慶作の声を聞きつけて、大行列のずーっと前の方から母がひょいと顔をのぞかせた。安堵の笑みで手を振り、すぐに顔を引っ込めた。

あそこへ割り込もうかと一瞬思ったが、揉めごとは避けたい。行列の後ろに並ぶ。

バスターミナルは大混雑だ。帰還者バスへ乗り込むには身元確認が必要で、リストとの照会と身分証明書の提示を巡って揉めている。おまけに周辺には殺気立った群衆も集まり、不公平な帰還実施に反対し公正で平等な帰還ルールの明示を求め騒ぎ出していた。

この状況を見越して早朝からのスケジュールが組まれたのだろうが、手間取りそうだ。

19

——2388/05/20(Fri.)/05:33

渋谷・区役所仮庁舎前

「皆さん、お勤めご苦労様です！」

差し入れの食料でぱんぱんに膨れあがったコンビニ袋をふたつぶら下げて泉海が近づいていくと、トラックの見張りについていた同僚たちが相好を崩した。

牟田派もひとりいて、持ち場に突っ立ったまま眠そうな目で彼女を見ている。

「軽食ですよ～」

にっこり笑いかけてやると、やっと寄ってきた。泉海はその場に立て膝をつき、持参した袋のひとつから出した品々を次々と地面に並べてゆく。もうひとつの袋は男たちにそのまま委ねた。何が入っているかわからない方が気を引くのに都合がいい。

「いろいろありますから、お好きなのをどうぞ」

制服のスカートはもう少し長くてもいいのにとかねがね思っていたが、この日ばかりは感謝したい気持ちになった。男たちの視線は間違いなく彼女に集まっていた。

皮肉なものだ。女に生まれたがゆえに強いられる理不尽に納得がいかなくて、無法を取り締まり不公平を正すために警察官を目指した。なのに今こうして「女の武器」とやらを使っている。堕落したものだと思うが、ＳＤＳの子どもたちに強いている無理に比べれば何ほどのこともない。

突入班の三人は、手筈どおりにトラックに忍び込めたかどうか。今は確かめる術がない。振り向くことはできないし、男たちに気取られる危険は冒せない。

20

――2388/05/20(Fri.)/05:35
渋谷・区役所仮庁舎前

パペット移送トラック荷室内でマリマリは縮こまっている。狭い。真っ暗だ。息が苦しくなってきた。こんなところで何時間も待機するのか。だいじょうぶなのだろうか。

「落ちついて」

ルウが触れて来た。彼女はささやき、手を握ってくれた。

「パペットの着方は私が教えるよ。車が動き出してからね」

「うん」

だいじょうぶ。だいじょうぶ。ルウの手を強く握り返しながら自分に言い聞かせる。

「大介の分まで頑張ろ？」

ルウにそう言われてハッとした。繋いだ手に力が籠もった。

「うん。私、頑張るからね」

自分のことだけでいっぱいいっぱいになってたけれど――

(今度は私が、大介をフォローする番なんだ)

「あいつ、うまくやってくれるかな」

暗闇のどこかでガイが呟いた。

21

渋谷警察署・取調室
――2388/05/20(Fri.)/05:37

学校の制服に着替えた大介を見咎める者はいなかった。取調室の場所は知っている。初めて逮捕された時のことはまだ記憶に新しかった。たどり着くのはたやすい。

取調室へと続く廊下の角を曲がったところで、とっさに身を隠した。

ドアが開いている。倒れた男の上半身が出ている。牟田派の緑色の服を着ていた。

気配を殺して近づくと、室内から話し声がするのに気づいた。

「これも、未来予測どおりだと?」

(ミロ？　誰と話してる?)

「やはり変化が……。今後に影響は?」

足下に転がった男は半ばズボンを下ろした格好で泡を吹いている。踏まないように気を配りながら室内をのぞき込んだ。

「……では、いつ次のミッションが確定してもよいように備えます」

ミロの後ろ姿が見えた。立ったまま右の耳に手を当て、話し続けている。彼女の周りには男がふたり転がっている。大の男三人をあっさり片づけてしまったらしい。

「それで、今後の渋谷民については？」

（相手は司令部か）

ミロの背に、ぴくりと緊張が走るのがわかった。

「……想定される犠牲の規模はどうなっていますか」

（犠牲？　想定される？）

言葉の意味が飲み込めなかった。せめて聞き間違いであって欲しい。でなければ毅然と拒絶してくれれば。けれど、ミロは言った。確かめるように。

「……このままいけば、それでも半数は救える、と。仕方がないということですか」

淡々と答え、耳から手を離した。わずかに間があって、踵を返す。

そして大介に気づいた。こんなにうろたえた表情のミロを、彼は初めて見たと思った。

「おまえ……！」

「犠牲ってなんだよ。仕方ないって……！　渋谷民の半分は救えないってことなのか？」

「……これは戦いだ」深呼吸して大介に眼を据える。「最善は尽くすが、理解して欲しい」

「俺がいるだろ！　みんなを守る運命の俺が！」

「言っておくが、堂嶋大介。おまえのその全能感は、いつかおまえを手ひどく裏切るぞ」

「はぁ⁉ この運命は」

「私は何も与えてはいない！」気まずそうに目を逸らした。「……運命とは奪っていくものだ。おまえも今のうちにそのことを学んでおけ」

（なんだよ、それ……）

恐ろしかった。悲しかった。問わずにはいられなかった。もっと信じがたい問いを。

「ミロ、君は本当に俺たちの味方か⁉」

ミロは弾かれたように彼を見た。傷つけてしまったと思った。が引き下がることはできない。同じ傷は大介の胸にも深々と開き血を流している。傷口はぼろぼろと崩れ広がって、拠って立つ場所を失いかけた自我もまた声のない恐怖の悲鳴を上げている。

（何か言ってくれ、ミロ。なぜ言えないんだ。簡単だろ。ひとことでいいんだ）

私は、おまえたちの味方だと――

けれどミロは黙っている。まなざしは強い。その奥の感情は読めない。もし今その気になれば、彼女は大介をたやすく叩きのめすだろう。だがそれはない。なぜなら大介は未来予測に記された希望のひとつだからだ。彼女の言葉が、嘘ではないならの話だが。

（なあミロ。俺は……俺は、君の何なんだ？）

永遠にも思える対峙の果てに――

「……信じて欲しい。今は、それしか言えない」

苦しげに絞り出したミロの言葉は揺れている。大介はもう耐えられなかった。

「俺はみんなを守るためここにいるんだ！　ミロは違うのか！」

「私が守るのは未来だ。人類の、未来だ」

即答だ。未来を守る。それがミロの信念なのだ。ならば——

「わかった」

もとよりそれ以外の答えはないのだ。大介もまた信じるもののため戦うのだから。

「俺は信じる。俺の運命を……。そして守る！　みんなを！」

22

——2388/05/20(Fri.)/10:01
東京廃墟・駒沢オリンピック公園跡

「来たようだね」ニコラスが言った。

チハルは返事もせず、荒野をやって来る車輛の船団をじっと見ている。ふたりは一体のシビリアンの背に乗り、左右にも一体ずつ侍らせている。

バスが八台。トラックが一台。それらを率いて先頭を走る黒い車は渋谷区の公用車だったが、チハルにそこまでの知識はない。ただ、それが最上位意思決定権者を乗せて運ぶものだとの推測はついた。なぜならその車内に、AoC検知システムにより赤マーカー保持者として分類された者の存在が感知されていたからである。

車はチハルの前で駐まり、赤マーカー保持者が降りてきた。牟田誠一郎という固有名はリストにあったが、チハルは認識していない。古代人に対する個体識別の必要性など感じない。最上位意思決定権者との認識があるだけだ。従って意思疎通の必要性はある。

チハルはシビリアンの掌上に乗り、牟田の前へ降りていった。

「おお、リヴィジョンズさん！　またお目にかかれて光栄です！」

「アーヴのエージェントを引き渡すとのことだったが……」

「お約束どおりパペットはお届けできます。帰還者の移送も滞りなく完了しました」

「エージェントはどこだ」

「そのう、そっちはまだ移送中でして……」

「おまえたちの方から申し出ておいて約束を違えるとはどういうことだ」

「いえいえいえ。ご心配ご無用。ちょっとした手違いで遅れておりますが、じきに参ります。お約束の一時にはまだ間がありますし、もうしばらく」

「帰還者を車から降ろせ」

「は？　今すぐですか？　もう元の時代へ帰していただける？」

「密集していると誤差が出る。念のため検品するから広げて並べろ」

「検品って……」

牟田は随員に指示を出し、帰還者を降車させる段取りを始めた。緑色の服を着た随員たちのマーカーはいずれも黄色。帰還者リストに載っている者ではない。

データのスキャンはチハルが従えた斥候仕様装備シビリアンによって行われている。このタイプは一般的な種と違って生体センサーの感応範囲が限定され、素材狩りには不向きだが、カオス軌道モデル上での生命体の存在を感知する機能に優れている。

ごくシンプルに言えば、その生命体が時空座標上のどこに紐付けられているかを測定する機能だ。むろん人工量子脳がなければ成し得なかった機能である。測定されたデータはリヴィジョンズの相互リンクを通じて共有され、人工量子脳の管理者であるムキューによって分析される。この際に用いられるのがＡｏＣ検知システムだ。生体個々の特定時空連続線との関係値が算出され、色分けされたマーカーによって識別可能になる。

赤マーカー保持者は、観測原点たる二三八八年の時空との関係値が極めて高い。

二三八八年に生きる者か。でなければ、その直接の祖先である。

ＡｏＣ——因果律的祖先（Ancestor of Causality）だ。

マーカーの色相が青の方へ変倚（へんい）するに連れて観測原点時空との関係値は低くなる。とはいえ、だからといって大きな問題はない。それはそれで使い道がある。

＊　＊　＊

慶作はわけもわからないままにバスを降ろされ、荒野に立たされた。

「なんなんだ、いったい……」

周りでは他の帰還者たちが不安そうにしている。少し離れたところに見覚えのある長身の姿。大介の叔父・幹夫だ。声をかけようかと思ったが、そんな余裕はなさそうだ。

シビリアンが一体、帰還者たちの周りをゆっくりと回って歩いている。その背には、サンバカーニバルで踊っていそうなセクシーな女と、ちんまり丸い毛玉が一匹。

（ニコラスってあれか！）

となるともうひとりの女もリヴィジョンズなのだろうが名前は知らない。犬っぽいコスプレなのもコミュニケーションボディってやつの特徴かもしれない。

と、女を追いかけてちょろちょろ走る牟田の姿が眼に入った。

慶作は人混みをすり抜け、牟田へ近づいていく。制服に仕込んだ隠しマイクには指向性があり、ある程度の距離まで近づけばクリアな音声が拾えるはずだ。

「慶作ぅ～！」

見ると母が遠くで飛び跳ねながら手を振っている。

慶作は苦笑し、ちょっと手を振り返しただけですぐに目線を切った。今は任務中だ。

近づくにつれて牟田の懇願の声が聞こえてきた。

「ちょっとした誤差ですよ。そんなに大した問題じゃないでしょう」

「帰還者リストに載っていない者を同行させることが誤差だと？」

リヴィジョンズの声もマイクは拾えているだろうか。慶作はできる限り接近を試みる。

「しかも、これだけの数となると、むしろ故意に行われたと考えるのが妥当だな」

「あなた方が急がせるからでしょう。帰還者だけで移送作業はまかなえない。サポートのスタッフが必要なんだ。不都合だとおっしゃるなら、かれらは渋谷へ帰らせます！」

泡を飛ばして宣言すると、牟田は緑色の一団へ向かって高圧的に言った。

「ねえ諸君、そういうことだから次の機会を待ってくれるね」

「古代人？　次の機会があると言ったおぼえはないが？」

「そっ、それは今後の交渉で！」

「リヴィジョンズに交渉という概念はない。通告か実行だ」

「ま、待ってください！　私は？　私は帰還者リストに載ってます。ほら、ここにリストもある。牟田誠一郎。ね、ちゃーんと載ってるじゃないの。だからさ、ねっ。せめてこの私、牟田誠一郎、牟田誠一郎だけでも、元の時代へ帰していただけますよねっ⁉」

「いいだろう」女は得意げに笑った。「この場に集まった者すべてを回収対象とする」

「は……？　回収って……帰還じゃなく？」

「帰還者の選別は後ほどあらためて行う。残りは人柱だ」

「な、そんな、ちょっと」

「それと、回収作業に取りかかる前に、念のためアーヴの兵器を確認させてもらう」

シビリアンの一体がトラックへ向かった。怪物の爪がトラックの荷室を引き裂く。

その瞬間、一斉射撃が怪物に集中した。やつの断末魔を作戦開始のファンファーレとして、三体のパペットは一気に空高く舞い上がる。

＊　＊　＊

『きゃあああああ！　高い高い高ーい！』

パペット1のマリマリの悲鳴が通信回線から飛び出してくる。

「だいじょうぶ！」

パペット3のルウは強く言った。パペット2のガイが撃ちまくりながら指示を出す。

『俺とルウがこの場の敵を。マリマリは帰還者の守りに行ってくれ』

「わかった」

『え？　えぇぇ～!?』

「焦らなくていいって。楽にして。AIけっこう賢いからフォローしてくれるよ。インストラクターに抱かれてるつもりで」

『わかっててもこーわーいー！』

（だよね。怖いよね）

仲間の中でマリマリだけが格闘技の経験を持たない。自分の体の使いこなし方を磨いたことがないのだ。できることを突き詰めずにできないことを量るのは難しい。何もかもが怖さに染まって手がつけられなくなる。

（けど、ずっと手を握ってってあげられないし）

ルウはルウでやらなければならないことがある。HUD上に表示されたシビリアン1のアイコンは接敵直後に撃破マークに変わって消えた。敵はあと二体。

（こいつらは兄さんと私で）

＊　＊　＊

「うわわっ」突然の戦闘に慶作はひるんだ。

彼の視界にそびえ立つシビリアンは、パペットのAIにはシビリアン2として認識されている機体だが、その情報は慶作には共有されていない。ただの怪物だ。

そいつの背に乗った毛玉――ニコラスは、舞い上がったパペットを悠然と見上げている。やつが何か言った。その声は戦闘の轟音にかき消されてよく聞き取れない。おそらくマイクにも入っていないだろう。が、なぜか慶作には、やつが何を言ったかわかった。

「ああ、やっぱりね」

そう聞こえたような気がしたのだ。直後、毛玉はパペット2の掃射を浴び消し飛んだ。

「おまえたちは徹底抗戦を選んだ！」

降り注ぐ銃弾の雨の下、女を乗せたシビリアンの手が引き上げられてゆく。

「リヴィジョンズに逆らった者は報いを受ける！」

「ちっ、違う！　違っ、ひっ」

牟田は駆け寄って土下座でもしかねない勢いだったが、戦闘に怯えて立ちすくみ、後じさりながら緑色の一団に怒鳴り散らした。

「なんなんだ、あの騒ぎは！　すぐにやめさせなさいっ！」

と、慶作に気づいた。ものすごい形相になった。

「おまえの仕業かあっ！」

「はいぃ!?」

猛然と掴みかかって来ようとした牟田の前に、パトカーが割り込んできた。

素早く降りた黒岩と泉海が、牟田を取り押さえる。

「牟田誠一郎！　外患援助罪容疑で確保する！」

牟田が何を言おうとしたかは、慶作にはわからなかった。ただ口をぱくぱくさせただけで声にならなかったのかもしれない。

リヴィジョンズの女を乗せたシビリアンが手を伸ばしてきた。

黒岩が牟田をパトカーへ押し込み、慶作を見て叫ぶ。

「乗れ！」

「いや俺いいっス！」

舞い降りてきたルウのパペット3がシビリアンを踏みつける。怪物がよろめく。振り落とされた女は地面に叩きつけられて飛び散り消えた。

慶作は踵を返し走った。帰還者たちは大混乱に陥っている。あの中に母もいるのだ。

＊　＊　＊

ルウとガイがみごとなコンビネーションで二体のシビリアン相手に渡り合っている。

マリマリはまだ何もできずにいる。

ガイには帰還者を守れと言われた。マリマリだってそのつもりだった。

（でも、どうやって？）

帰還者は皆バスから降ろされ荒野を逃げ惑っている。パペット1の足下にもいるのだ。

（踏んづけちゃうよ！）

『警告。周囲に多数の人体反応』ＡＩが警告を出してきた。『不測の事態に備え、行動可能範囲を限定します。よろしいですか？』

「そんなこと急に言われても」

『マニュアル操作を継続する場合、不特定多数の人的被害を伴う恐れがあります』

「それはいやー！」

『オートモードに設定しました。周囲の人命の安全を優先します』

そう言われても安心できない。マリマリはくるりと振り向いた。

『危ないです！　退がってくださーい！』

AIは的確に反応し、外部スピーカ音声としてメッセージを帰還者たちへ伝えた。

（こうやって使うんだ）

マリマリは初めて納得し、ふと大介の姿を思い浮かべて、ちょっと笑った。

『みんなのことは、私が守りまーす！』

宣言し、敵へと向き直る。シビリアン3がルウとガイの防壁を抜けてこっちへ来る。

「やっ……来ないでー！」

帰還者たちをかばって立ち、ハンドガンを連射する。大介がやっていたとおりに。そう思うのに、パペット1はひとりでに内股になり、じりじりと後じさってしまう。

と――爆発が起こった。立て続けにいくつも。帰還者の群れを取り囲むように。

「きゃっ!?」

やがて視界が晴れると、そこには四体のシビリアンが出現していた。

「なっ……なんか出てきたー！」

マリマリの右後方に最初に出現した機体がシビリアン4とナンバリングされた。以下、順に5、6、7の四体が、帰還者たちを包囲し、一気に回収に取りかかった。

＊　＊　＊

帰還者たちはまだ完全には事態を把握していない。

周囲の者たちはシビリアンの出現に恐慌をきたし、一斉に逃げ始めている。

これに押される形で、集団は内へ内へと追いやられ、混乱は増した。

「慶作！　慶作どこにいるんだい！」

一際張りのある声が耳に届いて、堂嶋幹夫はハッとする。

（大介の友だちだ。SDSにも一緒に）

そして帰還者リストにも名前があった。どこだ？　わからない。あのロボットたちのどれかに乗っているのか。それもわからない。

（大介は？）

あの中にいるのなら、見届けてやるのが保護者の義務ではないのか。

群衆の向こうに白いロボットの背中がわずかに見えていた。幹夫はそれを目指して進み始めた。押し寄せる人波に逆らって進むのでなかなか先へ行けない。その巨体は幹夫の位置からも見えていたが、足取りにためらいはない。

ロボットを挟み撃ちにする格好で二体の怪物が迫ってゆく。その巨体は幹夫の位置からも見えていたが、足取りにためらいはない。


ロボットが右の怪物を撃つ。その間に左の怪物が背後から忍び寄り、ロボットを手で払った。白い背中が視界から消えた。

＊　＊　＊

「うぐうっ！」

横殴りに打ち倒されてマリマリは呻いた。

巨体の影がのしかかってくる。シビリアン5が彼女へと手を伸ばしてくる。

「ひっ！　やっ、いやあああああ！」

と、怪物の顔面に着弾の火花が散った。

マリマリはHUDを見た。味方機のアイコンは、彼女のパペット1を含めてみっつ。そこに新たによっつめが加わった。ミロのマシンだ。

＊　＊　＊

幹夫はようやく人混みから逃れ、帰還者たちの集団の外縁へ出た。彼の前には小山の如き怪物が二体。それらに挟まれて、打ち倒された白い機体はあまりにも小さい。

そこへ銃撃が降り注いだ。一体の怪物が顔に火花を散らしながら後じさる。

入れ替わって紅いバイクが飛び込んできた。ハンドルを握っているのは長い髪の女。ミロという名の未来人だろう。間近に見たのは初めてだった。

その後ろ、タンデムで乗っていた少年は、ひらりと降りて──

「ありがとう！」

ミロへひと声かけてからロボットへ駆け寄った。大介だ。見間違えようもないしなやかな肢体を艶やかなパイロットスーツに包んだ、鋭利な眼の少年。彼は幹夫に気づいたかどうか。幹夫の方は一瞥もしなかったけれど。それでもいい。見届けようと決めている。

＊　＊　＊

(間に合った！)

大介は胸が躍った。ミロのマシンを奪還するのに手間取り、どうなることかと思った。

倒れているパペット1のキャノピが上がる。マリマリのうめき声が漏れる。

「いたたたた……」

「マリマリ！」

思いっきりしかめられていた少女の顔が、大介を見てほころんだ。

「大介……」

「頑張ったな！」

「大介ぇぇぇ！」

飛び出してきたマリマリを抱き止める。その熱く柔らかいものを、突き放し気味に強く遠くへ押しやると、彼女の大粒の涙が彼の顔に散った。

「後は俺がやる！」

入れ替わって乗り込み、再起動する。

閉じられたキャノピの向こう、小走りに距離を取ってマリマリが、涙に濡れた顔で微笑みながら小さくうなずく。そのしぐさが彼をますます昂揚させる。

みんなを守るのは、大介の役目だと。そう言ってくれているように思えて。

『対リヴィジョンズ装着型戦闘システム・ストリング・パペット。脳神経マップ、パイロット適合。ダイスケ・ドウジマ確認』

間近に迫るシビリアン4、5はミロが牽制してくれている。

パペット1はスラスタ全開で跳んだ。眼下の狩り場が視界に広がる。

シビリアン4と5はミロに阻まれ、帰還者たちに接近できない。

（ここは任せる。俺はあっちを）

6と7は狩り放題だ。次から次へと摑んだ人間をバイオケージへ押し込んでいる。

大介は狩り場の上を、帰還者たちを飛び越える。

「うおおおおっ！」

ＥＲＫ一閃、シビリアン7のバイオケージを根元から切断しつつ着地すると、わずかに遅れてケージがごろりと落ちた。振り向きざまにハンドガンを切断面へ突きつけて弾をぶち込む。爆炎が敵の前後から噴き出した。内部の急所を撃ち抜いたらしい。

まず一体。しかしまだまだ。

転がったままのバイオケージが気になったが、やむなく放置する。

シビリアン6が今まさに人を取ろうとする。真横から見ると隙だらけだ。パペット1は狙撃弾の如く飛び、やつの頸を真横から串刺しにした。直後、ＥＲＫに起爆信号が走った。敵内部をえぐり抜く爆裂がＨＵＤ上のアイコンをまたひとつ消す葬送の火となった。

まだ二体。あと四体。

と、シビリアン4と5が高々と跳ね、帰還者たちの真っただ中へ飛び込んだ。

『警告。周囲に多数の人体反応』

ＡＩに言われるまでもない。あんなところで戦闘はできない。

（どうする？）

わからない。が、やるしかない。ＥＲＫとハンドガンを背に収め、大介は走った。

『警告。周囲に』

「任せるから絶対踏むな！」

『オートモードに設定しました。周囲の人命の安全を』

『みんなどけぇー！』

大音量の警告に即応できた者がどれだけいたかはわからない。

大介は、敵しか見ていない。

手近にいたシビリアン４に体当たりで組みつき、渾身の力で押さえる。やつの手が無造作に払いのける。強烈なパワー。が、耐える。ここで吹っ飛ばされては彼自身が凶器となって惨事を巻き起こすだろう。

「バスの中へ！」

ミロの肉声だ。滑り込んできたマシンが彼の傍らを通り過ぎる。

「みんな、バスの中へ！」

置き土産のミロの斉射がシビリアン５を襲ったのか、やつのうめき声が聞こえた。

周りがどうなっているのかわからない。

ただ必死に耐えて踏みとどまる。

こいつを食い止める。

好きにはさせない。

みんなを守る。

(この俺が！)

と——不意にがつんと衝撃を感じ、シビリアン4がのけぞって力を緩めた。

ガイのパペット2が敵の背に降り立ち、踊るように放った蹴りが、敵の後頭部に決まった。その衝撃が大介にも伝わったのだ。

見るとHUD上では味方機のアイコンが皆すぐ近くに集まっていた。

ルウはミロと一緒にシビリアン5に対処しているらしい。

(みんな……！)

が、感慨に浸っている暇はない。シビリアン2と3はまだHUD上から消えてはいない。

それどころか接近を食い止めていたガイとルウが大介の元へ駆けつけたことでフリーになり、帰還者たちへ急速に迫りつつあった。

(どうしろって……)

一対一の戦闘なら圧倒できる自信はある。が、今は目の前の巨体を食い止めるだけで精いっぱい。しかも——HUD上の敵アイコンが、あろうことか瞬く間に増加する。

シビリアン8、9……と次々に加算されるアイコンとナンバリングがリアルタイムで接近してくる、その動きが処理落ちを起こしてHUD上でもたついた。新手が五体、どこからともなく現れて画面周辺部に表示されたが、キャノピ越しに見える本物はすでにもっと近くまで来て狩りを始めている。

画面上には全部で九体。ナンバリングは12まで数えた。倒せば倒すほど増える不条理な敵。しかも、これで終わりとは限らないのだ。

(こんなの無理だろ)

大介にとっては初めての大規模戦闘だ。ただでさえ経験が乏しいところへ、悪夢のような展開である。彼の思考もまた急変する事態に対応しきれず軋みを上げていた。

その間にも人が、人が、人が取られる。狩られる。ほどなくどこかへ、やつらの棲処へ、連れ去られてしまうだろう。

(駄目だ)

怖い。

(できない)

こんなの食い止められっこない。

(でも)

決めたのだ。

(俺が、みんなを守るって)

そして彼は今、独りぼっちじゃない。

「ガイ!」

怒鳴った時には跳んでいる。ブースタ、スラスタ全開。狩り場の空へ高々と。

「そっちは任せた!」

組み止めていたシビリアン4はガイが何とかしてくれるだろう。

「俺は戦う!」

右手にはハンドガン。左手にERK。空中で装備して舞い降りる。迫る新手へ。

(こいつらみんな倒せばいいんだ! この俺が!)

——そこからは記憶が切れ切れだ。

四体は倒した。多分。だから戦果は合計六体ということになるだろう。

ふと気づくと戦闘は終わりかけており、HUD上にはまだ四体の敵が健在で、しかもやつらはいつの間にか撤退に移っていた。

「なっ……!」

シビリアン2と3が画面外へ消えた。戦闘継続可能エリアを離脱したのだ。

続いてシビリアン4と5も、パペット2、3の追撃を振り払って逃走する。

『このっ!』

『待てルウ!』

さらに追いかけようとしたパペット3を、ガイが制止した。

『ここで戦力を分散させられない』

『でも兄さん』

『敵の伏兵がいる可能性がある』

「なら俺が！」

突っ込もうとしたパペット1の前へ、ガイのパペット2が立ちふさがった。

「どけ！」

『深追いするなと言っている』

「けど俺なら！」

『おまえが守ると決めたのはプライドか。それとも仲間か』

「なっ……」

『兄さんストップ！　それ以上は駄目！』

ルウのパペット3はすでに帰還者バスの方へと戻りつつあった。

大介とガイは無言で目を見交わし、ルウを追った。あそこにはまだ数百人の無防備な人がいる。放ってはおけない。

さっき切り落としたシビリアン7のバイオケージから次々と人が這い出してくるのが遠くに見えた。よかった。無事だった。放置してきた6のケージも回収を急がなければ。

けれど救えなかった人もいる。どれだけの数かはわからないが。

（俺に、もっと力があれば……！）

パペット1の両手が、固く握り締められて軋んだ。

23

――2388/05/20(Fri.)/11:11
トーキョーコロニー・司令室

　ニコラスが唸った。空中に浮かぶ巨大なモニタには、帰還者受け渡しポイントの現況を示す映像が表示されている。撤収に移るシビリアンは四体。

　と、その映像がAoC検知システムによるマーカー分布の概略マップに切り替わった。赤マーカー保持者はまだ三分の二ほどが回収できないまま渋谷側に残されている。

「実に嘆かわしいことだ。リヴィジョン計画の幕開けを、このような残念なプギュッ！」

　ムキューに踏んづけられたニコラスが、頭をぐりぐりされてじたばたした。

「材料集めタスクに変更の必要があるね。プランBは非効率なんだけど」

　姉の言葉に応じたチハルは、軽蔑の籠もった口調で吐き捨てた。

「人類愛を持たぬエゴの塊どもが！」


「ん～、シット」

24

——2388/05/20(Fri.)/18:29
東京廃墟・駒沢オリンピック公園跡

血のような夕焼けであった。流れる血ではない。流された血の色だ。それは確定された過去の色であり、様々な人間の感情を溶かし込んでいる。

バスはまだ荒野にいる。疲れ切った人々も。

傾いたオリンピック記念塔を背にして、三体のパペットが佇んでいる。

パイロットたちは皆コクピットから離れ、それぞれに散っている。

ルウはパペットの前で立っている。怒ったような顔で夕陽を見つめている。

ガイは座り込んでいる。うつむいた顔は静かで、表情は読めない。

慶作は少し離れたところで警察車輌のワゴンにもたれかかっている。彼の後ろ、車内では泉海が通信中だ。ひとあし先に戻った黒岩に現場の状況を伝えているのだろう。

「一八時を以て行方不明者の捜索を打ち切りました。行方不明者は一〇一名。周辺の荒野へ逃げた人で、まだ発見されていない人がいる可能性はありますが……大部分はリヴィジョンズに連れ去られたものと考えられます」

その中には彼の母もいた。大介の叔父も。

大介は今、荒野に寝転がっている。腕を目に押し当てている。その頬に、涙の跡が血の夕陽を受けて光っている。

マリマリが、ゆっくりと大介に近づいていく。

その様子を、慶作は無言で見ている。

＊　＊　＊

「大介……」

マリマリの声がした。右脇にわずかに温かなものが触れた。彼女の膝だとわかった。にじり寄ってくるのを感じた。何か言おうとして言葉を探しているらしいのもわかった。

（何も言うな）

大介は思った。慰めは無意味だ。守れなかった自分の弱さを突きつけられるだけだ。

（俺が、もっと強ければ）

なのに現実はそうじゃなかった。

（最低だ）

と、左から誰かが来るのがわかった。ハッとして大介は見た。

手が――ニューロスーツの手が差し伸べられていた。ガイの手。握手を求めている。

「……なんだよ急に」

「今日は……よくやったよ、大介」

一瞬ためらい目を閉じて、ガイは不器用に微笑んだ。

讃えているのだ。認めているのだ。それは慰めではなく確認だった。精いっぱい戦った仲間同士の、スポーツマンシップにも似た行為であった。そこに嘘があるとは思わない。

いや、たとえ方便含みの嘘であったとしても、この手を拒むことは恥だ。

だから大介は彼の手を固く握った。友の手を。

見つめあうガイの微笑みが柔らかくなった。いつしか大介も笑んでいた。

ガイの後ろではルウも嬉しそうに微笑んでいて、力を込めて言った。

「連れ去られた人たちも、きっと助けられるよ。私たちにはパペットもあるし」

「そうだな」

(俺にはある。俺だけの力が)

そして――

(俺の使命が。運命が。それを分かちあう、仲間が)

「みんなに報告しておくことがある」

先ほどからマシンのところで佇んでいたミロが、かれらのところへ来て言った。

「たった今、二〇一〇年のおまえたちを救えとのミッションが通達された」

今朝聞いたミロと本部とのやり取りが大介の脳裏をよぎる。

いつ次のミッションが確定してもよいように備えます――では、その任務とは？

「時期は未定だが、いずれ私はおまえたちの過去へ跳ぶことになるだろう」

おまえたちの過去へ。はっきりとミロはそう告げた。

「じゃあ、やっぱり！」大介は身を起こす。声が弾む。「ミロは、あの時の……」

七年前、二〇一〇年のかけがえのない夜の記憶があふれ出す。

「過去は不確定だと言った」

断ち切るようにミロは言う。それは「あの時」が変わりうるという警告なのだろう。

「ただ……私が過去のおまえたちを助け、その結果として今があるなら、嬉しく思う」

ミロの微笑みが、大介を熱くした。

血の色の夕焼けに、新たな鼓動がいのちを通わせ蘇生させた、そんな瞬間だった。

「過去の私が何を言ったにせよ」ミロは大介をまっすぐに見つめて「それはきっと、死んでいった仲間や家族が言わせたもの。私に託した思いだ」

そのことを今ミロは大介に告げた。彼に託したのだ。

またひとつミロのことを知り、近づけた実感を、大介はじっと噛み締めた。

「あのっ、すいません」

見知らぬ若い女性が大介の前で目を潤ませ、深々と頭を下げた。

「助けていただきました。ありがとうございました！」

拍手が起こった。次々と集まってくる人たちが、皆きらきらした目で彼を見ていた。

「ありがとう！」「かっこよかったぞー！」

不思議な感覚だった。あの事件の日以来、彼がずっと求めていたものが、いつの間にかここにあった。妄想なんかじゃない。本当のものとなって。

（俺はまるで、ヒーローだ）

けれど、それは思い描いていたものとは少し違った苦い経験だった。やるだけはやった。それでも守れなかった人もいる。なのに、かれらは大介を讃え感謝する。

（ヒーローって……他人が必要とするものなんだな……）


（2巻に続く）

本書は書き下ろし作品です。

原作：S・F・S

著者略歴　岩手県生，作家，シナリオライター　主な著作に『ぺとぺとさん』『ぴよぴよキングダム』『愛とカルシウム』，ゲーム「PSYCHO-PASS サイコパス 選択なき幸福」シナリオなど多数

HM=Hayakawa Mystery
SF=Science Fiction
JA=Japanese Author
NV=Novel
NF=Nonfiction
FT=Fantasy

revisions
リヴィジョンズ1

〈JA1352〉

二〇一八年十二月十日　印刷
二〇一八年十二月十五日　発行

（定価はカバーに表示してあります）

著者　木村航
原作　S・F・S
発行者　早川浩
発行所　株式会社早川書房
郵便番号　一〇一 - 〇〇四六
東京都千代田区神田多町二ノ二
電話　〇三 - 三二五二 - 三一一一（大代表）
振替　〇〇一六〇 - 三 - 四七七九九
http://www.hayakawa-online.co.jp

乱丁・落丁本は小社制作部宛お送り下さい。
送料小社負担にてお取りかえいたします。

印刷・精文堂印刷株式会社　製本・株式会社川島製本所

Printed and bound in Japan
ISBN978-4-15-031352-4 C0193

本書は活字が大きく読みやすい〈トールサイズ〉です。

ひざの上に目を落とすと、おにぎりは溜息が出るほど重い。

11

——2388/05/19(Thu.)/19:43
渋谷・区役所仮庁舎前

堂嶋幹夫は徒労感を抱えて区役所の建物を出た。実り薄い交渉だった。

明日には発災後七二時間を迎えようとしている病院の非常用電源は、どこの施設も燃料の涸渇に直面し、一刻を争う状況にある。残念なことに被災関連死もすでに何件か報告され、その数は今後急増するだろう。早急な対策が必要だった。そのための支援要請を行うため、幹夫は区の医師会を代表して区役所を、いや臨時政府を訪問したのだった。

だが区長も副区長も不在で、対応に出た健康推進部長の津ノ沢も相変わらずの木で鼻を括ったような態度だった。根っからの緊縮派で歳出を削ることしか頭にないこの男との交渉は常に不毛な消耗戦で、だからこそ自分が矢面に立たされているのだとの自覚が幹夫にもある。粘着質の鉄面皮で打たれ強い男との評価は当たっている部分もあるだろう。だからといって交渉上手なわけではない。しぶとく食い下がるというだけの話だ。懸かってい